奥利沃山
Mont-Oriol

〔法〕莫泊桑 著

张英伦 译

人民文学出版社
PEOPLE'S LITERATURE PUBLISHING HOUSE

Mont-Oriol
Guy de Maupassant
据 Librairie Paul Ollendorff，1901版本译出。

图书在版编目（CIP）数据

奥利沃山／（法）莫泊桑著；张英伦译．—北京：人民文学出版社，2022
ISBN 978-7-02-017338-9

Ⅰ.①奥… Ⅱ.①莫… ②张…Ⅲ.①长篇小说—法国—近代 Ⅳ.①I565.44

中国版本图书馆 CIP 数据核字（2022）第 129387 号

责任编辑	黄凌霞
装帧设计	刘　远
责任印制	任　祎

出版发行		人民文学出版社
社	址	北京市朝内大街166号
邮政编码		100705
印	刷	三河市中晟雅豪印务有限公司
经	销	全国新华书店等
字	数	220千字
开	本	880毫米×1230毫米　1/32
印	张	10.25　插页1
印	数	1—4000
版	次	2022年8月北京第1版
印	次	2022年8月第1次印刷
书	号	978-7-02-017338-9
定	价	76.00元

如有印装质量问题,请与本社图书销售中心调换。电话:010-65233595

目 录

第 一 部

第一章   3
第二章   27
第三章   42
第四章   62
第五章   81
第六章   94
第七章   110
第八章   138

第 二 部

第一章   161
第二章   194
第三章   220
第四章   246
第五章   266
第六章   279

译后记   317

第 一 部

第 一 章

习惯早起的第一批浴客已经洗完温泉浴出来,成双作对或者单独一人,沿着从昂瓦尔①峡谷流下来的小河,在大树下缓缓地散步。

另有一些人正从村庄那边陆续到来,匆匆走进浴所。那是一座高大的建筑物,底层专门留给温泉治疗,二楼是娱乐场、咖啡座和台球室。

自从波纳菲尔医生在昂瓦尔峡谷深处发现了他称为"波纳菲尔温泉"的大泉源②,本地和附近的几个地主,谨小慎微的投机者,就当机立断,在奥弗涅③地区的这片景色宜人的小山谷的中央,建了一座颇为壮观的各种用途的楼房,这片谷地种满了巨大的核桃

---

① 昂瓦尔:法国市镇,位于今奥弗涅-罗讷-阿尔卑斯大区多姆山省,在温泉城沙泰尔-吉雍以南三公里,通往沃尔维克的公路上,昂贝纳山谷(或称昂瓦尔峡谷)的出口。一八八六年长篇小说《奥利沃山》完成和发表时,这里是一个有七百一十五个居民的村庄。小说假托写的是昂瓦尔,实际上写的是作家熟悉的沙泰尔-吉雍,他曾几次在那里疗养。
② 昂瓦尔确实有一处泉水,含矿物质和气体,不过水是凉的。
③ 奥弗涅:法国中央高原中部的一个具有历史文化特点的地区,现为奥弗涅-罗讷-阿尔卑斯大区的一部分。奥弗涅地区有包括康塔尔山、多姆山、道尔山在内的欧洲最古老的火山群,也有辽阔的利马涅平原。

树和栗树,虽有点荒僻,但是赏心悦目。而那座大楼,同时用于治疗和娱乐:一楼经营矿泉水、淋浴和盆浴;楼上呢,卖大杯啤酒、各种利口酒,还能听音乐。

他们沿着小河把一部分细谷圈起来,造成每个温泉城都必不可少的公园。他们在公园里开出三条小路,一条几乎是笔直的,另外两条婉转有致。第一条小路的尽头修了一个从主泉引来的人造喷泉,泉水在一个水泥砌的大水槽里翻滚。这水槽荫蔽在一个麦秸的顶棚下面,由一个大家亲热地称呼"玛丽"①的面无表情的女人看管。这个宁静的奥弗涅女人,头上戴一顶总是雪白的软帽,几乎全身都蒙在一件掩住工作服的总是很洁净的大罩衫里,只要远远看见路上有一位浴客向她走来,她就慢悠悠地站起身;一认出那

个人是谁,她就从一个带玻璃门的活动小柜子里选出那个人的水杯,然后,用一个长柄的锌质小瓢,从容不迫地把水杯装满泉水。

来的那位浴客尽管无情无绪,仍然对她微微一笑,喝完水,说一声:"谢谢,玛丽!"把水杯还给她,便转身走开。而玛丽又在她那麦秸垫的椅子上坐下,等待下一位来客。

不过浴客并不多。昂瓦尔温泉站六年前才向病

---

① 玛丽实有其人,全名叫玛丽·毕窦,一九五一年去世,时年九十岁。

人开放,经营了六年,客人比开张时并没有增加多少。经常到这儿来的也就五十人左右,而且吸引他们的主要是这地方的绮丽风光,掩映在扭曲的树干有房子那么粗的参天大树下的小村庄的魅力,还有那远近闻名的峡谷。这段奇特的小山谷,一头开向广袤的奥弗涅平原,另一头在高山脚下,在簇立着好些古老火山口的高山脚下戛然而止,停止在一条满是崩石和危岩的狰狞而又奇美的裂隙前。那条裂隙里有一条小溪,流水潺潺,落在一块又一块巨大的岩石上,在每一块岩石前面形成一个小小的水潭。

这个温泉站像所有的温泉站一样,发端于一本宣传小册子。那是波纳菲尔医生写的一本小册子,介绍他发现的这个温泉。在这本小册子里,他首先用庄严而又动情的笔调,赞颂本地的阿尔卑斯山令人神往的美。他只使用精挑细选的华丽的形容词,无须多说就能制造出强烈效果的形容词。在他的笔下,昂瓦尔处处风景如画,壮丽的景观比比皆是,美不胜收;踏青野游之地均近在咫尺,且各具特色,足以打动艺术家和旅行家的心灵。紧接着,他一句闲话也不说,笔锋陡转,就大谈波纳菲尔矿泉水的治疗效用:它含有碳酸氢化合物、钠、混合物、少量微酸、氢氧化锂、铁质等等,可包治百病。这还不够,他还在"特别受制于昂瓦尔矿泉水的慢性和急性病"的统称下,一一列举这些病的名称。这份臣服于昂瓦尔矿泉水的疾病的名单很长,不但长,而且花样繁多,让各种类型的病人都能获得安慰。小册子结尾是一些日常生活的实用信息,例如住宿、饮食、旅馆的价目。因为当年有三家旅馆和这个兼营医疗和娱乐的企业同时涌现,那就是:大光明旅馆,是全新的,建在俯瞰山谷的山坡上;温泉旅馆,只是把一家从前的旅馆重新粉刷了一下;以及维达耶旅馆,是把三座相邻的房屋买下,打通了,连接而成。

紧接着,一天早晨,两个新医生不约而同在这里安下营盘;人们甚至不知道他们是怎么来的,因为在温泉城,医生总是像气泡从泉眼里冒出来一样突然出现。那就是:奥弗涅人奥诺拉医生和巴黎来的拉托纳医生。拉托纳医生和波纳菲尔医生之间顿时爆发出强烈的仇恨;而奥诺拉医生,一个干干净净、脸刮得精光的胖子,笑眯眯的,很圆滑,右手伸给前一个人,左手伸给后一个人,跟两个人都一团和气。不过,波纳菲尔医生以温泉站和昂瓦尔温泉浴所督察的身份,始终掌控着全局。

这个头衔让他拥有权力,而这家浴所是他的事业。他在浴所里消磨白天的时间,有人说他甚至夜晚也待在那儿。无数次,他一清早就从紧靠村庄的家里,来到他位于浴所走廊入口右边的诊室。他像一只待在网里的蜘蛛一样埋伏在那里,窥伺来往的病人。不同的是,他监视自己的病人,目光严厉;而他监视别人的病人,眼神凶恶。他用近乎海船船长的口吻盘问所有的人,弄得新来的人不是暗中发笑,就是胆战心惊。

这一天,他正向浴所快步走来,旧式礼服的宽大下摆像两个翅膀一样舞动着,忽然听见一声叫喊:"大夫!"他立刻站住。

他转过身,勉强露出一个笑容,瘦脸上布满深深的皱褶,像黑黢黢的深沟,很少修剪的浅灰色胡子显得脏兮兮的。他摘掉已经磨损、油迹斑斑的高筒丝光礼帽,露出灰白的而他的对头拉托纳医生戏称"灰垢"的长发;然后,他向前走一步,鞠了一躬,低声问:

"您好,侯爵先生,今天早上您好吗?"

德·拉夫奈尔侯爵,一个打扮得很讲究的矮个子,向医生伸出手,回答:

"很好,大夫,很好,至少不坏吧。我的腰还有些痛,不过总算好些了,好多了;而且我还只洗到第十次温泉浴。去年,我洗到第十六次才有效果。您还记得吧?"

"记得。我记得很清楚。"

"不过,我要跟您说的不是这个。我的女儿今天早上到了,我想先跟您谈谈她的情况,因为我的女婿昂代尔马特,威廉·昂代尔马特先生,那个银行家……"

"是的,我知道。"

"我的女婿有一封给拉托纳医生的引荐信。而我呢,我只信任您,我想请您去一趟旅馆,在……以前,不说您也知道……我想跟您坦率地说说这件事……您现在有时间吗?"

波纳菲尔医生很感动,又很紧张,连忙戴上帽子,立刻回答:

"有,我有时间,现在就有。我这就跟您一块儿去,好吗?"

"当然好。"

于是,他们就转身背对浴所,沿着一条弯弯的小路向大光明旅馆的大门快步走去。这座旅馆建在一个山坡上,便于旅客们观赏美好的景色。

到了二楼,他们走进一个客厅,这客厅连着德·拉夫奈尔和昂代尔马特两家的卧室;侯爵把医生一个人留在那儿,自己去找女儿。

他很快就和女儿一起回来。那是一个金发的年轻女子,身材娇小,脸色白皙,相貌清秀,神情像个孩子,但是那双大胆直视的蓝眼睛投射出果敢的目光,赋予这个小巧玲珑的人儿一

种坚毅的美感和独特的个性。她没有什么大病,只是稍微有些不舒服,有时有些伤感,有时无缘无故地落泪,有时没有道理地发火,还有一点贫血。她特别希望有个孩子,但是结婚两年了,一直在徒然地期待。

波纳菲尔医生表示昂瓦尔矿泉水对她特别有效,而且立刻开了方子。

他开的方子总像一份公诉状一样吓人。

他在一大张小学生用的白纸上洋洋洒洒写下很多段医嘱,每一段两三行不等,字迹狂放,布满支棱八叉的字母。

必须在早晨、中午、晚上空腹服用的药水、药丸、药粉,面目狰狞地相继出现。

人们会以为读到这样的东西:

鉴于 X 先生患有某种无可救药、必死无疑之慢性病,兹要求其服用:

一、奎宁硫酸盐,这将致其耳聋,令其失忆;

二、溴化钾,这将毁其胃,衰其功能,令其多生疮疖、气息恶浊;

三、碘化钾,这将枯竭其体内各种分泌腺,如脑腺等,迅即致其阳痿而又痴呆;

四、苏打水杨酸酯,其疗效尚未获证实,但似乎可令服用者顷刻暴毙;

须用之药物还有:

致人疯狂之氯醛,伤人眼睛之颠茄,腐败血液、蚕食器官、吞噬骨头、令幸而无病者亦难逃一死的种种蔬菜溶液及矿物合剂。

他写了很久很久,写完正面写背面,最后像法官签署死刑判决书一样签下大名。

年轻女子坐在他对面,看着他信笔挥洒,不禁嘴角一噘一噘,直想笑。

医生深深行了个告别礼,便走出去。她马上拿起那张满是墨迹的纸,揉成一团,扔进壁炉,终于开心大笑起来,一边笑一边说:"哈!父亲,你是在哪儿发掘出这个化石的?他活像个估衣商……哈!……只有你能做出这样的好事,把一个大革命前的医生从土里挖出来!……哈!他多么可笑……而且肮脏……是呀……肮脏……真的,我怕他把我的笔杆都弄脏了……"

门开了,只听昂代尔马特先生在说:"请进,大夫!"拉托纳医生走进来。他腰板笔直,个子瘦高,相貌端正,看不出年龄,穿一件雅致的礼服上装,手里拿着一顶丝光高礼帽,那是识别奥弗涅地区温泉站主治医生的标志。这位巴黎来的医生,既没有留连巴胡,也没有留八字胡,很像一个在度假的演员。

侯爵一下子愣住了,不知道该说什么,也不知道该做什么。他的女儿假装用手绢捂着嘴在咳嗽,免得冲着这位新来的医生笑出声。拉托纳医生镇定自若地致了礼,少妇做了个手势,他便坐下。昂代尔马特先生跟过来,向医生详细讲述妻子的情况:她的种种不适以及她的诸多症状,在巴黎看过的医生们的见解;继而又陈述了他本人的独特看法,并且把他颇为专业的依据用术语表达得铿锵有力。

昂代尔马特先生年纪还轻,是个犹太人,投资经纪人。这方面的事他无所不能,无不精通。他头脑灵活,领悟迅捷,能够十拿九稳地做出最佳判断。相对于他不高的个头,他已经略显肥胖。他面颊红润,头顶光秃,手肥腿短,神情像个胖娃娃。他气色太好,反而显得不健康。他说话伶牙俐齿,能把人说得晕头转向。

昂代尔马特先生当年用十分巧妙的手腕娶了德·拉夫奈尔侯爵的女儿①,就是为了能在一个完全不属于他的社会里开拓他的投机事业。更何况侯爵拥有大约每年三万法郎的利息收入,而且只有两个孩子。不过,昂代尔马特刚刚三十岁结婚的时候,手里已经有五六百万法郎;早先播下的种子,还能从中收获一千万到一千二百万法郎。德·拉夫奈尔先生是个优柔寡断的人,主意容易变,性格也软弱,有人向他提这门亲事的时候,他起初愤然拒绝。一想到自己的女儿要嫁给一个以色列人,他就火冒三丈。可是后来,抵制了半年以后,在不断加码的金钱的压力下,他让步了,条件是:将来生了孩子,要在天主教的环境里培养。

可是,一等再等,始终没有一个孩子问世。侯爵两年来每年都到昂瓦尔疗养,对这里的矿泉水十分满意,他忽然想道:波纳菲尔医生的小册子说过可以治愈不孕症。

于是他让女儿到这里来;为了帮她安顿,让女婿陪着她。根据她在巴黎的家庭医生的意见,她的诊治托付给拉托纳医生;所以,一到这儿,昂代尔马特先生就去找这位医生。昂代尔马特继续列举着在妻子身上看到的症状,并且说,如果做父亲的希望破灭,他会多么痛苦。

拉托纳医生让他一直把话说完,然后向少妇转过身,说:

"您有什么要补充的吗,夫人?"

她郑重地回答:

---

① 这时期在法国天主教徒和犹太教徒之间通婚已非鲜见,而且大都出于金钱利益的考虑。

"没有,没有什么要补充的,先生。"

他接着说:

"那么,我请您脱掉旅行穿的连衣裙和内衣,换上一件普通的白罩衫,全白的罩衫。"

她很惊讶。他连忙说明他要采用的方法:

"没什么奇怪的,夫人,这很简单。从前,人们总以为一切疾病都是来自血液或者器官的某种毛病;而今天,我们只是假设,在很多病例中,尤其是在您的这种特定病例中,您只是有些原因不明的不适,哪怕是一些严重、很严重、可以致命的疾病,都可能仅仅是由于某个器官,在这样那样不难确定的影响下,发生了不正常的演变,损害了邻近的器官,破坏了人的身体的整个和谐和整个平衡,改变或者阻止了身体的功能,以致妨碍了所有其他器官的运转。

"比方说,只要胃有些肿胀,就会让人以为是得了某种心脏病,因为心脏的运动受到了妨碍,心跳变得剧烈、不规律,甚至有时会间断。肺和某些腺体的扩张能够引起一些病痛,如果医生不注意观察,往往会将这些病痛归咎于各种毫不相干的理由。

"因此,我们应该做的第一件事,就是确定一个病人的所有器官的体积和位置是不是都正常;因为,只要稍微有一点问题,就可能打乱一个人的健康。所以,夫人,如果您允许的话,我就要非常仔细地给您检查,并且在您的罩衫上画出您的各个器官的界限、体积和位置。[①]"

[①] 这种称作器官描述的方法,在安托万·克罗斯(1833—1903)医生的《器官测量》(1884)一书出版后盛行一时。

他把帽子放在椅子上，神闲气定地说着。他的大嘴开开合合，在他刮得光光的面颊上形成两道深深的皱褶，那样子看上去挺像个神父。

昂代尔马特听得津津有味，连连惊叹："高明，高明，这个理论，实在了不起，这，很有创意，很新颖，很现代。"

"很现代"，在他的两片嘴唇之间，这已是他赞美的极致。

少妇也觉得非常有趣，站起来，走进她的卧室，过了几分钟，穿着一件白色罩衫走回来。

医生让她躺在一张长沙发上，然后从衣服口袋里取出一支带三个笔头的铅笔，一个黑的，一个红的，一个蓝的。他开始为这位新顾客听诊和叩诊，一边在她的罩衫上画出不同颜色的杠杠，留下他每一次观测的标记。

这项工作进行了一刻钟以后，她那件白罩衫就仿佛成了一张标明了陆地、海洋、岬角、江河、国家和城市，写着地球上所有区域名称的地图，因为医生在每一条分界线上都写下只有他明白的两三个拉丁字。

医生听完了昂代尔马特夫人所有内脏的响声，敲过了她身体所有沉浊或者响亮的部位，然后从衣服口袋里掏出一个红色皮面烫着金丝网格、可按字母顺序查阅的笔记簿。他看了看索引，打开笔记簿，先写下："观察第六三四七号。——昂……夫人，二十一岁。"

接着，他一边从头到脚审视着罩衫上留下的彩色记录，像一位埃及学家解析象形文字一样阅读着这些标记，一边把它们转抄到笔记簿里。

诸事完毕，他宣布："没有任何令人不安的事，没有任何不正常的情况，除了有一处轻微、很轻微的偏位。洗三十次含微酸的温泉浴就能痊愈。另外,您每天上午十二点以前喝三次矿泉水,每次半杯。其他什么都不需要。过四五天我再来看您。"说完,他就站起来,道过别,便大步流星地走出去,动作是那么迅速,让大家都久久地愕然。这猝不及防的离去是他的做派、他的特色、他特有的标记。他认为这很有风度,而且会给病人留下深刻的印象。

昂代尔马特夫人跑到镜子前面,打量着自己,像孩子一样开心地大笑,笑得前仰后合,一边说:

"哈!他们真逗,他们真可笑!告诉我,是不是还有一个,我倒很想马上见识见识!威勒①,去把他给我找来!想必还有第三个,我很想会一会他。"

丈夫很感意外,问:

"怎么,第三个,第三个什么?"

侯爵不得不做个解释,一边表示歉意,因为他有点怕女婿。他说,波纳菲尔医生来看过他,他便把他引荐给了克里斯蒂亚娜,想听听他的意见,因为他非常信任这位老医生的经验,他是本地人,是他发现的泉源。

----

① 威勒:昂代尔马特的名"威廉"的昵称。

昂代尔马特耸了耸肩膀,表示他认为只有拉托纳医生能治好他的妻子。侯爵很不安,已经在考虑怎么办才能把事情摆平,不至于得罪他那位性情暴躁的医生。

克里斯蒂亚娜问:"贡特朗也来了吗?"贡特朗是她的哥哥。

父亲回答:

"来了,已经来了四天了,跟一个朋友一起来的,就是他常跟我们说起那个朋友,保尔·布雷蒂尼先生。他们正一起周游奥弗涅。他们刚从道尔山①和拉布尔布勒②来到昂瓦尔,下周末又要出发去康塔尔③。"

接着,他问女儿,昨晚坐了一夜火车,她是不是想休息一下,休息到吃午饭;可是她说她在卧铺车里睡得非常好,只需要给她一个小时的时间梳洗化妆,然后她就想去参观村庄和浴所。

父亲和丈夫便回各自的房间,等她做准备。

她很快就让人叫他们出来,一起下山。她一看到村庄就兴奋不已。这村庄建在树林里,嵌入这条深深的谷地,被小山那么高的栗树围得严严实实。门前,院内,街道上,到处都能看到栗树,四百年来它们持续萌发,恣意蔓延;到处都有喷泉,这些喷泉都是在一块立着的黑色石头上凿一个洞,一道清泉喷涌而出,画一个弧线,然后落在一个水槽里。一股新鲜的畜栏气息在高大的树下飘荡。

---

① 道尔山:法国市镇,位于今奥弗涅-罗讷-阿尔卑斯大区多姆山省,海拔一〇五〇米,周围多火山,其中桑西峰海拔一八八五米,是法国中央高原最高点。

② 拉布尔布勒:法国市镇,位于今奥弗涅地区多姆山省,平均海拔八五二米的冰川峡谷中,有"温泉站""旅游站"和"绿色站"之称。

③ 康塔尔:今法国奥弗涅-罗讷-阿尔卑斯大区的一个省,取名于其中部的康塔尔火山高原,直径六十公里,有多达六十余个火山口,康塔尔峰是该高原的制高点,海拔一八五五米。

一些奥弗涅妇女,或者迈着缓慢的步子走在大街上,或者站在自家的房屋前,手指灵活地运动着,在一个系在腰间的纺锤上纺着黑色毛线。她们的裙子的下摆较短,遮不住穿着蓝袜子的瘦瘦的脚踝;裙子的上身用一个类似背带的吊带挂在肩上,露出衬衫的粗布短袖,从袖子里伸出结实干瘦的胳膊和骨头突出的手。

突然,忽高忽低的滑稽的音乐声从这群散步者的前方传来,像一架声音微弱的手摇风琴,一架破旧、嘶喘、磨损了的手摇风琴。

克里斯蒂亚娜惊呼:

"这是什么声音?"

父亲笑了起来:

"这是娱乐场的乐队。发出这噪音的乐队,有四个乐手。"

他把她领到贴在一个农庄拐角的红色广告前,那广告用黑字写着:

昂瓦尔娱乐场

经理:奥德翁剧院的佩特吕斯·马尔泰尔[①]

七月六日(星期六)

[①] 这张广告中所有艺术家的姓名均为虚构。

大型音乐会

指挥:巴黎音乐学院第二大奖获得者圣朗德利大师

钢琴:雅维尔先生,巴黎音乐学院大桂冠获得者

长笛:诺瓦罗先生,巴黎音乐学院桂冠获得者

低音提琴:尼科尔蒂先生,布鲁塞尔皇家音乐学院桂冠获得者

音乐会后,大型演出:

林中迷路人

普安蒂莱先生的

独幕喜剧

扮演者:

皮埃尔·德·拉普安特……奥德翁剧院的佩特吕斯·马尔泰尔先生

奥斯卡尔·莱维耶………………轻喜剧院的佩提尼维勒先生

让………………………………波尔多大剧院的拉帕尔姆先生

菲律宾姑娘……………………奥德翁剧院的奥德兰小姐

剧中音乐仍由圣朗德利大师指挥

克里斯蒂亚娜很新奇,一边大声读,一边笑个不停。

父亲见她那么开心,又说:

"哦!他们一定会把你逗乐。咱们过去看看。"

他们向右拐,走进公园。三条小路上都有浴客在庄重、缓慢地散步;他们走一会儿就去喝矿泉水,喝完了又继续走。一些人坐在

长凳上,用手杖或者阳伞的尖儿在沙地上画着杠杠。他们一言不发,似乎什么也不想,只是活着,被温泉站的沉闷弄得麻木了,瘫痪了。只有不知哪儿来的、也不知怎样产生的古怪的音乐声,在静谧的空气里跳跃,在树丛中掠过,仿佛在激励那些忧郁的漫步者。

有人在叫喊:"克里斯蒂亚娜!"她转过身去。是她的哥哥。他向她跑过来,拥吻她,跟昂代尔马特握过手,便拉着她的胳膊往前走,把父亲和妹夫丢在身后。

兄妹俩聊了起来。哥哥是个高大帅气的小伙子,像她一样笑呵呵的,像侯爵一样没有主见,对大事漠不关心,但总是为区区一千法郎费尽心机。

"我以为你在睡觉呢,不然我早就来找你了,"他说,"不过,今天上午保尔带我去参观图尔诺埃尔古堡①了。"

"保尔是谁?啊,对了,是你的那个朋友!"

"保尔·布雷蒂尼。真的,你不认识。他这时正在洗温泉浴呢。"

"他有什么病吗?"

"没有,不过他也算在治疗吧。他刚得了失恋病。"

"于是,他就来洗微酸——好像叫微酸——温泉浴,为了恢复平静。"

"是的。我叫他做什么,他就做什么。啊!他受到很大打击。这是个性情暴烈的可怕的小伙子。他差一点死掉。他甚至想把她也杀死。那是个女演员,挺有名气的女演员。他爱她爱得发狂,而她却对他不忠,当然啰,这就必然酿成骇人的悲剧。于是,我就把

---

① 图尔诺埃尔古堡:一座中世纪的堡垒,修建在海拔五九四米的岩石高台上,因其高耸的塔楼而得名,又意译"圣诞节塔",位于沃尔维克境内,距昂瓦尔约四公里,距沙泰尔-吉雍约八公里。

他带到这里来。他现在好些了,不过总还想着这件事。"

她刚才还笑嘻嘻的,现在变得严肃了,说:

"如果见到他,我一定会感到很高兴。"

不过,对她来说,"爱情"这两个字并没有什么深文大义,她有时想它,也只是如一个穷家女子想一串珠宝项链,想一个镶满钻石的冠冕式的发饰,怀着对可望而不可即的事物的久梦乍醒的兴趣。她是根据读过的几本小说来想象爱情的,并不认为爱情是什么大不了的事。她从来没有怎么梦想过,因为她生来就有一颗幸福、安宁、知足的心;虽然结婚已经两年半了,她还没有从天真少女们生活的甜梦中醒来,没有从那心灵、思想和感觉都陶醉于其中的甜梦中醒来。对某些妇女来说,这甜梦会一直绵延至死。生活对她来说似乎是那么简单和美好,没有任何纷扰,她从来不去寻找什么意义和缘由。她生活,睡觉,衣着讲究,笑呵呵的,很满足!她还能有什么更多的要求呢?

当人们介绍昂代尔马特给她做未婚夫的时候,她起初是拒绝的,就像一个单纯的孩子,对要她成为一个犹太人的妻子感到气愤。她的父亲和哥哥也和她一样厌恶,回答也一致,那就是断然拒绝。昂代尔马特便销声匿迹,像是死了一般。但是,三个月以后,他借给贡特朗两万多法郎;而侯爵,出于另外的原因,也开始改变主意。首先,一般来说,他自私地认为多一事不如少一事,所以当别人坚持的时候,他总是退让。女儿常说他:"噢!爸爸的想法总是糊里糊涂!"而事实的确如此。他没有主张,没有信仰,只有随时都会变化的一时的热情。有时,他短暂、诗意地依恋本阶级的陈旧传统,渴望有一个国王,不过应该是一个聪明、宽厚、明智、与时俱进的国王;有时,读了米什莱①或某个民主派思想家的一本书以

---

① 于勒·米什莱(1797—1874):法国历史学家,自由主义者和反教权者。

后,他又热烈赞同人类平等,赞同各种现代的主张,赞同贫穷、被碾压和受苦的人的要求。他什么都信仰,他的见解因时而异。他的老朋友伊卡尔东夫人跟许多以色列人有联系,非常希望促成克里斯蒂亚娜和昂代尔马特的婚姻,便开始鼓动这件事,她很清楚用什么理由能打动他。

她向他指出,犹太民族已经到了复仇的时刻;他们曾像大革命前的法国人民一样备受迫害,现在他们就要通过金钱的伟力压倒其他民族了。侯爵没有宗教信仰,但他深信上帝的观念只不过是立法上的一种概念,比简单的正义观念更适于糊弄那些傻瓜、无知者和胆小鬼,他对各种宗教教义同样尊重,不分高下;他对孔夫子、穆罕默德和耶稣基督一视同仁,抱着同等的看法和真诚的敬意。曾经把耶稣钉在十字架上那件事,在他看来根本构不成原始的罪过,而只是一个大的政治失误。结果,伊卡尔东夫人只用了几个星期的工夫,就让他转变了观念,对到处受迫害的犹太人所做的隐蔽、不懈、威力无比的工作大表赞赏。他突然改以异样的眼光看待他们的辉煌胜利,认为这是对他们所受的漫长屈辱的公正补偿。他看到他们像统治人民的帝王们的主人一样,任意支撑一个王座或者让它倒塌,让一个国家像一个葡萄酒商一样破产,在向他们卑躬屈膝的君王们面前扬眉吐气,把他们不干净的金钱扔进笃信天主教的统治者们见不得人的金库,而作为报答,从他们那里得到高贵的头衔和铁路线的建设权。

于是,他同意了威廉·昂代尔马特和克里斯蒂亚娜·德·拉夫奈尔的婚事。

至于克里斯蒂亚娜,伊卡尔东夫人原是她母亲的密友,侯爵夫人死后又成为她的贴心顾问,在这位顾问不知不觉的影响下,再加上父亲施压,哥哥因为得了好处而变得无所谓,尽管她不大喜欢

他,她还是同意了嫁给这个富有、肥胖但还不算丑的小伙子,就像她同意到一个不喜欢的地方度夏一样。

现在呢,她觉得他很体贴,很随和,不笨拙,在亲密生活中很讨喜。不过,她也经常和过河拆桥的贡特朗一起嘲笑他。

贡特朗常对她说:

"你丈夫的脸色越来越红润了,脑瓜越来越秃了。他就像一朵有病的花,一只剃了毛的乳猪。他哪儿来的这么好的气色?"

她回答:

"我向你保证,这和我毫无关系。有些日子,我真想把他粘在糖果盒上做商标。"

说话间,他们来到浴所前面。

两个男人分别坐在大门两边的麦秸垫的椅子上,背靠着墙,抽着烟斗。

贡特朗说:

"瞧,两个多么典型的活宝。瞧右边的这一个,戴希腊帽的瘸子!这是普兰唐老爹,他以前在利奥姆①当狱卒,后来成了这里的看门人,几乎就是昂瓦尔浴所的营业主任。不过这对他来说没有任何变化,他管制病人就像从前管制犯人一样。在他的心目中,浴

---

① 利奥姆:法国市镇,昂瓦尔所属的利奥姆专区的政府所在地,距昂瓦尔约六点七公里。

客全都是囚犯,单间浴室就如同囚室,淋浴大厅就如同地牢,波纳菲尔医生用巴拉杜克①导管给病人洗胃的地方,就如同神秘的行刑室。根据'被判刑的男人都不值得尊重'这一原则,他不跟任何男客人打招呼。他对女客人比较尊重,只是在尊重里面带着一点惊异,因为他在利奥姆监狱看守的没有女人,那监狱是专门囚禁男犯人的,他还不习惯跟妇女说话。另一个人是收款员。我敢跟你打赌,你不敢让他写你的名字;不信,你试试看。"

贡特朗向坐在左边那个人轻声慢语地说:

"塞米努瓦先生,这是我的妹妹,昂代尔马特夫人,她想订十二次温泉浴。"

收款员个子又高又瘦,一脸可怜相,站起身,走进他的办公室,办公室就在医务督察波纳菲尔的诊室对面。他打开一个本子,问:

"什么名字?"

"昂代尔马特。"

"您说什么?"

"昂代尔马特。"

"怎么拼?"

"昂—代—尔—马—特。"

"好嘞。"

收款员慢吞吞地写起来。等他写完了,贡特朗问:

"您能不能把我妹妹的名字念一遍给我听?"

---

① 伊波利特·巴拉杜克(1850—1909):法国医生,他首先在沙泰尔-吉雍推行温泉浴疗法,他在一八七五年左右从巴黎来到沙泰尔-吉雍,被任命为医务督察,他不仅推广了温泉医疗活动,而且推动了大温泉站的发展。他是莫泊桑父亲的朋友,据说莫泊桑就是根据他的建议到沙泰尔-吉雍接受温泉浴疗养。

"好嘞,先生。昂泰尔帕特太太。"

克里斯蒂亚娜笑出了眼泪。她付了款,问:

"楼上是什么声音?"

贡特朗拉着她的胳膊,说:

"去看看。"

凶狠的吵嚷声从楼梯那儿传来。他们上了楼,推开门,只见一个大咖啡厅,摆着一张台球桌。台球桌的两头有两个只穿衬衫的男人,手里各执一根木杆,在激烈地争吵。

"十八。"

"十七。"

"我跟你说我十八。"

"不对,你只有十七。"

那是娱乐场的经理,奥德翁剧院的佩特吕斯·马尔泰尔先生,正在和他团里的丑角——波尔多大剧院的拉帕尔姆先生,像每天一样在打台球。

佩特吕斯·马尔泰尔的肥大松软的肚子像大球一样,在衬衫下面直晃荡,下面的裤子真不知道是怎么系住的。他在几个地方当过蹩脚的演员以后,取得了昂瓦尔浴所娱乐场的经营权。他整天都在畅饮供浴客喝的饮料。他那副庞大的军官八字胡①从早到晚浸在大杯啤酒的泡沫和各种利口酒的黏糊糊的甜浆里。他让自己招募来的这个老丑角也热衷上台球而不能自拔。

早上一起床,他们就开始打台球,一边打,一边互相辱骂,互相威胁,几乎连吃午饭都没有时间,绝不容许顾客把他们从绿毯上赶走。

---

① 这一时期法国军人流行蓄浓厚而宽大的八字胡。

他们把大家都赶跑了，却一点也不觉得生活无趣，尽管这个季度末佩特吕斯·马尔泰尔就要面临破产。

娱乐场的女收款员从早到晚看着这无休无止的球局，从早到晚听着这没完没了的纷争，从早到晚不停地给两个不知疲倦的球员端大杯啤酒和小杯烈酒，累得精疲力竭。

贡特朗拉着他妹妹就走：

"咱们去公园，那里凉快些。"

他们沿着浴所走到尽头，突然看见一个中式凉亭下面有一个乐队。

一个金发的年轻人发狂似的奏着小提琴，一边用脑袋，用随着节拍乱舞的头发，用弯曲、挺直、剧烈摇晃的身体，像挥动指挥棒一样操控着坐在他对面的三个古怪的演奏者。此人就是音乐大师圣朗德利。

除了大师，还有他的几个助手：一个钢琴家，他那台乐器带轮子，每天早上从浴所的更衣室推到亭子里；一个身材硕大的笛手，吹笛子的样子就像在吮一根火柴，用他臃肿的手指胳肢着笛子；一个低音提琴手，外貌像个痨病鬼。克里斯蒂亚娜在村里大街上意外听到的，就是这四个人不辞辛苦地炮制的、像破手摇风琴发出的音响。

她停下来，正在远远地观看这帮人表演，一位先生跟他的哥哥

23

打招呼：

"您好呀,亲爱的伯爵。"

"您好,大夫。"

贡特朗介绍说：

"这是我的妹妹。这位先生是奥诺拉医生。"

面对这第三个医生,克里斯蒂亚娜好不容易才忍住她觉得好笑的表情。

医生向她致礼,并说了句奉承话,接着说：

"我希望夫人不是有病吧？"

"有。恰恰有一点。"

他没有追问,就转换了话题。

"您知道吗,亲爱的伯爵,待会儿能在谷口看到一个非常有趣的场面。"

"什么场面,大夫？"

"老奥利沃要炸掉他的小石山,啊！这在您看来不算什么,对我们来说可是一件大事。"

然后,他就解释起来。

老奥利沃是本乡最有钱的农民,有人估计他每年有五万法郎进账,昂瓦尔峡谷通向平原的出口一带,所有的葡萄园都是他的。正好在村口,和小山谷分界的地方,耸立起一座小山,或者说是一个挺大的小丘,老奥利沃最好的几处葡萄园就在这小丘上。可是在其中一处葡萄园里,紧挨着大路,离小河两步远的地方,立着一块巨大的岩石,一个小石山,既妨碍耕种,又遮住一大片葡萄园,使之见不到阳光。

十年来,老奥利沃每个星期都宣称要炸掉他的小石山,可他总下不了决心。

每次本地的一个小伙子要出发去服兵役,老爷子都会对他说:"你放假回来,务必带一点炸药给我,好炸掉我那块'石头疙瘩'。"

所有的小兵回来的时候,果然都偷拿一点炸药,放在包里,给老奥利沃炸他的"石头疙瘩"。箱子里已经装满了炸药,但是"石头疙瘩"却纹丝没动。

终于,一个星期以来,人们看见他带着身材魁梧的儿子雅克,绰号叫"大块头",奥弗涅土语发音叫"大块斗"的,在凿那块石头了。今天早上,他们已经往巨岩的掏空的肚子里填满炸药,接着又把洞口堵上,只让导火线穿过。导火线是从烟草专卖商那儿买来的吸烟用的火绳。预定两点钟就要点火。因为导火线很长,两点五分,最晚两点十分,大石头就要炸掉了。

克里斯蒂亚娜对这个故事很感兴趣,想到这大爆炸,她已经觉得很好玩,仿佛又找到童年时代一种让她淳朴的心快活的游戏。

说着,他们走到了公园的尽头。

"再往前走是什么地方?"她问。

奥诺拉医生回答:

"'世界尽头',夫人,也就是说,进入一个没有出路的峡谷,一个在奥弗涅地区很有名的峡谷,是本地最美的自然奇观之一。"

这时,钟声在他们身后敲响。贡特朗大声说:"哎呀,已经到吃午饭时间了!"他们就往回走。

一个高大的年轻人向他们迎面走来。

贡特朗说:

"我的小克里斯蒂亚娜,我向你介绍保尔·布雷蒂尼先生。"

接着又对他的朋友说:

"这是我的妹妹,亲爱的朋友。"

她觉得他其貌不扬。黑色的头发又短又硬,眼睛太圆,表情近乎严厉,脑袋又圆又大,让人联想到炮弹,一副大力士的肩膀,样子有点野蛮、沉重和粗鲁。不过,从他的礼服、内衣,也许从他的皮肤,散发出一种她没有闻到过的微妙、细腻的香味;她心里暗想:"这是什么香味呢?"

他问她:

"您是今天早上到的吗,夫人?"

他的声音有点低沉。

她回答:

"是的,先生。"

这时,贡特朗远远看见侯爵和昂代尔马特在向这些年轻人招手,叫他们快去吃午饭。

奥诺拉医生便向他们告辞,并且问他们是否确实想去看爆破小石山。

克里斯蒂亚娜表示她要去;她一边拉着哥哥的胳膊向旅馆走,一边凑到他耳边小声说:

"我饿得像只狼。当着你朋友的面那么放量大吃,太难为情了。"

第 二 章

像旅馆的客人通常进餐那样,这顿午饭吃了很久。同桌其他的人,克里斯蒂亚娜都不认识,便只跟父亲和哥哥闲聊。然后,她就上楼去休息,等待预定爆破小石山的时间到来。

时间还没有到,她就已经做好了准备,催大家出发,生怕错过了爆破的场面。

在村子的出口,小山谷开向平原的地方,他们看到一个高高的小丘,高得近乎一座山峰。他们在烈日下沿着葡萄园之间的一条窄窄的小路往上走。来到丘顶,眼前霍然展现出一片广阔的景象,少妇不禁发出一声惊叹。无边的平原,给人的心灵一种面临汪洋大海的感觉。它在轻柔的蓝色雾气笼罩下逐渐伸展,一直伸展到很远,直到若隐若现的远远的群山,也许有五六十公里之遥。雾霭是那么细腻,几近透明,在无垠的大地上飘浮,依稀可见下面的城市、村庄、树林、大块成熟的金色麦田、大片的绿色草场、竖立着高高的红色烟囱的工厂,以及用古老火山熔岩砌起的尖尖的黑色钟楼。

"你回头看呀。"哥哥说。克里斯蒂亚娜转过身。在她身后,远处是山岭,布满火山口的凸凹不平的巨大山岭。紧接着,在昂瓦尔峡谷的尽头,是一片广阔的绿海,只能隐约看到掩藏在其中的峡谷的凹沟。树木像浪花一样在陡峭的山坡上攀登,一直爬上最近的山峰。这山峰挡住了视线,后面的峰峦都隐而不见。因为他们正好站在平原和山区的分界线上,只见那高山向左边,朝克莱尔蒙-费朗①方向延伸,在碧空的背景上展开无数被阉割得奇形怪状、像一个个大脓包似的山头,那都是些熄灭的火山,死火山。远处,再远处,透过两座山峰的间隙,可以眺见另一座山,一座更高更远的山,浑圆,雄伟,山顶上有一个古怪的东西,似乎是一座废墟。

那就是多姆山②,奥弗涅的群山之王,伟岸而又庄严,山上还保留着一座古罗马神庙的残余,就像戴着最伟大的民族为它加上的冠冕。

克里斯蒂亚娜欢呼:"啊!我如果在这里,该是多么幸福呀。"实际上,她沉浸在深入肉体和心灵的恬适当中,已经感到很幸福了。这恬适让你呼吸舒畅,浑身轻松,因为你突然来到一个赏心悦目、令你心旷神怡的地方,仿佛这地方正等待着你,你感到自己就是为它而生。

这时有人喊她:"夫人!夫人!"她远远看到奥诺拉医生。她是从他那顶大礼帽认出他来的。他跑过来,领着这一家人向另一面山坡走去。在那面山坡的一片草地上,一个小树林旁边,已经有三十来人在等候,有外来的人也有本地的农民。

在他们脚下,陡陡的山坡一直下到去利奥姆的大路。柳树荫蔽着大路,也覆盖着细细的小河。在这小河边的一个葡萄园中间,矗立着一个尖顶的巨岩,两个人正跪在巨岩脚下,像是在祈祷。那就是将要爆破的小石山。

---

① 克莱尔蒙-费朗:法国中部的一个重要城市,多姆山省省会。
② 多姆山:法国中央高原多姆山省的著名死火山之一,海拔一四六五米。

奥利沃父子正在固定导火线。大路上,一群爱看热闹的人在围观,前面是一排个头虽小却更闹腾的顽童。

奥诺拉医生为克里斯蒂亚娜选了一个合适的位置。她坐在那里,心怦怦直跳,好像就要看到那个巨岩连同那群观看的民众一起被炸飞似的。侯爵、昂代尔马特和保尔·布雷蒂尼躺在少妇旁边的草地上。始终站着的贡特朗,用调侃的口吻说:

"亲爱的大夫,看来您远没有您的同行们忙,他们是绝不会浪费一个小时来看这个小热闹的。"

奥诺拉不动声色地回答:

"我也同样忙;只不过我的病人让我忙的时间少一些……另外,我更喜欢让我的病人们散心,而不是只给他们吃药。"

他回答得很机智,很让贡特朗喜欢。

又来了几个人,几个同桌吃饭的人:两个帕耶夫人,母女俩,都是寡妇;莫内居父女;一个矮胖子,奥波利-帕斯德先生,像漏气的汽炉一样呼哧带喘,他是在俄国发了财的前矿业工程师。

侯爵和奥波利-帕斯德先生已经搭过话。后者认真而又谨慎地做了几个准备动作,很费劲地坐下来。克里斯蒂亚娜看在眼里,觉得很好玩。贡特朗已经走开,去瞅瞅其他像他们一样到小丘上来看热闹的人的情形。

保尔·布雷蒂尼向克里斯蒂亚娜·昂代尔马特指点着远处那些看得见的地方。最近的是利奥姆,像一个红色斑点,平原中的一个红瓦片似的斑点;然后是艾尼萨、马兰戈、勒祖,一群几乎看不到的村庄,就像是在绵延不断的绿色桌布上标出的深色小窟窿;那边,最那边,弗莱①的山脚下,他坚称能让她分辨出梯埃尔②。

他很兴奋,说:

"瞧呀,瞧呀,在我的手指前面,在我的手指的正前面。我呢,我看得很清楚。"

可是她呢,她却什么也看不到。不过即使他看得到,她也不觉得奇怪,因为他看的时候就像一只老鹰,眼睛睁得圆圆的,而且目不转睛,让人感到就像航海望远镜那样功率强大。

他接着说:

"阿里埃河③就在我们前面,在这个平原中间流淌,不过看不见,因为它太远,离这儿有三十公里。"

她并不想费力去发现他指点的那些地方,因为她把目光和思

---

① 弗莱:法国的一个自然和历史区域,主要位于今奥弗涅-罗讷-阿尔卑斯大区的中部。
② 梯埃尔:法国市镇,位于今奥弗涅-罗讷-阿尔卑斯大区多姆山省。
③ 阿里埃河:法国中部的一条河,卢瓦尔河的主要支流之一,以该河谷为轴心形成旧时的奥弗涅省,现今的阿里埃省也由其得名。

想都集中在那个小石山上了。她心里在想,待一会儿,那巨大的岩石就不复存在,灰飞烟灭了;她动了隐隐的怜惜之情,就像一个小女孩怜惜一个被摔坏的玩具。这个巨岩立在那里已经很久了;再说,它很美,看着挺舒服。两个男人现在已经站起来,把一些小石头堆在巨岩脚下,就像忙碌的农民那样动作迅速地用铁锹铲着。

大路上的人群不断增加,为了能看得清楚些,已经走得很近了。娃娃们都快够得着两个干活的人了,像撒欢的小动物一样在他们周围窜来窜去。从克里斯蒂亚娜所在的高处往下看,那些人显得很小,就像一群小昆虫,一个正在劳动的蚁群。人声一直传到高坡上,有时轻得几乎听不见,有时响一些,形成一股话语和行动的扰攘,不过这嘈杂声在空气里碎化了,蒸发了,变为一种音响的尘埃。小丘上,村里陆续赶来的人也在增加,这片可以俯瞰被判死刑的巨岩的山坡上,已经挤满了人。

人们互相呼喊着,按旅馆,按阶层,按团体,分别聚集在一起。最吵闹的是娱乐场经理奥德翁剧院的佩特吕斯·马尔泰尔领导和他管制下的那帮演员和乐手;遇上这千载难逢的时机,马尔泰尔先生已经放弃了他那场疯狂的台球。

这个留着八字胡的演员,头戴一顶巴拿马草帽,穿着一件肥大的黑色羊驼上衣,露出一个白衬衫包裹的肉峰般的大肚子,因为他以为在乡下用不着穿坎肩;他摆出统领一切的派

头,指点着,解释着,评论着奥利沃父子的每一个动作。而他的下属们:小丑拉帕尔姆、小生佩提尼维勒,以及音乐家们:指挥圣朗德利、钢琴家雅维尔、高大的笛手诺瓦罗、低音大提琴手尼科尔蒂,围着他,倾耳细听着他的每一句话。他们前面坐着三个女人,打着三把阳伞,一把蓝的,一把白的,一把红的,在午后两点钟的烈日下,组成一面异样和耀眼的法国国旗。那三个女人是:年轻的演员奥德兰小姐;她的母亲,贡特朗称之为"租来的母亲";咖啡座的女收款员,这母女俩的常伴。把阳伞按国旗的颜色编排,是佩特吕斯·马尔泰尔的一个发明;初夏的时候,他发现奥德兰母女手里的阳伞一蓝一白,就送给女收款员一把红的。

紧挨着他们,另一群人同样吸引着人们的目光,那是一帮旅馆的厨师和厨房小学徒,一共有八个人,为了惹过路人注意,这些穿粗布白工作服的厨子之间开始了一场打斗,连洗碗工们也卷了进来。他们都站着,平顶无檐的帽子承接着越来越强烈的阳光,像一个怪诞的白衣枪骑兵的参谋部,又像一个厨子代表团。

侯爵问奥诺拉医生:

"这些人都是从哪儿来的?我从来也没想到昂瓦尔会有这么多人。"

"啊!从沙泰尔-吉雍①,从图尔诺埃尔,从罗什普拉蒂埃尔②,从圣依波里特③,哪儿来的都有。因为这件事在这一带已经

---

① 沙泰尔-吉雍:法国市镇,位于今奥弗涅-罗讷-阿尔卑斯大区多姆山省。著名的温泉城,在克莱尔蒙-费朗市北面二十公里。一八八六年长篇小说《奥利沃山》写作和发表时,这里是一个有一千一百一十六个居民的小城。
② 罗什普拉蒂埃尔:法国市镇,位于克莱尔蒙-费朗西北方,是沙泰尔-吉雍辖下的三个村庄之一。
③ 圣依波里特:法国市镇,位于克莱尔蒙-费朗西北方十五公里,是沙泰尔-吉雍辖下的三个村庄之一。

说了很久了;何况老奥利沃又是一个名人,一个论势力和财富都受到尊重的人,一个真正的奥弗涅人。另外,他还始终是个农民,亲自劳动,又节俭,金钱越积越多;又聪明,对子女们的前途有很多想法和计划。"

这时,贡特朗走了回来。他情绪激动,眼睛发亮,低声说:

"保尔,保尔,跟我来,我带你去看两个漂亮妞儿;啊!太可爱了,你要知道!"

保尔抬起头,回答:

"亲爱的,我在这儿很好,我不想挪动。"

"你错了。那两个女孩真的非常可爱。"

接着,他提高了嗓门,说:

"大夫一定能告诉我她们是什么人。两个十八九岁的姑娘,那种本地有身份的女子,穿得很特别,紧身袖的黑绸子连衣裙,那种制服式的连衣裙,女修院寄宿学校穿的连衣裙,两个人都是栗色的头发……"

奥诺拉医生打断了他的话:

"这就足够了。那是老奥利沃的女儿,两个漂亮的小女孩。的确,她们都是在克莱尔蒙①的黑修女会②学校接受教育的……她们的婚姻将来一定都会很体面……这是两个典型,不过这是两个我们血统的典型,奥弗涅的优良血统的典型;因为我就是奥弗涅人。侯爵先生;我会让您看到这两个孩子的……"

贡特朗打断他的话,狡黠地问:

"您是奥利沃家的家庭医生吧,大夫?"

---

① 克莱尔蒙:即克莱尔蒙-费朗。
② 黑修女会:作者虚构的一个教会组织。不过克莱尔蒙-费朗有一座著名的黑色教堂。

对方明白他不怀好意,只是喜滋滋地简单回答:"当然啰!"

年轻人又问:

"您是怎么赢得这个阔主顾的信任的?"

"就是嘱咐他多喝好的葡萄酒。"

于是他就说起奥利沃家的一些细节。原来他和他们家还有一点沾亲带故,认识他们已经很久了。老汉,父亲,是个很不一般的人,他很为他的葡萄酒而自豪;尤其是他有一个葡萄园,酿出的酒专供自家享用,只供自家人和自家的客人享用。有些年份,他们能把这个出类拔萃的葡萄园产出的酒一桶桶喝个精光,可是有一些年份,要费很大的劲儿才能喝完。

每到五月或者六月,父亲看到很难喝完剩下的酒,就开始鼓动他的儿子"大块头",一个劲地说:"喂,儿子,得喝光呀。"于是,他们就从早到晚,把一公升一公升的红酒往喉咙里灌。一顿饭中间,老爷子能有二十次,手把着酒壶,斟满儿子的酒杯,还用郑重其事的口吻说:"得喝光呀。"这么多含酒精的液体烧得他血热难耐,他睡不着,夜里便爬起来,穿上一条短裤,点亮一盏提灯,把"大块头"叫醒;他们先从橱柜里拿出一块干面包,然后走到酒窖,直接对着酒桶的龙头一次又一次地灌满酒杯,酒里泡着面包敞开了喝。喝到感觉酒在肚子里咕噜响,老爷子就嘣嘣地敲着木头酒桶,听听酒的水平是不是降了下来。

侯爵问:

"围着小石山干活的就是他们吗?"

"是他们,是他们,没错。"

就在这时,父子俩大步离开已经填满火药的巨岩;下面包围着他们的那群人,就像一支溃散的败兵,四面逃窜。他们向利奥姆和昂瓦尔逃去,只留下那块巨石孤零零地立在地上的野草和石子中

34

间,因为它把那个葡萄园一分两半,紧挨着巨岩的土地根本就没有开垦。

上面的人群现在也和下面的人群一样多了。他们又兴奋,又焦急,都有些发抖了;佩特吕斯·马尔泰尔用洪亮的声音宣布:"注意!导火线点着了。"

克里斯蒂亚娜打了一个大寒战,紧张地等待着。不过,医生在她背后小声说:

"嗨!如果他们把我看见他们买的导火线全装上,至少还得十分钟才爆炸。"

所有人的眼睛都望着那块巨岩;突然有一条狗,一条黑色的小狗,一种小凶狗,走过来。它绕着巨岩转了一圈,用鼻子嗅了嗅,想必是发现了什么可疑的气味,因为它使尽全身的力气尖声厉叫,伸直了四条腿,脊毛竖立,尾巴紧绷,张着耳朵。

人群中发出一阵笑声,一阵残酷的笑声;这些人希望它不要及时走开。继而,又响起另一些人此起彼落的喊声,呼唤它,让它赶快走开;一些人吹口哨,一些人向它扔石块,无奈还扔不到一半的距离。那条小狗却再也不肯动了,只是一个劲地冲着巨岩愤怒地吠叫。

克里斯蒂亚娜颤抖起来。她非常害怕看到这畜生被炸破肚子。她的兴致全没了。她想走。她紧张得浑身震颤,结结巴巴,一迭连声地惊呼:

"噢!天呀!噢!天呀!它会被炸死的!我不要看!我不要!我不要!我们走吧……"

她还没有说完,坐在她旁边的保尔·布雷蒂尼已经站起来,一句话也没说,撒开他那双大长腿,飞快地向小石山冲下去。

一些人发出惊骇的叫声;人群中发生一阵惶恐的骚动;小狗见

这个高大的汉子向它冲过来,立刻逃到巨岩后面。保尔追到那里,它又逃到另一边。在一两分钟的时间里,他们就围着石头转,时而跑到右边,时而跑到左边,就像人与狗在玩一场捉迷藏的游戏。

最后,年轻人看出他抓不到那个畜生,便又向山坡上走来。那条狗呢,也重又燃起怒火,狂吠起来。

一些人用愤怒的叫骂声迎接这个气喘吁吁往回走的冒失鬼,因为人们是不会饶恕曾经吓得他们发抖的人的。克里斯蒂亚娜紧张得喘不过气来,两只手捂着怦怦跳的心口。她惊慌极了,已经不知道说什么好了,只问:"您还好没有受伤吧?"而贡特朗十分生气,大加斥责:"他疯了,这个家伙;他总干这种蠢事;我还没见过他这样的傻瓜……"

不过,这时大地摇晃,像掀翻了似的。一声可怕的爆炸声震撼了整个地区,在近一分钟的漫长时间里,这爆炸声在山间震荡,引起万物的回响,犹如万炮齐鸣。

克里斯蒂亚娜什么也看不见了,只见一阵石头雨,像一个混杂着泥土和石块的高高的柱子崩塌了,原地落下。

顿时,坡上的人群尖声欢呼着,像潮水一样冲下去。厨子部队连蹦带跳地滚下小丘,把佩特吕斯·马尔泰尔率领的跟跟跄跄的喜剧演员部队抛在身后。

三把三色小阳伞差一

点被这股下山的洪流卷走。

所有的人,男的,女的,农民,市民,都在奔跑。有人跌倒,爬起来,又开始跑。两股观众的洪流,刚才还因为恐惧向后涌,现在却一股向另一股滚动,在爆破的地方碰头、汇合。

"我们等一会儿,"侯爵说,"让这一波看热闹的高潮平静下来,我们再去看。"

工程师奥波利-帕斯德先生刚刚吃力地站起来,回答:

"我呢,我走小路回村去,我在这儿没有什么可做的了。"

他跟大家握过手,道了别,就走了。

奥诺拉医生早已不见踪影。他们就议论起这个人来。侯爵对儿子说:

"你认识他才三天,你却总是嘲笑他,你终有一天会得罪他的。"

但是贡特朗耸了耸肩膀,说:

"哦!这家伙是个很理智的人,一个平和的怀疑主义者!我敢向你保证,他绝不会生气。我跟他单独在一起的时候,他嘲笑所有的人,嘲笑一切,从病人到他的矿泉水。如果你看到他因为我开玩笑而生气,我请你到剧院楼下的贵宾包厢看戏。"

这会儿,坡下,在那个消失了的小石山原来的位置,扰攘到了极点。乌泱乌泱的人群,闹哄哄的,互相拥挤,波动着,喊叫着,想必是受到了某种激情的冲击、意外的震惊。

昂代尔马特总是那么活跃而又好奇,连声问:

"他们怎么啦?他们怎么啦?"

贡特朗说他去看看,便走了。但是克里斯蒂亚娜已经对什么都不关心了,她在想:如果那导火线稍微短一点,坐在她身边的这个疯狂的大个子就被炸死了、被飞溅的石头割破肚子了,只因为他曾经为一条狗的生命担心。她在想：这一定是个暴烈而又容易冲动的人，才会听到一个素不相识的女人表示了一种愿望，就毫不理智地去冒生命的危险。

这时，大路上有一些人在向村子方向跑。现在轮到侯爵纳闷了："他们这是怎么啦？"而昂代尔马特再也忍不住了，拔腿就向山坡下走去。

原来是贡特朗在下面向他们招手，让他们过去。

保尔·布雷蒂尼问克里斯蒂亚娜：

"我搀着您好吗，夫人？"

她挽起他的胳膊，感到它就像铁一样坚硬；后来，因为她的脚在晒热的草地上打滑，她索性像抓住栏杆一样，怀着绝对的信任，抓住他的胳膊。

贡特朗已经走过来迎接他们，一边大声说：

"那是一个泉眼，爆破炸出了一个泉眼。"

他们就往人群里钻。保尔和贡特朗，这两个年轻人走在前面，推推搡搡地拨开看热闹的人，任凭他们低声抱怨。就这样，他们给克里斯蒂亚娜和她的父亲开出了一条路。

他们在一片狼藉的尖利、破碎、被炸药熏黑的石块中间往前走，来到一个满含泥浆的水坑前面。水翻滚着，涌出来，从看热闹的人的脚下穿过，流向小河。昂代尔马特，用贡特朗常说的，施展他特有的钻营手法，已经穿过人群，捷足先登，正在聚精会神地看泉水从地下涌出和流走。

奥诺拉医生站在昂代尔马特对面，坑的另一边，惊奇而又有点忧虑地看着泉水。

昂代尔马特对他说：

"得尝一尝，也许是矿泉水呢。"

医生回答：

"肯定是矿泉水。这里的泉水都是矿泉水。很快，泉水就会比病人还多。"

昂代尔马特又说：

"不过一定要尝一尝。"

医生看来并不怎么担心：

"至少得等水变清了。"

每个人都想一睹为快。第二排的人推着第一排的人，几乎挤到烂泥里。一个孩子跌倒了，引起一片笑声。

奥利沃父子都在那儿，严肃地看着这件意外发生的事，还不知道该拿这泉水怎么办。父亲干瘦，高个子，颧骨突出，那张农民的庄重的脸上没有胡须；儿子比他还高，像个巨人，也很瘦，留着八字胡，像个大兵，也像个种葡萄的农民。

水里的气泡似乎在不断增多，水量也在增大，泉水开始变清了。

观众里产生一个波动，拉托纳医生手里拿着一个玻璃杯出现了。他冒着汗，喘着大气，发现同行奥诺拉医生一只脚踏在新发现的泉眼边上，像一位率先攻入敌垒的将军，他一下子愣住了。

他一边喘息着，一边问：

"您尝过这水了吗？"

"还没有。我在等它变清。"

拉托纳医生便把杯子伸进去舀了一杯水；然后，像行家们品酒一样，深深地屏息凝神，喝了下去。他随即高声宣布："极品啊！"说好话，对他总没有坏处。接着，他把杯子伸向对手："您也尝一尝？"

但是奥诺拉医生显然不喜欢矿泉水，因为他笑着回答：

"谢谢，既然您已经鉴定了，这就够了。我知道它们的味道。"

他知道它们的味道，知道所有泉水的味道，而且也很赞赏，不过所用的方式不同。他转过身，对老奥利沃说：

"再好也比不上您产的好酒！"

这话说得老汉受宠若惊。

克里斯蒂亚娜已经看够了，想走。她的哥哥和保尔又在人群中为她劈开一条路。她跟着他们，挽着父亲的胳膊。突然，她滑了一下，差一点跌倒，往脚底下一看，发现自己踩到了一块带血的肉，肉上满是黑毛，沾满泥浆。那是被爆破炸得七零八碎、又被人群践踏过的小狗的尸块。

她几乎窒息过去；她是那么难过，忍不住流下泪来。她一边用手绢擦着眼泪，一边喃喃地说："可怜的小东西，可怜的小东西！"她什么都不再理会，只想赶快回去，把自己关起来。在她看来，这一天，开场是那么好，结局却很糟。这莫非是一个预兆？她的心紧张得怦怦跳。

他们在大路上走着，现在路上只有他们。他们远远看见，前面有一顶高筒礼帽和两个像黑翅膀一样呼扇的礼服下摆。那是波纳菲尔医生，他最后一个得到消息便急忙跑来，像拉托纳医生一样，手里拿着一个玻璃杯。

看见侯爵，他停下来，问：

"发生了什么事，侯爵先生？……有人告诉我……发现了一个泉眼?……一个矿泉?……"

"是的,亲爱的大夫。"

"水多吗?"

"很多。"

"是不是……是不是……他们都在那儿?"

贡特朗严肃地回答:

"当然了,那是肯定的,拉托纳医生甚至已经鉴定过了呢。"

听他这么说,波纳菲尔医生又急忙跑起来。看他那慌里慌张的样子,克里斯蒂亚娜感到轻松愉快了一些,说:

"不,我不回旅馆了。我们去公园里坐坐吧。"

昂代尔马特却始终待在新发现的泉眼那儿,看着泉水流动。

第 三 章

这天晚上,大光明旅馆餐厅的饭桌上人声嘈杂。小石山和泉水事件成了活跃谈话的主题。尽管吃晚饭的人不多,一共也就二十人左右,一些性情温和、平常寡言少语的人,一些来治病的人,这些病人试验过所有著名的温泉都不见效果,现在又来新的温泉站尝试。在德·拉夫奈尔和昂代尔马特一家坐的那一头,挨着他们的首先是莫内居父女,父亲是一个满头白发的小老头,女儿是一个面色苍白的大个子姑娘,她有时在一顿饭中间会突然起身离席,剩下半盘饭;然后是胖子奥波利-帕斯德先生,退休工程师;接着是总穿黑衣服的舒弗尔夫妇,可以看到他们整天在公园的小路上,用小车推着畸形的儿子散步;以及帕耶母女,两人都是寡妇,都是高个子,丰乳肥臀,浑身都很壮实。贡特朗说:"显而易见,她们是吃掉了各自的丈夫,以致让她们都得了胃痛的病。"

她们的确是来治胃病的。

再远是利吉埃先生,一个脸色红得像红砖似的男人,他也消化不良;然后是几个没有特色的人,几个悄无声息的游客,他们走进旅馆餐厅时总是蹑手蹑脚,女人在前,男人在后,一进门先向大家致意,随后再腼腆谦虚地坐到自己的座位上。

桌子的另一头还空着,但是座位前面已经摆好了杯盘和刀叉,等待着后来的客人。

昂代尔马特在侃侃而谈。他一下午都在和拉托纳医生高谈阔论,言谈中流露出关于昂瓦尔的一个个宏伟计划。

拉托纳医生信心满满,向他细数着昂瓦尔泉水的惊人价值,它远远超过沙泰尔-吉雍的泉水,尽管后者的名声近两年终于获得公认。

也就是说,右边有卢瓦亚①那个泉眼,它正大交好运,达到鼎盛;左边有沙泰尔-吉雍那个泉眼,它是刚刚推出来的!凭着昂瓦尔的泉水,只要弄得好,没有什么办不到!

他转向工程师,说:

"是呀,先生,关键就在这里,要知道怎样去做。关键就在于要机智,敏感,善于看准机会,敢作敢为。要创建一座温泉城,必须善于推介它,没有任何别的诀窍;而要推介它,唯一的就是必须和巴黎医界的巨头们建立起利益上的联系。我呢,先生,我着手的事业没有不成功的,因为我总是寻找切实可行的方法,能够保证我所做的每一项特定生意都马到成功的唯一可行的方法;只要还没有找到这个方法,我就什么都不做,我等待。仅仅有矿泉水还不够,还必须让人喝;而要让人喝,仅仅自己在报纸上和其他地方高呼它天下无敌还不够,还必须让医生们不动声色地说出这种赞扬的话,

---

① 卢瓦亚:法国市镇,位于今奥弗涅-罗讷-阿尔卑斯大区多姆山省,距克莱尔蒙-费朗三点二公里,以温泉著称。

因为只有他们能影响喝矿泉水的顾客,我们需要的病人顾客,特别是那些肯花钱买药的轻信的顾客。上法庭要请律师代言,因为法官只听他们的话,只懂他们的话。对病人就必须通过医生说话,因为病人只听他们的话。"

侯爵很欣赏女婿这种实用又可靠的见解,大声说:

"啊!这话有道理!亲爱的女婿,只有您能够言中要害。"

昂代尔马特受到激励,接着说:

"这里有大财可发。这个地方山清水秀,气候宜人;只有一件事让我不放心:我们是不是有足够的泉水,保证一个大型浴所的需要?半途而废就等于全盘皆输!我们必须建一个大型浴所,这就需要很多泉水,足以同时供给两百个浴缸使用,并且水要流得快而通畅。可是这口新泉,加上那个老泉,连五十个浴缸也供应不了,尽管拉托纳医生说……"

奥波利-帕斯德先生打断了他的话:

"噢!说到泉水,您需要多少,我就能给您找到多少。"

昂代尔马特愣住了:

"您?"

"是的,我。这话让您吃惊了。我来解释一下吧。去年,差不多就在这个时候,我像今年一样住在这儿;因为我嘛,我觉得昂瓦尔的温泉浴对我很有好处。可是,一天早上,我正在房间里休息,来了一位胖先生。那是浴所董事会的主席。他显得很慌张。原来是这么回事:波纳菲尔温泉的供水量下降得很厉害,他们生怕它会完全枯竭。知道我是矿业工程师,他就来问我,能不能找到一个方法,挽救他们的生意。

"于是我就开始研究这一带的地质体系。您知道,在这个地区的每一个角落,天翻地覆的原始运动引起了地层的种种变化,造成了地层的不同状况。

"所以,问题就在于要发现这矿泉水是从哪儿来的,是通过哪个裂隙来的,这些裂隙是什么走向,发现这些裂隙的根源和性质。

"我首先非常仔细地察看浴所,在一个角落里,我看到一个已经废弃的浴缸的旧水管,发现它几乎被石灰质沉淀物堵死了。也就是说,水把它含的盐分沉积在水管的内壁上,不要多久就可以把水管堵住。既然这一带的地下是花岗岩,这种现象应该也必不可免地同样发生在矿泉水的天然管道里。所以说波纳菲尔温泉是被堵住了。事情就是这样。

"所以必须到更远的地方才能找到被堵截的泉水。所有的人都是在泉水最初冒出的地方找。而我呢,经过一个月的研究、观察和推断,我才去找,结果在这个原始冒出点的下方五十米远的地方找到了。下面就是我这样做的理由。

"我刚才对您说了,必须首先确定引来泉水的花岗岩裂隙的根源、性质和走向。我很容易就认定了,这些裂隙是从平原走向山区,而不是从山区走向平原。它们就像一个屋顶一样倾斜,毫无疑问是这片平原下沉的结果,平原塌陷了,把与它相连的最近的一些山的支脉也拖下去了。结果,泉水不再是向下流,而是在花岗岩层的每个裂隙里往上回流。我就是根据这一点发现了这意外事故的源头。

"利马涅①,这个几乎望不到边的沙质和黏土的广阔平原,从前和群山下最近的台地在一个水平面上;但是由于底层的地质结构的变化,它下沉了,连带着把山的边缘向自己这边拖下来,就像我刚才解释的那样。可是,这大规模的下陷正好发生在泥土和花岗岩的分界线上,于是形成了一个极深的、液体透不过的无边的黏土坝。

"于是就发生了这样的事:

"矿泉水来自古火山的温床。从很远的地方过来的矿泉水,一路上逐渐冷却,冒出来的时候已经冰凉,那就是普通的矿泉水;而从近一些的源头来的泉水,冒出来的时候还是热的,至于水的温度,那就要看它离那个洪炉有多远。但它行进的路线是这样的:它下降到不可知的深度,直到遇到利马涅平原边缘的黏土大坝;它穿不透这道大坝,同时又受到巨大压力的推挤,要找一个出路;于是找到了倾斜的花岗岩的裂隙,钻了进去,在里面往上回流,直到与地面齐平。这时它才恢复最初的方向,在一条条小河的正常河床里流向平原。我要补充说明一点:这些小山谷里的矿泉水,我们看到的连百分之一也不到;我们发现的仅仅是出水点裸露出来的。至于其他的,从厚厚的腐殖土和耕种过的土地下面的花岗岩裂隙边缘流出来的矿泉水,都被这些泥土吸收了,散失了。

"我由此得出下列的结论:

"第一,要获取矿泉水,只需顺着重叠的花岗岩板块的倾斜和走向找;

---

① 利马涅:奥弗涅地区中部的一个大平原,位于阿里埃河流域,基本上在多姆山省境内。

"第二,要保存已有的矿泉水,只需阻止裂隙被石灰质沉淀物堵塞,也就是说,要精心保养将来开凿的人工小井;

"第三,要截流邻近的泉水,只需钻探到同一个花岗岩裂隙,不过只能比它低而不能比它高。当然啰,条件是,要在迫使水回流的黏土屏障的这一边钻探。

"从这个观点来看,今天发现的这个泉眼,位置真是好极了,它离这个黏土屏障只有几米远。如果要建一个新浴所,就应该建在这儿。"

他停止说话了,餐厅里一阵肃静。

昂代尔马特听得出神,只说:

"果然是这样!一旦有人向您揭开内幕,一切神秘都烟消云散。您真是个宝贵的人才,奥波利-帕斯德先生。"

除了他,只有侯爵和保尔·布雷蒂尼听明白了奥波利-帕斯德先生这一席话。也只有贡特朗什么也没听。其他几位,都把耳朵和眼睛对着工程师的嘴张得老大,惊呆了。尤其是帕耶母女俩,她们都是虔诚的教徒,心里在想,对天主安排并根据天主的神秘方法完成的一种现象做这样的解释,是不是有些违背教义?母亲认为必须要说:"天意是很难料的。"同桌的几位女士都点头表示赞同,她们也为听到这番不可理解的话而惴惴不安。

利吉埃先生,那个脸色像红砖一样的男人,宣称:

"昂瓦尔的矿泉水,管它们是来自火山还是来自月亮,反正我已经喝了十天了,但我没有感觉到任何效果。"

舒弗尔先生和夫人以他们的孩子的名义抗议,因为孩子的右腿已经开始动弹了,他治了六年,这种情况还从来没有发生过。

利吉埃反驳道:

"见鬼,这只能证明我们有的不是同一种病;这并不能证明昂瓦尔的矿泉水能治好所有的胃病。"

看来他对这次不见效果的新的尝试很气愤,很恼火。

但是莫内居先生也以他女儿为例发言,证明一周以来,她已经开始能容忍各种食品,不必每顿饭吃到半截就离席了。

她的大个子女儿脸红了,头低得几乎碰到盘子。

帕耶母女俩也同样觉得好些了。

利吉埃先生动怒了,猛地转过脸去,问两位女客:

"你们也都有胃病,你们,夫人们?"

她们齐声回答:

"是呀,先生。我们一点都不能消化。"

利吉埃差一点从椅子上冲出去,结巴着说:

"你们……你们……只要看你们一眼就知道了。你们都有胃病,你们,夫人们?那是你们吃得太多了。"

老帕耶夫人也生气了,反驳道:

"您呢,先生,毫无疑问,您的确表现出那些失去胃口的人的特性。常言说,好胃才能养成好脾气。"

一个干瘦的老夫人,没有人知道她的姓名,以权威的口吻说:

"依我看,如果旅馆的头儿稍微记得他做的饭是给病人吃的,那么,所有人对昂瓦尔矿泉水的感受都会好一些。真的,他尽给我们吃些没法消化的东西。"

顿时,全桌的人都意见一致了,于是掀起了一场对旅馆老板的公愤,指责他总给病人吃些龙虾、熟猪肉、芥末蛋黄酱拌鳗鱼、包心菜,是的,包心菜和香肠,总之,世界上所有难以消化的东西;而波纳菲尔、拉托纳和奥诺拉三位医生,只建议他们吃白肉、瘦肉、嫩肉、新鲜的蔬菜和乳制品。

利吉埃气得直发抖：

"难道医生不该监督温泉站的伙食，而不把选择食物这项重任交给一个老粗吗？像现在这样，每天的头道冷盘都让我们吃清煮蛋、罐头鳀鱼和火腿……"

莫内居先生打断他的话：

"噢！对不起，我女儿只能消化火腿，而且是马斯-鲁塞尔和雷米索医生嘱咐她吃的。"

利吉埃大嚷：

"火腿！火腿！这简直是一种毒药，先生。"

饭桌上一下子分成两个阵营，一个容忍火腿，一个不容忍。

一场关于食品好坏的辩论开始了，而且从此每天都要老调重弹，没完没了。

连牛奶也被狂热地加以讨论。因为利吉埃说，他用喝波尔多酒的酒杯喝一杯牛奶就立刻会引起一阵消化不良。

奥波利-帕斯德也被激怒了，他不能容许有人质疑他热爱的东西。他回答利吉埃：

"这好办，先生，既然您得的是消化不良，我得的是胃病，我们就要求提供各不相同的食物，就好像近视眼和老花眼同样是眼睛的毛病，却需要不同的镜片。"

他接着说：

"我呢，我喝一杯红葡萄酒就会窒息，我认为，没有比酒对人更坏的东西了。所有喝矿泉水的人都能长命百岁，而我们……"

贡特朗笑着接下去：

"说句良心话，如果没有葡萄酒，没有……婚姻，我会觉得生活相当地单调。"

帕耶母女低下了头。她们就是放量喝上等波尔多红葡萄酒，

49

而且不掺水①；她们俩早就守寡了，可见她们似乎也要求各自的丈夫如法炮制。女儿只有二十二岁，母亲刚刚四十。

但是平常喋喋不休的昂代尔马特，却一直默不作声；他在沉思。他突然问贡特朗：

"您知道奥利沃家住在哪儿吗？"

"知道，刚才有人给我指过他们的房子。"

"吃完晚饭，您能带我去他家吗？"

"当然啦。我甚至很高兴陪您去。能再见到那两个小姑娘，我绝对不会生气。"

一吃完饭，他们就走了；克里斯蒂亚娜累了，侯爵和保尔·布雷蒂尼就到楼上的客厅里去消磨晚上的时间。

天还很亮，因为在温泉站晚饭都吃得早。

昂代尔马特挽起内兄的胳膊。

"亲爱的贡特朗，如果这个老汉通情达理，化验又得出拉托纳医生希望的结果，我大概要尝试在这里做一桩大生意：建一座温泉城。我想推出一个温泉城！"

他停在街道中间，抓住他同伴的常礼服的衣襟：

"啊！你们这样的人，你们不懂。做生意，这是多么有趣！我说的不是行商和店主的小生意，而是大生意，我们的生意！是的，亲爱的，深刻理解的生意，它涵盖人们喜爱的一切，它可以同时是政治、战争、外交，一切的一切！必须永远探索，寻找，发现，了解一切，预见一切，策划一切，敢做一切。今天的伟大战争，是用金钱来进行的。我呢，在我的心目中，一百苏②的硬币就像穿

---

① 法国人直到十九世纪还习惯喝葡萄酒时掺一点水。
② 苏：法国旧时辅币，五生丁等于一苏，二十苏等于一法郎。

红军裤①的士兵,二十法郎的硬币就像配饰闪亮的中尉,一百法郎的纸币是上尉,一千法郎的是将军。而且我战斗,见鬼!我从早到晚对所有的人战斗,和所有的人战斗。

"而这,这才是生活,叱咤风云的生活,就像从前的强人。我们是今日的强人,就是这样,我们是真正的、独一无二的强人!喂,您瞧这村庄,这可怜巴巴的村庄!我,我将要把它变成一座城市,一座布满白色楼房的城市,到处是住满旅客的大旅馆,有电梯,有服务员,有各种车辆,一群富人由一群穷人伺候。而这一切,只因为某一天晚上,我一时高兴,决意和右边的卢瓦亚,左边的沙泰尔-吉雍,后面的道尔山、拉布尔布勒、沙托纳夫②、圣奈克泰尔③,对面的维希④作战。而我一定会成功,因为我掌握了方法,那唯一的方法。我一下子就洞悉了这方法,就像一位大将军看清了敌人的软肋。干我们这一行,也要善于引导人,训练他们,驯服他们。天哪,

---

① 当时法国步兵穿红色呢料军裤。
② 沙托纳夫:又称沙托纳夫浴场,法国市镇,著名的温泉站和疗养胜地,位于奥弗涅-罗讷-阿尔卑斯大区多姆山省,在沙泰尔-吉雍西北方约二十公里。
③ 圣奈克泰尔:法国市镇,位于今奥弗涅-罗讷-阿尔卑斯大区多姆山省。
④ 维希:法国市镇,位于今奥弗涅-罗讷-阿尔卑斯大区阿里埃省,著名的温泉城。

当一个人能够做这些事情的时候,生活才有趣!我现在有三年的乐趣来筹建我的城市。再说,您看,遇到这个工程师,这是多么好的运气,晚饭时他对我们说的那些事情是多么神奇,多么神奇,亲爱的。他的那一系列见解,简直像白天一样清楚。有他的指点,我甚至不需要把老浴所买下来,就能把它搞垮。"

他又继续走起来,缓步走上左面通往沙泰尔-吉雍的大路。

贡特朗不时地夸赞:

"每当我从妹夫身边走过,我总能清楚地听到他脑袋里发着和蒙特卡罗①赌场的大厅里同样的响声,那摇晃、抛掷、挪动、磕碰、输掉和赢进金币的响声。"

的确,昂代尔马特让人联想到一个奇怪的机器人,专门为在脑子里计算、摇晃、摆弄金钱而制造的机器人。只不过他在特有的才干里加上八面玲珑,他还自夸一眼就能准确判断出一个东西的价值。所以,无论什么时候,无论他在哪儿,人们都能看到他拿起一件东西,翻过来倒过去,仔细打量,然后宣布:"这东西值⋯⋯"他的妻子和内兄觉得这怪癖挺可乐,就经常捉弄他,拿一些古怪的家具让他估价;看到他面对这些似是而非的宝贝困惑不解的表情,他们就笑得像疯子一样。在巴黎,有时候在大街上,贡特朗也会让他在一家商店前面停下,逼他评估整个橱窗的价值,或者一匹拉旧车的跛脚马的价值,甚至一辆搬家的车连同它运的全部家什的价值。

一天晚上,他妹妹家大宴宾客,他在席上非要威廉说出方尖

---

① 蒙特卡罗:摩纳哥公国的一个区,其境内的蒙特卡罗赌场世界闻名。

碑①大概值多少钱;等威廉说了一个数字,他又拿索尔费里诺桥②和星形广场凯旋门提出同样的问题。最后,他煞有介事地建议:"您满可以对地球上所有重要纪念物都做个估价,那一定会是一项很有趣的工作。"

昂代尔马特从来不生气,他总能宽容贡特朗的戏谑,因为他自视高人一等,对自己充满信心。

一天,贡特朗问:"我呢,我值多少钱?"威廉拒绝回答。但是他的内兄坚持问:"说呀,如果我被强盗绑架了,您会出多少钱赎我?"无奈,他只得回答:"好吧!……好吧!……我会开一张支票,亲爱的。"而他的微笑是那么意味深长,反倒弄得贡特朗很尴尬,也就不再追问。

另外,昂代尔马特还喜爱艺术小摆设,因为他有精细的头脑,有精湛的鉴赏力,他收藏的时候总是慧眼独到,有着他在一切商业交易中表现出的猎犬般的嗅觉。

他们来到一座外表像是有钱人家的住宅前。贡特朗让他站住,说:"就是这儿。"

沉重的橡木大门上挂着一个小铁锤;他们用它敲门,一个干瘦的女仆走来开门。

银行家问:

"奥利沃先生在家吗?"

女仆说:

---

① 方尖碑:此处指巴黎协和广场的方尖碑,来自埃及卢克索神庙,一八三〇年由埃及总督赠与法国,一八三六年竖立于巴黎协和广场中央。
② 索尔费里诺桥:巴黎塞纳河上沟通左右两岸的桥梁之一,约落成于一八六〇年,可通车辆,一九六一年因年久失修而拆除。一九九九年被一步行桥取代,称莱奥波尔德-赛达尔-桑戈尔步行桥。

"请进吧。"

他们进入一个厨房,一个农庄式的很宽敞的厨房,一口锅下面还燃着小火;然后,他们被请进另一个房间,奥利沃家的人都在那儿。父亲在睡觉,背靠一把椅子,两脚搭在另一把椅子上。儿子两只胳膊拄着桌面,总是走神的萎靡的头脑极力强打着精神在读《小日报》①。两个女儿在一个窗口前,从两头开始绣着同一件饰物。

首先是她们,被这意外的造访弄得一脸愕然,不约而同地直起身子;继而,大个子雅克抬起头,仰起因为费脑子而充血的脸;最后,老奥利沃终于醒了,并且把伸在第二把椅子上的长腿先后收了回来。

房间里没有装饰,墙壁是用石灰粉刷的,地上铺着石板;摆着几把麦秸垫的椅子、一个桃花心木的五斗柜,五斗柜的玻璃板下面压着四张埃皮纳尔②版画;挂着几幅白布大窗帘。

全家人面面相觑。女仆,裙子撩到膝盖,站在门边等着,就像

---

① 《小日报》:创立于一八六三年,多刊登连载故事和社会杂闻,发行达五十万份,在本书写作时期,该报持温和共和派立场。
② 埃皮纳尔:法国市镇,今大东大区孚日省省会,当地民间版画素负盛名。这是一种传统的民间题材色彩鲜艳的绘画,刻在木质、金属或石质的底版上。

被好奇心钉在那儿似的。

昂代尔马特自我介绍,报了自己的名字,报了内兄德·拉夫奈尔伯爵的名字,又向年轻姑娘们深深地鞠躬,行了一个极其优雅的屈膝礼,然后落落大方地坐下,接着说:

"奥利沃先生,我是来跟您谈生意的。不过,我就不转弯抹角多加解释了。事情是这样的:您刚刚在您的葡萄园里发现了一股泉水。过几天就会知道化验的结果。如果它毫无价值,我就撤退,当然啰;如果相反,结果正像我所希望的那样,我就向您提议收买这块地以及所有周围的地。

"我上面说的,请您考虑考虑。除了我,以后不会有别人向您提出我这样的建议了,不会有别人!老公司濒临破产,它不可能有建一个新浴所的意思,而这个企业的失败也不会鼓励别人做新的尝试。

"您今天不必回答我,您跟家里人商量商量。等知道了化验结果,您给我定一个价。如果我觉得价钱合适,我就说行;如果我觉得不合适,我就说不行,我就走开。我这个人,从来不讨价还价。"

那农民也是个做生意的人,不过他有他的方式,比谁都精明。他礼貌地回答说,他要看看情况,他很荣幸,他会考虑。他提出,请他们喝一杯葡萄酒。

昂代尔马特欣然接受。天色已经黑了,奥利沃对两个低头看着活计又开始工作的女儿说:

"去点个亮来,宝贝闺女。"

两个姑娘同时站起来,走到另一个房间;然后回来,一个人举着两支点亮的蜡烛,另一个人拿着四个无脚的玻璃杯,寒酸的玻璃杯。蜡烛倒都是新的,烛台的托盘垫着粉色纸,想必本来是放在女

孩子们卧室的壁炉上做装饰的。

这时"大块头"便站起来,因为只有男人才去酒窖。

昂代尔马特突然生出一个想法:

"我很乐意看看你们的酒窖。你们是本地最出色的种葡萄的人,你们的酒窖一定非常棒。"

奥利沃被他说得心花怒放,举起一支蜡烛走在前面,热情地为他们领路。他们重新穿过厨房,然后从台阶下去,来到一个院子。借着余光,猜得到有一些立着的空的大酒桶;有几个滚到角落的巨大花岗岩磨盘,磨盘中心都凿了一个洞,就像古代巨车的轮子;还有一台拆卸了的榨床以及它的木螺钉和部件,这些褐色的部件,因为用久了,已经磨得很光滑,经烛光的照射,在黑暗中突然闪烁;然后是一些劳动器具,被泥土打磨过的钢件像兵器一样铮亮。所有这些东西,随着老人一只手拿着蜡烛,另一只手拢着烛光,从它们前面经过,相继变得清晰。

已经闻得到酒香,那是捣碎了、阴干了的葡萄的香味。他们来到一个上了两道锁的大门前。奥利沃开了门,突然把蜡烛举到头上,隐约照出一长排躺着的大酒桶,大酒桶的肚子上又摞着一排稍小的酒桶。他先带他们看深入到山里的地平层酒窖,向他们介绍了木桶里装的酒的种类、年份、收成和价值。然后，当客人来到专供自家享用的好酒前面的时候，他用手抚摸着木桶，就好像抚摸心爱的马的臀部那样，语调自豪地说：

"你们一会儿就能尝到这个酒了。没有哪一种瓶装葡萄酒比得了它，没有哪一种，不管是波尔多的还是别处的。"

因为他对仍然装在木桶里的葡萄酒，怀着乡下人的热烈的留恋。

手拿酒罐跟着的"大块头"，这时弯下腰，拧开木酒桶的龙头。父亲小心翼翼地给他照着亮，仿佛儿子在完成一项艰难而又细腻的工作。

烛光正好照着他们的脸，照出父亲的老检察官似的神态和儿子的农民大兵式的表情。

昂代尔马特在贡特朗耳边小声说：

"看，一幅多么美的泰尼埃①的画。"

年轻人也低声回答：

"不过我更喜欢那两个女孩。"

---

① 达维德·泰尼埃：祖孙两代同名弗拉芒画家，或称老泰尼埃（1582—1649）和小泰尼埃（1610—1690），以表现乡村生活场景的绘画著称。小泰尼埃在绘画、版画、油画等多方面均才华出众，其作品以表现乡村生活场景著称。

然后他们就回到屋里。

现在该是喝这酒的时候了,而且要多喝,为了让奥利沃父子高兴。

两个女孩已经走到桌边,在继续做她们的活计,就好像没有人在场似的。贡特朗目不转睛地看着她们,心里在想,她们是不是一对孪生姐妹,因为她们长得实在太像了,虽然其中的一个略微胖一点、矮一点,而另一个更水灵。她们的头发都是栗色的,不是黑色的,分成绺儿,贴在两鬓,在她们的头微微移动时闪闪发亮。像奥弗涅人常见的那样,她们的下颌和额头稍稍有点突出,颧骨有点高,但是嘴很可爱,眼睛很迷人。眉毛清秀得少见,气色鲜嫩得馋人。一眼就能看出,她们一点也不像在这个家里培养出来的,而是在一所优雅的寄宿学校,在奥弗涅的富人和高贵人家的女孩子去的女修院寄宿学校接受教育,养成了上流社会闺秀们谨慎持重的仪态。

这时,酒已经喝得反胃的贡特朗,碰了碰昂代尔马特的脚,催他走。昂代尔马特终于站起来,两个人用力地跟两个庄稼汉握了手,然后郑重地向姑娘们道了别。她们并没有站起身,只是微微点头作答。

他们一走到街上,昂代尔马特又说起来:

"啊!亲爱的,多么有趣的家庭!由平民向上流社会过渡,这个过程在这里表现得那么明显!老汉需要儿子打理葡萄园,同时节省了一个人的工资,这是一种愚昧的节约!可不管怎么说,儿子留下了,这是平民的方面。至于两个女儿,她们几乎已经完全属于上流社会的一边。只要她们结一门合适的亲事,她们将会和我们的任何一个女人一样好,甚至比她们中的大多数人都好得多。我很高兴看到这些人,就像地质学家发现一个第三纪时代的动物一样!"

贡特朗问：

"您喜欢哪一个?"

"哪一个？什么，什么哪一个？哪一个什么？……"

"这两个女孩当中的哪一个?"

"哦！原来如此，我一点也不知道！我根本没认真看她们，所以也没法比较。可是您问这个干什么？您总不会是企图拐走她们中的一个吧?"

贡特朗笑起来：

"噢！不。不过我很高兴，总算遇到两个清纯的女人，真的很清纯，我们身边从来没有过这么清纯的。我很喜欢看她们，就像您，您喜欢看一幅泰尼埃的画。没有任何东西能让我像看一个漂亮女孩这么愉快，不管在哪儿，不管是什么等级的女孩。这是我心目中的小摆设，我的。我不搞收藏，但是我欣赏，热烈地欣赏，作为艺术家，亲爱的，一个心悦诚服而又公正无私的艺术家！您要怎么样，我就是爱这个！对了，您能不能借给我五千法郎?"

昂代尔马特站住，小声但是有力地说了一句："又要!"

贡特朗只是干脆地回答："永远要!"然后他就又走起来。

昂代尔马特接着说：

"您要钱去搞什么鬼?"

"我要花呗。"

"是的,可是您花得太过分了。"

"亲爱的朋友,我喜欢花钱,就像您喜欢挣钱一样。您明白吗?"

"很好,这就是说,您一点钱也不挣。"

"说的没错。我不会挣。人总不能什么都会。您,您会挣,您却一点也不会花。在您看来,钱只能用来给您创造利润。而我呢,我不会挣钱,但是我会令人赞赏地花钱。它给我提供数以千计的东西,而您只知道这些东西的名字。我们就是为了成为郎舅而生的,我们互相补充,真是绝妙。"

昂代尔马特小声说:

"神经病!不,您休想得到五千法郎!不过,我可以借给您一千五百法郎……因为……因为我过几天也许需要您做点事。"

贡特朗心安理得地回答:

"那么,我就先当预付款接受了。"

昂代尔马特拍了一下他的肩膀,没有回答。

他们走近用悬在树枝上的灯笼照明的公园。娱乐场的乐队在奏一支缓慢的古典乐曲,这曲子好像瘸腿似的,有许多间歇和跳音。仍旧是那四个乐手,从早到晚,在这片孤寂中,为树叶,为小河,不停地演奏,制造出二十个乐器的效果,累得精疲力竭;虽然这么累,月末还领不到多少报酬,佩特吕斯·马尔泰尔不得不用浴客们永远不会消费的葡萄酒和利口酒来凑数。

透过音乐声,也分辨得出台球室传来的声音:台球的碰撞声和人的叫嚷声"二十""二十一""二十二"……

昂代尔马特和贡特朗走上楼。只有奥波利-帕斯德先生和奥诺拉医生,坐在乐手们旁边喝咖啡;佩特吕斯·马尔泰尔和拉帕尔姆在力竭声嘶地打台球;女收款员醒了,问:

"先生们,想要点什么?"

第 四 章

　　两个女孩子睡下以后,奥利沃父子俩谈了很久。昂代尔马特的建议让他们惊喜交集,他们在想方设法,要在不损害自身利益的情况下把他的意愿煽得更旺。这两个精细务实的农民聪明地衡量着各种机会。他们深知,在一个矿泉水沿着所有小河涌流的地方,不应该要求过分,以致推开这个意外的、再也难找的感兴趣的人。尽管如此,也不能把这处泉水完全交到他手里,也许有一天它能带来滚滚的现金呢。卢瓦亚和沙泰尔-吉雍为他们提供了教益。

　　所以他们在寻思,用什么办法能把银行家的热情一直推向疯狂。他们设想出种种计策,例如炮制几个虚假的公司,让它们提出盖过昂代尔马特的高价;他们感到这些手段都很拙劣,都有缺陷,可是又发明不出更巧妙的来。他们睡得很不好。早上,父亲先醒,心想,泉水会不会在夜里没有了呢?总之,泉水像来的时候那样走掉,回到土地里去了,再也追不回来了,这也是可能的。他很不放心,顿时生出一种悭吝人的恐惧,连忙起床,摇醒儿子,把自己的担忧告诉他。"大块头"从灰色的被毯里抽出腿,穿上衣服,就跟父亲一起去察看。

　　不管是什么情况,他们都要去田里和泉眼那儿打理一下,捡掉泉边的石头,把它弄得漂亮些,干净些,就像一头希望卖掉的牲口一样。

他们抄起铁锹和铁铲就上路了,肩并肩,迈着稳健的大步走起来。

他们走着,什么也不看,一心想着他们的生意,遇到邻居和朋友问他们早安,他们也只用一个词简单地回答。走上去利奥姆的大路时,他们就开始激动起来,远远地望着,看是不是能看到自己的泉水在清晨的阳光下翻腾和闪耀。大路上空荡荡的,灰突突的,布满尘土,紧挨着垂柳荫蔽下的小河。老奥利沃突然发现,在一棵柳树下有两只脚;又往前走了三四步,他认出是克洛维斯老爹坐在路边,两支拐搁在身旁的草地上。

这是一个瘫痪的老人,在这一带是出了名的,他十年来一直架着两支橡木拐,在这一带艰难、缓慢地游荡,就像他自己所说的,如同一个卡洛①画里的穷人。他从前在森林里偷猎,在小河里违法捕鱼,经常被抓、被判刑。埋伏打猎时,得躺在潮湿的草地上,夜间在河里捞鱼时,身子要泡在齐腰深的水里,日子久了,就得了浑身疼痛的毛病。现在,他走起路来就哼唧个不停,活像一只掉了爪子的螃蟹。他走路时右腿像一块破旧的布片,在地上拖着,左腿提起

---

① 雅克·卡洛(1592—1635):法国雕刻家和画家,以蚀刻画作品闻名。一六二二年,他雕刻了一系列以"乞丐"为题材的作品。

来，折成两截。但是，傍晚追女孩子和野兔的当地的孩子们都说，在灌木丛或者林中空地里遇见过克洛维斯老爹，快得像一只公鹿，灵活得像一条游蛇。说到底，他的关节炎只不过是一个"哄骗宪兵的滑稽戏"。尤其是"大块头"，一口咬定，他不是一次，而是有五十次，看到他胳膊底下夹着拐，在布置捉野物的套索。

　　老奥利沃在流浪汉面前停下。他突然生出一个还模糊的念头，因为在他奥弗涅人的固执的头脑里，形成一个想法是缓慢的。

　　他问候克洛维斯早安，对方也回祝他早安。接着，他们就聊起天气，聊起正在开花的葡萄树，还聊起两三件别的事。不过，见"大块头"已经往前面走了一段路，父亲就大步赶上去。

　　他们的泉水始终在流，现在已经变清了，而泉眼的底层都是红的，那种漂亮的深红色，来自大量铁的沉淀物。

　　两个男人微笑着互相看了看，然后就清理四周，捡走石头，堆成一堆。他们发现了那只死狗的残骸，一边开着玩笑，一边把它埋掉。但是，老奥利沃突然撂下铁锹。一道得意的狡黠的褶皱，出现在他平滑的嘴角和他奸猾的眼角；他对儿子说："你过来，一起去看看。"另一个跟过来；他们来到大路上，迈开大步往回走。克洛维斯老爹仍然在阳光下晒他的四肢和双拐。

　　老奥利沃在他面前站住，问：

　　"你想赚一百法郎硬币吗？"

　　另一个不敢相信，什么也没回答。

　　农民又说：

　　"喂！一百法郎，想不想要？"

　　流浪汉这才下了决心，小声说：

　　"那还用问，谁不想要？"

　　"那好，老爹，只要这么做。"

于是他就向他详细解释起来。他用恶作剧的口吻,话里有话,无数次翻来覆去地说,他和"大块头"要在他的泉眼旁边挖一个坑,如果他同意每天十点到十一点,在水坑里泡一个小时,一个月头上他的病痊愈了,他就给他一百法郎的银埃居①。

瘫子一脸愚昧地听着,然后说:

"既然所有的药都没能治好我,也不是您的水能做到的。"

"大块头"立刻生气了:

"算了吧,老滑头,你的病,我,我亲眼看到过是怎么回事,还不是别人跟我讲的。上星期一,半夜十一点,在孔勃隆波树林里,你干什么来着?"

老头急忙回答:

"没有的事。"

但是"大块头"更起劲了:

"见鬼!你从让·马纳萨家的圩沟上跳过去,从普兰洼地那边走了,这不是真的?"

另一个坚决地回答:

"没有的事!"

"我当时冲你喊:'喂,克洛维斯,宪兵来了!'你就在穆里奈小路拐弯的地方不见了,是不是?"

"没有的事。"

大个子雅克发怒了,几乎是咄咄逼人地大声说:

"啊!没有的事!那么,三个爪子的老家伙,你听着:要是我再看见你,夜里,不论在树林里还是在小河里,我一定当场抓住你。

---

① 埃居:法国古代钱币,各时期价值不同,这时的一埃居,文中称"银埃居",等于五法郎。

你听清了,毕竟我的腿更长,我会把你吊在树上,等天亮了,我领着全村人一起去把你押回来……"

老奥利沃拦住了儿子,然后和气地说:

"你听着,克洛维斯,你完全可以试一试这件事!'大块头'和我,我们只是让你在水里泡一泡;一个月里,你每天来一次。为这点事儿,我现在答应给你,不是一百,而是两百法郎。还有,你听着,如果你的病治好了,到一个月头上,我再加五百。你听明白了,五百,用银埃居付,再加上那两百,那就是七百。

"也就是说,泡一个月给两百;治好了再给五百。不过,你再听着,什么病都是有反复的,倘若到秋天复发了,那可不关我们的事,不能就说泉水的效力差一点。"

老人平静地回答:

"照这么说,我乐意。要是不成功,再走着瞧。"

三个人握握手,交易就算敲定了。然后,奥利沃父子就回到泉眼那儿,为克洛维斯老爹泡澡挖起坑来。

他们在那儿工作了大约一刻钟,忽然听见大路上传来人声。

那是昂代尔马特和拉托纳医生。两个农民互相眨了眨眼,停下了挖坑的活。

银行家走到他们身边,和他们握手;然后,四个人一起,一言不发地看起泉水来。

泉水翻动着,就像在大火上沸腾一样,喷着水泡和气体;然后,顺着它已经冲出来的小沟,流向小河。奥利沃唇角带着骄傲的微笑,突然说:

"怎么样?有不少铁质,是吧?"

的确,整个底层都已经变成红色,连流动的泉水沐浴着的石头,也仿佛蒙着一层紫红色的苔藓。

拉托纳医生回答：

"是的。不过,这并不能说明什么,更重要的是了解它有没有其他的品质！"

农民接着说：

"'大块头'和我,我们昨天晚上每人先喝了一杯,已经让我们感到身体爽快。是吧,儿子？"

高个儿小伙子信心十足地回答：

"的确,喝了这矿泉水,我们都感到身体爽快。"

昂代尔马特脚踩在泉眼边上,始终一动不动。他转过脸对医生说：

"要做我们想做的那件事,必须有差不多六倍的水,是不是？"

"是呀,差不多吧。"

"您认为能找到这么多水吗？"

"哦！我嘛,我不知道。"

"就是呀！只有等钻探完了,才能决定是不是买这些地。一旦化验有了结果,必须先签一份经过公证的卖地承诺书。不过,要等到连续钻探得到了所希望的结果才能成交。"

老奥利沃变得不安了。他不明白为什么要这样。昂代尔马特就向他解释,只有一个泉眼是不够的,并且向他表示：只有再找到几个泉眼,他才能真正购买这块地；可是,只有先签一份卖地承诺书,他才能寻找另外的泉眼。

两个农民立刻表现出,他们深信自己的地里有多少株葡萄就有多少个泉眼,只要去挖就行,大家将来会看得见,会看得见。

昂代尔马特便说：

"好吧,那就看吧。"

这时,老奥利沃把手浸到泉水里,并且高声说：

"好家伙,这水烫得都能煮熟鸡蛋,比波纳菲尔泉水热得多了。"

拉托纳也用手指蘸了蘸,并且承认有这个可能。

老农继续说:

"另外,它还更有味道,味道更好;它不像另一个,闻起来有股臭味。啊!这一个,我敢担保,它是口好泉!这一带的泉水我都了解,五十年来,我一直看着它们流。我从来没见过比这一个更好的了,从来没有!从来没有!"

他沉默了几秒钟,又说:

"我说这话不是为了鼓吹自己的商品!绝对不是。我想当着你们做一个试验,不是你们做的那种试验,不是那种药剂师式的试验,而是在一个病人身上做试验。我敢打赌,这泉水,它可以治好瘫痪病人,这泉水那么热,味道那么好,我敢打赌!"

他好像在脑子里搜索,随后又好像往附近的山峰寻找,看看是不是能发现所希望的瘫痪病人。他当然找不到,便低下眼睛,往大路上看。

距离两百米远的地方,可以辨得出那个流浪汉的两条没有活力的腿露在路边,身体被柳树干挡住。

奥利沃手搭在额头上遮住阳光,问儿子:

"是不是克洛维斯老爹还在那儿?"

"大块头"笑着回答:

"对呀,对呀!是他,他不会走得像猎兔那么快的。"

于是,老奥利沃向昂代尔马特走近一步,怀着十足的信心,郑重地说:

"喂,先生,您听我说,那边就有一个瘫痪病人,医生先生很了解他,这是一个真正的瘫痪病人,十年来没走过一步路。您说是不是,医生先生?"

拉托纳证实道:

"哦!这个人,您如果能治好他,我愿意花一法郎买一杯您的矿泉水。"

说完,他又转向昂代尔马特:

"这是一个得了风湿病的老头,左腿患了痉挛性萎缩,右腿完全瘫痪;总之,我认为这个人是没法医治的。"

老奥利沃让他把话说完,才不慌不忙地接着说:

"那么,医生先生,您愿不愿用一个月的时间在他身上做一个试验?我不说一定会成功,我什么也不说,我只要求做个试验。瞧,'大块头'和我,我们正要挖一个坑埋石头,那么,我们就为克洛维斯挖一个坑,让他每天早上在里面待一个钟头,然后咱们再来看,到时候咱们再来看!……"

医生低声说:

"您可以试试。我保证您不会成功。"

但是,昂代尔马特被这近乎奇迹的治愈的希望吸引了,满心高兴地接受了农民的建议。于是,他们四个人一起,来到仍然在一动不动晒太阳的流浪汉身边。

老偷猎者对这计策心知肚明,假装拒绝,推拒了半天,然后才让他们说服,条件是:他每天在水里泡一个钟头,昂代尔马特给他两法郎。

交易就这么说定。甚至还决定,只要挖好坑,克洛维斯老爹当天就开始泡澡。昂代尔马特会为他提供几件衣服,让他泡完澡以后穿;奥利沃父子会从他家的院子里抬来一个牧人的旧窝棚,供这残疾人在里面换衣服。

然后,银行家和医生就往村子走。他们在村口分手,医生回他的诊所给病人看病;银行家去等他的妻子,她要在九点半钟去浴所。

克里斯蒂亚娜几乎立刻就出现了。她从头到脚,一身玫瑰色的打扮:玫瑰色的帽子,玫瑰色的阳伞,玫瑰色的容颜,看上去就像一个黎明女神。为了免走弯路,她从旅馆前面的急坡直奔而下,像一只小鸟,不展开翅膀,从一块石头跳到一块石头。她一看见丈夫,就大呼:

"哈!多么美的地方,我太高兴了!"

在静静的小公园里,几个愁眉苦脸散步的浴客,在她路过时都回过头来看她。只穿一件衬衣、正在台球室窗口吸烟斗的佩特吕斯·马尔泰尔,把坐在一个角落、面对一杯白葡萄酒的球友拉帕尔姆叫过来,咂着舌头说:

"天哪,好一个精致的妞儿。"

克里斯蒂亚娜来到浴所,向坐在大门左边的收款员微笑致意,向坐在右边的前狱卒问了早安,便走进去,把一张浴票交给一个穿工作服的女服务员,跟着她走进一个走廊,走廊两边是一间间浴室的门。

她被领进其中的一间浴室。这浴室相当宽敞,四面墙壁都是赤裸裸的,屋里只有一把椅子、一面镜子和一个鞋拔子;一个偌大的椭圆形水泥抹的坑,涂了一层和地面一样的黄釉,那就是浴缸。

女服务员像在大街上打开冲阳沟的水一样,用钥匙转了一下,水就从这浴缸底部一个带篦子的小圆口里喷涌而出,很快就满到缸边,过满的水从嵌在墙里的一根管子里流走。

克里斯蒂亚娜把自己的贴身女仆留在旅馆里了,又不愿让那个奥弗涅女人帮她脱衣服,希望自己一个人留下,便对那女服务员说,如果需要什么,需要浴衣的时候,她会拉铃叫她。

她慢条斯理地脱着衣服,一边看着微波在清澈的浴缸里几乎看不见地蠕动。当她脱得一丝不挂,便把一只脚伸到水里,一股舒适的暖意一直升到喉咙。她把一条腿,继而又把另一条腿,伸进温和的水里;最后,她在这温暖里,在这温柔里,在这透明的浴缸里,在这在她身上和周围流动的泉水里坐下。泉水的小气泡覆盖了她的整个身体、整个腿、整个胳膊,也覆盖了她的乳房。她惊奇地看着这无数精细的气滴从头到脚为她披上一件完整的微小珍珠织成的铠甲。这些珍珠是那么小,被她身上生出的另一些珍珠排挤,不断地从她白皙的肌体上腾起,在浴水的表面挥发。这些珍珠,就像她皮肤上结出的轻盈得抓不到的美妙果实,就像在泉水里滋生出珍珠的娇小、红润、鲜嫩的身体的果实。

泉水从浴缸底部,从她的腿下面涌出,从浴缸边的小洞里逃逸。克里斯蒂亚娜被泉水蠕动的微波、活跃的微波、激动的微波抚摸

着,紧紧拥抱着,感觉那么好,那么舒适,那么温柔,那么甜美,她真想永远留在这儿,不动也几乎不想。她感到一种宁静的幸福,一种由于休憩和恬适,由于思想的安宁,由于健康,由于暗自的喜悦和无声的欢乐而产生的宁静的幸福,随着这温泉浴的美妙暖意,渗入她的身心。过满的泉水流溢时发出的汩汩声,像摇篮曲一样隐隐约约地抚慰着她,她的精神在遐想,想她待会儿做什么,想她明天做什么,想她去哪儿游玩,想她的父亲、她的丈夫、她的哥哥和那个身材高大的年轻人,自从发生了那个小狗的险情,这小伙子一直让她有点不舒服,因为她不喜欢暴烈的人。

　　没有任何欲望搅扰她的心灵。在温暖的水中,她的灵魂和她的心一样平静如水;除了想要一个孩子的模糊愿望,她没有任何欲求,没有任何对不同生活的欲求,不管是感情上的生活还是爱情上的生活。她自我感觉很好,幸福而又满足。

　　她吓了一跳;有人推开门:是那个奥弗涅女人送浴衣来。二十分钟过去了,该穿衣服了。从甜梦中醒来,这让她几乎感到失落,几乎感到不幸;她真想请求那个女人,让她再多待几分钟。不过她又想,每天都还会重温这愉快,便遗憾地出了水,钻进一件还有点烫的烘暖的浴衣里。

　　她正往外走,波纳菲尔医生打开诊室的门,恭敬地向她打招呼,请她进去。他询问她的健康状况,为她听诊,看她的舌头,了解她的胃口怎么样,消化好不好,问她的睡眠如何。然后,一直把她送到诊室套房的门口,一面连声说着:

　　"放心吧,放心吧,好极了。请代我问候令尊,他是我职业生涯中遇到的最出色的人。"

　　她终于走出浴所,这种纠缠已经让她厌倦。走到门前,她远远看见侯爵正在跟昂代尔马特、贡特朗和保尔·布雷蒂尼说话。

任何新的想法到了她丈夫的脑子里,就像钻进瓶子里的苍蝇一样嗡嗡响,没个消停。他在讲瘫痪病人的故事,正要回去看看那个流浪汉是不是在泡澡。

为了让他高兴,大家就一起往那儿走。

但是,克里斯蒂亚娜轻轻拉着哥哥,让他走在后面,等到离其他人有点距离的时候,她声音低低地说:

"喂,我要你谈谈你的朋友。我不大喜欢他。你跟我详细说一说,他到底是个什么样的人。"

贡特朗认识保尔已经好几年了,于是就谈起保尔这个人。由于容易冲动,他的性格激烈、粗暴,但是内心里却是热诚而又善良。他说:

"这是一个聪明的小伙子,只是他性情暴躁,遇到某些事容易反应激烈。他冲动起来总是一意孤行,既不知道控制自己,也不知道引导自己,也不善于让理智战胜感觉,也不善于用深思熟虑的信念驾驭他的生活。一旦某种欲望、某种思想、某种情绪搅乱了他狂热的天性,他便只听任冲动的驱使,不管是卓越的还是卑劣的冲动。

"他已经决斗过七次。他会迅速地羞辱人,也会同样迅速地变成他们的朋友。他狂热地爱过各个阶层的女人,对她们崇拜到同样忘乎所以的程度,从在店门口弄到手的女工,到劫持来的女演员,是的,劫持来的演员。一个首场演出的晚上,那个女演员刚踏上自己的马车准备回家的时候,在惊呆了的人群的众目睽睽之下,就被他抱在怀里,扔在一辆马车里,扬长而去,让人跟不上也捉不到。"

贡特朗总结道:

"就是这么回事。这是一个好小伙子,但也是一个疯子;另外,他还很有钱。失去头脑的时候,他什么事都干得出,无论什么事。"

克里斯蒂亚娜接着说:

"他身上的香水味多么特别啊,挺好闻的。是什么香水?"

贡特朗回答:

"我不知道,他不愿意说;我想,是来自俄国的。那个女演员,他的那个女演员,就是我正帮他从痛苦中恢复过来的那个女演员,是她给他的。是的,那香水的确很好闻。"

大路上走来一群浴客和农民。每天上午,吃午饭以前,人们都习惯在这条路上兜一圈。

克里斯蒂亚娜和贡特朗赶上了侯爵、昂代尔马特和保尔。不久,他们就看到,在昨天还立着巨岩的地方,有一个样子很奇怪的脑袋,戴一顶破旧灰毡帽,满脸的白色大胡子,从地里伸出来,一个类似砍下的头,人们还以为是一株从那里长出来的植物呢。一些葡萄果农脸上毫无表情,傻呆呆地在围观,因为奥弗涅人是不爱戏谑的。只有三个胖先生,都是二等旅馆的顾客,在嬉笑,在打趣。

奥利沃父子站在那儿,注视着流浪汉。只见老人泡在水坑里,坐在坑里的一块石头上,水没到下颌,看上去就像古代一个因为犯了某种奇怪的巫术罪而被判刑的人。他那双须臾不离的木拐,也浸在他身旁。

昂代尔马特高兴极了,连声赞叹:

"好极了,好极了!这就是本地筋骨痛的人要学的榜样。"

他向老人弯下腰,就好像他是个聋子似的,对他大喊:

"您觉得舒服吗?"

对方像是完全被这灼人的水弄昏了头,回答:

"我感觉自己就像是熔化了。好家伙,这水真热!"

但是老奥利沃断言：

"水越热,对你越有好处。"

侯爵身后有一个声音说：

"这是在干什么?"

原来是奥波利-帕斯德先生,总是那么气喘吁吁的;他每日例行散步回来,在这儿停下。

昂代尔马特就解说一遍他的治疗计划。

可是克洛维斯老人一直在重复着：

"好家伙！这水真热！"

他想从水坑里出来,求人们拉他一把。

银行家答应,每泡一次再多给他二十苏,终于把他稳住。

坑边围了一圈看热闹的人,坑里漂着遮着老人身体的灰突突的破衣裳。

一个人说：

"好一个火锅！我可不会用里面的汤泡面包。"

另一个人接着说：

"那里面的肉也不大合我的胃口。"

不过侯爵发现,这新泉水里的碳酸气泡好像比浴所泉水里的更多、更大、更活跃。

流浪汉的破衣服上都布满了气泡,那么多的气泡升到表面,就好像水被无数的小链条穿破,被无穷尽的极小的圆圆的钻石串成的念珠穿破;当头的太阳,照得它们像琢磨过的珠宝一样闪闪发光。

奥波利-帕斯德见状,笑了起来,说：

"嗨！请各位听我说说他们的浴所是怎么做的。你们知道,人们汲取泉水,就像捕鸟一样,把泉水引进一个类似陷阱的东西

里,或者最好是引进一口钟形的储水槽里。这就是人们所说的引泉。然而,去年,浴所用的泉水也发生了这样的情况:碳酸比水轻,蓄积在钟形储水槽的顶部,积聚得太多了,被推回各处的管道里,再大量回升到浴缸里,以致碳酸充满了浴房,几乎让病人窒息了。两个月里发生了三次这种险情。人们又来咨询我,我就发明了一种用两根管子做的很简单的器具,这两根管子把液体和气体分别从钟形储水槽里引出来,到浴缸下面再立刻把它们混合,恢复到矿泉水的正常状态,这就避免了碳酸多到危险的程度。但是我的器具要花上千法郎!你们知道那个卸任的监狱看守这时做了什么?我可以出一千法郎跟你们打赌。他在钟形储水槽顶上开一个可以放走气体的小窟窿,气体当然就飞走了。所以今天卖给你们的微酸温泉浴并不带酸,或者只带极少量的酸,这就没有多大的价值了。而这里的泉水,你们看看吧。"

所有人都愤怒了!他们不再嬉笑,他们羡慕地看着这个瘫子。每个浴客都恨不得抄起铁锹,在流浪汉的水坑旁边也给自己挖一个水坑。

但是,昂代尔马特抓住工程师的胳膊,一边走开一边聊。奥波利-帕斯德时而停下来,好像在用他的手杖画一条线,标出一些点;银行家在一个记事本上做着笔记。

克里斯蒂亚娜和保尔聊起来。他向她讲述自己在奥弗涅旅行的见闻和感受。他怀着带有野性的狂热本能喜爱乡村。他像一个富于感性的人一样热爱乡村，乡村让他心痒难耐，乡村让他的神经和器官震颤。

他说：

"我呢，夫人，我仿佛整个都是开放的，一切都可以进入我，一切都可以穿过我，让我哭泣，或者牙齿咬得咯咯响。您看，当我看着对面这个山坡，这巨大的绿色地带，这些向山头攀登的树木，我满眼都是树林，它进入我的内心，侵入我的肌体，在我的血液里奔腾，就好像我把它吃了，它塞满了我的肚子，我自己也变成了一个树林！"

讲这番话的时候，他一直笑着，睁圆了眼睛，有时望着树林，有时看着克里斯蒂亚娜。而她，诧异、惊讶的同时，由于她那么容易受人影响，她感到自己也像树林一样，被吞噬了，被这贪婪而又广阔的目光吞噬了。

保尔又说：

"您不知道我的鼻子让我享受到何等的快感。我能痛饮这空气，直到陶醉，我能以空气活命，我能感觉到其中的一切，一切，绝对的一切。您听我细细对您说。首先，不知道您发现了没有？自从您来到这儿，就可以闻到一种香甜的气味，其他气味都无法与之比拟的气味，这气味是那么细腻，那么轻盈，几乎……我怎么说呢……几乎不是物质发出的气味。在哪里都能闻到它，但是在哪里都抓不到它，人们发现不了它是从哪里来的！从来没有，从来没有任何更……更神圣的东西搅乱过我的心……实际上，那是开花的葡萄园的气味！啊！我用了四天的时间才发现这一点。夫人，葡萄园给我们葡萄酒，那只有高尚的头脑才能领略和欣赏的葡萄

酒,而它同时又给我们最微妙、最迷人的香味,只有感官最细腻的人才能发觉的香味。想到这一点,岂不是奇妙？另外,您是否也曾辨出栗树的浓烈香味,刺槐的甜蜜气味,山里的香料味道,还有那谁都没有想到的青草,那么好闻,那么好闻,那么好闻的青草的香味？"

她听他讲着这些事,都呆住了,倒不是这些事有多么令人惊讶,而是在她看来,这些每天在她周围都可以听到的事,经他这么一说,性质是那么不同,她的思想被抓住、被感动、被搅乱了。

他一直说着,声音低沉而又热烈:

"另外,您是否也发现,天气热的时候,在大路上,空气里有微微的香子兰味？——有,不是吗？——其实,那是……那是……不过我不敢说。"

现在他纵情大笑起来。突然,他向前伸出手,说:"您看！"

一连串满载干草的牛车正驶过来,每一辆车都由两头牛拉着。牲口走得很慢,低着头,脖子被横轭压得弯弯的,牛角拴在木杠上,吃力地前行;腿部掀起的皮的下面,可以看到骨头在活动。每辆车的前面,都有一个穿衬衫和坎肩、戴黑帽子的人,手里拿一根软鞭,一边走一边调整着牲口的步子。他时不时回一下头,但他永远不抽打,只是触一触牛的肩膀或者额头,而那头牛便眨一眨模糊的大眼睛,服从他的手势。

克里斯蒂亚娜和保尔闪到一边,给它们让路。

他对她说:

"您闻到了吗?"

她吃了一惊:

"闻到什么?闻到牛圈味。"

"是的,这是牛圈的味道;因为这一带没有马,所有在大路上走的牛,散发出这种牛圈的气味,这气味和细微的灰尘混合在一起,让风也带上了一种香子兰味。"

克里斯蒂亚娜有点恶心,小声说:

"噢!"

他接着说:

"现在,请允许我像药剂师那样做个分析。无论如何,夫人,我们所在的地方,是一个我从未见到过的最迷人、最温和、最能让人获得休息的地方,一个正处在黄金时代的地方。而利马涅,啊!利马涅!我就不跟您说它了,我更愿意让您看它。您就等着瞧吧!"

这时,侯爵和贡特朗走到他们这儿来。侯爵挽起女儿的胳膊,转过身,沿着原路往回走,去吃午饭。他说:

"你们听着,孩子们,这件事跟你们三个人都有关系。威廉简直痴狂了,当他的脑袋里有了一个主意,他就只梦想着建造他的城市。他想要笼络奥利沃这家人。所以他希望克里斯蒂亚娜去结识这家的两个女孩子,看看她们是不是可能被争取过来。不过,不能让做父亲的看出我们的计策。所以我有一个主意,就是组织一次慈善活动。你呢,女儿,你去见本堂神父,你们一块儿去他那个教区找两个女信友跟你一起募捐。你要让他明白指定谁;不过得让他负责邀请她们。至于你们几位男士,你们在佩特吕斯·马尔泰尔、他的剧团和乐队的协助下,准备在娱乐场举办一次实物抽彩。如果奥利沃家的两个小姑娘很乖巧,就像人们说的,她们在女修院寄宿学校里接受过良好教育,克里斯蒂亚娜就可以拿下她们。"

第 五 章

　　一个星期以来,克里斯蒂亚娜都在专心致志地准备募捐活动。果然,在教区的女信友中,本堂神父只找到奥利沃家的两个女孩,适合跟德·拉夫奈尔侯爵的女儿一起募捐。能有这个表现的机会,神父深感荣幸,他包揽起各项事宜,一切都由他组织,一切都由他解决,邀请两位年轻姑娘也是由他出面,就好像这次活动的想法就是来自他似的。

　　全村都兴奋起来。平常沉闷的浴客们总算抓到一个新话题,饭桌上充满了对教会和民间两场募捐数目的种种预测。

　　募捐这一天,一早就碧空万里。这是个炎热、晴朗的美好夏日,平原上阳光普照,村庄的树荫下凉爽宜人。

　　弥撒九点钟举行。这是一次简短的音乐弥撒。为了能看一眼用来自卢瓦亚和克莱尔蒙-费朗的鲜花制成的花饰装点起来的教堂,克里斯蒂亚娜在祭礼开始之前就到了。她听见有人走在她身后:原来是本堂神父利特尔,后面跟着奥利沃小姐妹。本堂神父介绍她们认识;克里斯蒂亚娜立刻邀请她们一起吃午饭;两个姑娘激动地红着脸,恭恭敬敬地跟她打着招呼,接受了。

　　信徒们陆续到来。

　　她们三个人都在祭坛边专为她们准备的贵宾椅上坐下。对面

的三把椅子上坐着三个身穿节日服装的年轻男子,那是村长的儿子、村长助理的儿子和一位村议员的儿子,他们是挑选来陪伴几个募捐女孩,同时也是给地方行政当局捧场的。

不用说,一切都非常顺利。

祭礼时间很短。募捐得到一百一十法郎,加上昂代尔马特的五百法郎、侯爵的五十法郎和保尔·布雷蒂尼的一百法郎,一共募得七百六十法郎,这在昂瓦尔村还是从未有过的。

祭礼以后,人们就把奥利沃家的两个小姑娘领到旅馆。她们显得有点儿局促,但是并不手足无措;她们说话不多,与其说是胆怯,不如说是谦虚。她们在旅客那一桌吃了午饭;男士们,所有的男士,都觉得她们很讨喜。

姐姐更端庄,妹妹更活泼。姐姐,用通俗的说法,更循规蹈矩;妹妹,更亲切随和。尽管如此,若说姐妹相像,她们可真像一对孪生姐妹。

吃完饭,大家就去娱乐场抽彩。抽彩两点钟开始。

浴客们和本地的农民们纷纷拥进公园,就像个节日赶集一样热闹。

在中国式亭子下面,乐手们正在演奏一支田园乐曲,那是圣朗德利自己的作品。保尔陪着克里斯蒂亚娜,停下来。

"听,"他说,"这支曲子很美。这个小伙子挺有天赋。要是有一个真正交响乐队,一定会大获成功。"

然后,他问:

"您喜欢音乐吗,夫人?"

"很喜欢。"

"我呢,音乐简直让我神魂颠倒。当我听一部心爱的作品时,首先的感觉是,刚奏出几个音符,我的皮肤就像被剥离了肉体,熔化了、溶解了、消失了,我就像成了一个被乐器千刀万剐、活活剥了皮的人一样。乐队简直就是在我的神经上,在我的裸露、战栗的神经上演奏,每一个音符都让我的神经发抖。音乐,我不是仅仅用耳朵听,而且是用整个身体去感觉,它把我从头到脚地震撼。没有任何东西能让我感到这么快乐,或者说这么幸福。"

她微微一笑,说:

"您的感觉真敏锐。"

"当然啰!如果感觉不敏锐,活着还有什么意思?我不羡慕那些心上盖着一片龟甲或者一张河马皮的人。只有通过感觉感到痛苦,像受到撞击一样接受感觉,像品味糖果一样品味感觉的人,才会幸福。因为我们需要理解自己的一切情绪,不管是幸福的还是不幸的,饱尝它们,沉醉在其中,直至感到最强烈的幸福或者最痛苦的悲伤。"

她抬起头,有点惊讶地看着他。一个星期以来,他所说的一切都这样让她感到惊讶。

的确,一个星期以来,这个新朋友,尽管她最初对他有些反感,他还是很快就变成了她的朋友。他无时无刻不在扰乱她灵魂的安宁,就像扔石头扰动一池清水一样。他不断往她依然沉睡的思想里扔着石头,而且是些大石头。

克里斯蒂亚娜的父亲像所有的父亲一样,总把她当作一个小女孩,不跟她谈什么大事。她的哥哥总是逗她乐,而不是让她思索。她的丈夫,除了和共同生活的利益有关的事,根本想不到该对妻子说什么。直到现在,她都只生活在一种满足和甜蜜的精神麻木的状态。

这个新来的人就像刀砍斧凿一样,用一次次观念的冲击开启了她的智慧。而且他是那种以自己的本性,以自己尖锐的情绪的震颤,让女人,让所有的女人喜欢的男人。他知道怎样和她们说话,向她们诉说一切,让她们明了一切。他不可能做持久的努力,但是他极其聪明。他不是爱得义无反顾,就是恨得痛心疾首。无论谈到什么,他总是深信不疑,带着男人那种幼稚的狂热。他动辄慷慨激昂,但也易于见异思迁。他过于有些女性的气质、女性的轻信、女性的魅力、女性的善变、女性的神经质,他又拥有男人的崇高、积极、开阔和深刻的智慧。

贡特朗突然赶上他们,说:

"你们回过头,看看奥诺拉两口子。"

他们回过头,远远看见奥诺拉医生依偎着一个肥胖的老妇人;那老妇人身穿一件蓝色连衣裙,帽子上各类花草汇聚一堂,活像个育苗人的花园。

克里斯蒂亚娜吃了一惊,问:

"那是他的妻子吗?她简直比他老十五岁!"

"是呀,她六十五岁了。她从前是个助产护士,是在做助产工作的时候被他爱上的。另外还听说,这两口子从早到晚打得不可开交。"

他们被人声吸引,来到娱乐场。浴所前面摆着一张大桌子,桌子上摊着抽彩的奖品,佩特吕斯·马尔泰尔,在奥德翁剧院的奥德兰小姐,一个矮小的褐发姑娘的协助下,正在抽签和宣布中签的号码,一边发挥他江湖艺人的本领大肆吹擂,惹得观众乐不可支。侯爵由奥利沃家的两个小姑娘和昂代尔马特陪着,走过来,问:

"我们还待在这儿吗?这儿太闹腾了。"

于是,他们决定去半山坡,到昂瓦尔至罗什普拉蒂埃尔的大路上散步。

为了去那条大路,他们先一个接一个地沿一条在葡萄园之间穿行的小径往上走。克里斯蒂亚娜领头,她的脚步灵活而又迅速。自从来到昂瓦尔,她觉得自己的生活仿佛焕然一新,感到娱乐和生活都有了一种积极的意味,那是她以前从未体会过的。也许是温泉浴让她的身体比以前好些了,她摆脱了莫名其妙困扰她、令她伤感的轻微的器官紊乱,她能够更好地领会、更好地品味所有的事物了。也许仅仅是由于这个教她理解事物的陌生青年的出现,和他的热烈的情怀,让她感到受到了激励和鞭策。

她深深地大口呼吸着,一面想着他说的关于在风里飘荡的各种香味的那些话。她想:"真的,他教会我闻空气了。"她果然能闻出各种气味,尤其是葡萄的气味了,它是那么轻盈、那么细腻、那么飘忽不定。

她走上了那条大路;他们分成了几拨。昂代尔马特和路易丝·奥利沃,两姐妹中的姐姐,走在前面,谈着奥弗涅土地的收成。这个奥弗涅女孩,不愧是父亲的真正女儿,她保留着遗传下来的本能,熟悉种植方面的所有准确实用的细节,而且她说起这一切,声音沉静,语调柔和,还带着在女修院寄宿学校养成的谦虚的语气。

昂代尔马特一面听她说,一面从旁细细观察她,觉得这个端庄的小姑娘十分可爱,而且还有如此丰富的实用知识。他时而有点惊讶地重复着:

"怎么!在利马涅,一公顷土地居然值到三万法郎?"

"是的,先生,只要那土地上种的漂亮的苹果树能结出可以做饭后甜食的苹果,都值这个价钱。巴黎吃的水果,几乎全都是我们这个地区供应的呢。"

于是,他转过身,敬重地注视着利马涅,因为从他们走的这条大路上,可以极目这总是弥漫着蓝莹莹薄雾的无边的平原。

克里斯蒂亚娜和保尔也在这蒙着轻纱的广袤原野面前站住了,它是那么温柔,他们会没完没了地驻足欣赏。

这时的大路已经被巨大的核桃树荫蔽,浓密的树荫让人皮肤上掠过一阵凉意。大路不再往上行,而是在半坡盘桓。山坡上先是铺着绿毯般的葡萄园,继而是平坦青葱的草地,直到山顶,这一带的山顶不是太高。

保尔轻声说:

"这美不美?您说,这美不美?为什么这风景让我动情?是呀,为什么?因为它释放出一种魅力,那么深邃,那么广阔,尤其是那么广阔。这魅力一直钻到我的心里。眼望着这平原,就好像思想张开了翅膀,是不是?它飞起,它翱翔,它掠过,它飞向远方,飞向更远的远方,飞向所有我们永远也看不见的梦想的国度。是的,您看呀,这令人赞美,因为这不是一个见到的事物,而更像一个梦想的事物。"

她一言不发地听着,等着,希望着,接受着他的每一句话;她觉得自己受到了感动,而又不太知道为什么。她果然隐约看到了其他一些地方,蓝色的地方,玫瑰色的地方,神奇而又美妙的地方,永远寻找而又找不到的地方,和这些地方相比,我们会认为别的地方都平淡无奇。

他又接着说:

"是的,这很美,因为这就是美。另外一些景象也许更令人震惊,但却少一些和谐。啊!夫人,美,和谐的美!世界上只有这才叫美。除了美,任何东西都一文不值!可是,能够明白它的人又何其少!一个人体的线条,一座雕像的线条,或者一座山的线条,一幅画的色彩,或者一个平原的色彩,《乔孔多夫人》①里那难以言传的东西,一句触动您直到灵魂的话,那让艺术家像天主一样富有创造力的最微妙的天分,芸芸众生中谁能辨认得出?

---

① 《乔孔多夫人》:或称《蒙娜丽莎》,意大利画家达·芬奇的杰作,画的是意大利富商、政治家弗朗西斯科·德·乔孔多的妻子。

"您听着,我给您朗诵两段波德莱尔①的诗。"

于是他朗诵道:

> 你是来自天堂还是地狱,都不要紧,
> 巨大、惊人、天真的怪物,啊,美神!
> 只要你的顾盼、微笑、脚步,为我打开
> 我深爱而又从未见过的无垠之门!
>
> 你是撒旦还是天主,天使还是水妖,
> 都不要紧,只要你,旋律,芳香,光明,
> 媚眼女神,我唯一的女王啊,能让
> 天下少一些丑恶,时光少一些沉重!②

克里斯蒂亚娜凝视着他,为他突来的抒情而惊讶,用眼睛探问着他,不大明白这诗里包含着什么异乎寻常的东西。

他猜到她在想什么,很为没有能把自己的激情传达给她而生气,因为这些诗句,他已经对她朗读得够传神达意了。他语调轻蔑地接着说:

"我真是疯了,居然希望强迫您品味一个灵感如此微妙的诗人。我希望总有一天,您像我一样,能够感觉得到这些东西。女人有的更多是直觉,而不是理解,只有人们先向她们的思想发出一个同情的召唤,她们才能领会艺术的隐秘和暗藏的意图。"

---

① 夏尔·波德莱尔(1821—1867):法国诗人,著名诗集《恶之花》的作者,有"一个堕落时代的但丁"之称。他生活在唯美主义的帕尔纳斯派和象征主义交汇的时期,而他的诗歌创作饱含浪漫激情,倾向古典诗艺。

② 这两段诗引自波德莱尔的诗集《恶之花》的"美的颂歌"一节,引文有个别出入。莫泊桑深爱波德莱尔的诗歌,曾不止一次地引用,例如在长篇游记《漂泊生活》中。

他一面向她表示敬意,一边补充说:

"夫人,我会努力向您发出这同情的召唤。"

她并不觉得他无礼,而是觉得他有点怪;再说,她甚至不再试图理解什么,因为她突然有了一个发现,而这是她先前没有留意到的。那就是:他非常帅,只不过由于他身材太高大,身体太强壮,姿态太阳刚,让人不能立刻看出他装饰的精致。

另外,他的头脑有些粗暴、不成熟,因而乍一看,他整个人的样子都有点沉重。其实,一旦习惯了他的轮廓,就能从中发现一种魅力,一种刚劲和强悍的魅力,而随着他总是沙哑的嗓音的柔化,这魅力有时也会变得很温柔。

克里斯蒂亚娜还是第一次发现他从头到脚都那么讲究。她心想:"很明显,这个人的优点得一个一个慢慢地发现。"

这时,贡特朗叫喊着向他们跑过来:?

"妹妹,喂,克里斯蒂亚娜,你等一下!"

他赶上他们的时候,仍然不停地笑着,对他们说:

"哈!你们来听听小奥利沃说话,她真有趣,她风趣得惊人。爸爸终于让她感到自在了,她跟我们讲了一些世上再滑稽不过的事。等等他们。"

他们停下来等候,侯爵跟夏洛特·奥利沃,两个女孩中的妹妹,一起走过来。

　　夏洛特正带着孩子般的兴致和狡黠,讲着村里的故事,农民的天真和奸猾。她活灵活现地模仿他们,模仿他们的手势,他们缓慢的动作,他们严肃的话语,他们"该死"的口头禅,他们无数的"家伙",她把它发音成"家乎火";她模仿他们面部的每一个表情时,漂亮的脸蛋显得分外可爱。她生动的眼睛炯炯有神,略大的嘴张得恰到好处,露出洁白的牙齿。她鼻子微翘,赋予她一种很有风趣的神态。她鲜润,像花儿一样鲜润,让人的嘴唇羡慕得颤抖。

　　侯爵几乎整个一生都是在自己的领地里度过,克里斯蒂亚娜和贡特朗是在祖传的古堡,在诺曼底自豪的大农庄主中间长大,家里按惯例有时宴请这些人,其中也有孩子,初领圣体时的伙伴。他们待人总是热情亲切,因此对这个已经四分之三属于上层社会的乡下小女孩说话,直率而又友好,诚挚而又实在,立刻在她身上唤起愉快和信任的安全感。

　　昂代尔马特和路易丝已经走到村口,他们不愿进村,又走回来。

　　所有的人都在一棵大树下面,壕沟边的草地上坐下。

　　他们在那儿待了很久,在绵软舒适的懒洋洋状态中慢慢悠悠地聊着,无所不谈而又空洞无物。偶尔有一辆马车驶过,总是两头牛拉着,轭压弯了它们的脖子,扭曲了它们的脑袋;总是一个紧束着肚子、头戴黑毡帽的农民赶车,像乐队指挥一样,用一根细棍儿引导着牲口。

　　那马车夫脱下帽子,向奥利沃家的两个女儿打招呼;她们年轻的嗓子里说一个亲切的"您好"。

　　后来,时间不早了,人们就往回走。

走近公园的时候,夏洛特·奥利沃大呼:

"啊!布莱舞①!布莱舞!"

果然有人随着一支古老的奥弗涅乐曲在跳布莱舞。

农夫们和农妇们走着,跳着,做出各种媚态,旋转着,互相致意;女人们用左右手的两根手指捏着裙子提着,男人们两只胳膊摇晃着,或者做成弯柄的样子。

单调但是悦耳的乐曲也在凉爽的晚风中舞蹈;小提琴总是拉着同一个乐句,声音特别尖锐,而其他的乐器打着节奏,让乐曲更有跳跃感。这正是淳朴农民的音乐,活泼但没有艺术性,适合质朴而又笨拙的小步舞。

浴客们也尝试着跳舞。佩特吕斯·马尔泰尔面对小奥德兰蹦跶着,奥德兰像芭蕾舞剧里的女哑角一样矫揉造作;小丑拉帕尔姆围着娱乐场女收款员模仿着夸张的步子,女收款员好像回忆起跳比利埃舞②的时代,兴奋不已。

---

① 布莱舞:一种两拍或三拍的节奏舞步,华丽典雅,十六世纪成为宫廷舞蹈,十九世纪成为流行于奥弗涅地区的民间舞蹈。
② 比利埃舞:一种交谊舞,由弗朗索瓦·比利埃(1796—1869)创作,七月王朝末期在大学生中特别流行。

但是,贡特朗突然看见奥诺拉医生,正纵情地摆动着双腿,像一个真正的纯血奥弗涅人一样,跳着古典的布莱舞。

乐队停止演奏了。所有的人也都停止舞蹈。医生走过来和侯爵寒暄。

他擦着额头上的汗,气喘吁吁,说:

"偶尔像年轻人一样跳跳舞,真好。"

贡特朗一手抚着他的肩膀,不怀好意地嬉笑着说:

"您可没有告诉我您已经结婚了。"

医生停止擦汗,严肃地回答:

"是的,我结婚了,不过结得不好。"

"您说什么?"

"我说结得不好。您可千万别干这种傻事,年轻人。"

"为什么?"

"为什么?您看,我结婚有二十年了,可我还没有习惯。每天晚上回家的时候,我都对自己说:'喂,那个老太婆还在那儿。难道她永远也不走?'"

看他那么一本正经和自信的样子,大家都笑了起来。

这时,旅馆的钟声敲响开晚饭的时间。节日结束了。人们把路易丝和夏洛特·奥利沃送回家;和她们分手以后,人们又把她们谈论了一番。

大家都觉得她们很可爱。只有昂代尔马特不同,他更喜欢姐姐。侯爵说:

"女人的本质是多么灵活!她们还不知道怎样利用财富,仅仅是因为接近了父亲的金钱,就让这两个乡下女孩成了贵族小姐。"

克里斯蒂亚娜问保尔·布雷蒂尼:

"您呢,您更喜欢哪一个?"

他低声说:

"哦!我嘛,我甚至看都没看她们一眼。我喜欢的不是她们这样的女孩。"

他说话的声音很低,她什么也没有回答。

第 六 章

对克里斯蒂亚娜·昂代尔马特来说,接下来的日子很美好。她的生活过得心情轻松、灵魂愉悦。每天早上的温泉浴是她的第一件乐事,一件让她快慰到皮肤的乐事。在温暖流动的泉水里度过的美妙半小时,让她怡然自得,直到夜晚。的确,她的所有思想和所有意愿都幸福满满。围绕着她、渗入她心中的爱意,在她的血管里跳动的青春生命的醉意,还有这新的环境,这为梦想和休憩而设、辽阔而又芳香、像大自然的伟大爱抚一样包裹着她的美丽国度,在她身上唤醒了新的情怀。接近她的一切事物,触及她的一切事物,都延续着这早晨的感觉,和美的温泉浴的感觉,身心都潜于其中的幸福大沐浴的感觉。

昂代尔马特一个月里只在昂瓦尔住半个月,他已经去巴黎了,行前嘱咐妻子:务必留意,绝不能让那个瘫痪病人中断治疗。

所以每天吃午饭以前,克里斯蒂亚娜、她的父亲、她的哥哥和保尔,都要去看一下贡特朗戏称的"穷汉浓汤[①]"。其他浴客也陆续到来,在水坑边围成一圈,跟流浪汉说说话。

[①] 浓汤:法国人常见的一种菜肴,通常都加有洋葱、土豆、白菜、面包以及肉等食材。

老人说,他走路还不见好,但是他感觉两条腿就像爬满了蚂蚁。他讲述这些蚂蚁如何爬来爬去,一直爬到他的大腿上,然后又往下爬到他的脚指尖。他甚至夜里还感觉到它们在爬,这些让人痒痒的小动物刺他,让他睡不着觉。

不管是外来人还是本地的农民,对这泡澡的疗效分成两个阵营,相信的阵营和不相信的阵营,不过他们对这次治疗都很感兴趣。

午饭后,克里斯蒂亚娜常去找奥利沃小姐妹一起散步。在整个温泉站的女人中,也只有和她们,她能谈得来,相处愉悦,给予一点友好的信任,要求一点女性的温情。她对姐姐严肃谦和的理智立刻产生了兴趣,对妹妹幽默狡黠的性情尤其有好感。她在寻求这两个女孩的友谊,不过,不是为了迎合丈夫,而是因为自己喜欢。

他们常去游玩,有时乘马车,那是一辆从利奥姆的一个车行租来的旧式四轮六座旅行马车,有时步行。

他们特别喜爱沙泰尔-吉雍附近一个荒僻的小山谷,那个小山谷一直通到无忧隐修院。

他们在小河边枞树下的窄路上漫步,两人一拨,边走边聊。这条小路不时地被溪流截断,每次要穿过溪流,保尔和贡特朗就站在水中间的石头上,每人拉住女士们的一只胳膊,一使劲,把她们提起来,放到另

一个岸边。每次穿过溪流,旅伴们的次序就会变换一下。

但是,从这一行换到另一行,克里斯蒂亚娜每次总能找到办法,单独和保尔·布雷蒂尼待一会儿,或者走在前头,或者落在后面。

他和她在一起,态度已经和刚来的那几天不一样了;他现在不再那么爱打趣,不再那么粗鲁,不再那么随便,而是更尊重、更殷勤。

不过他们的交谈变得更加知己,推心置腹的话占了很大比例。他经常谈感情和爱情,就好像他是个熟知这些题材,探测过女人的情感,从她们身上获得过许多幸福,也经受过很多痛苦的男人。

她呢,听得很高兴,甚至有点感动,也经常怀着强烈和狡猾的好奇心,怂恿他敞开了谈。从他的谈话中对他了解的一切,在她身上激起了强烈的意愿,要更多地了解他,透过思想深入他这类男人的生活。这种生活只有在书本里,在一个充满爱情风暴和奥秘的人的经历中,才能看到。

在她的催促下,他每天都用热烈的语言,向她讲述一点自己的生活、自己的艳遇和自己的悲伤。记忆的灼热,有时让他的话充满激情;讨喜的意愿,有时也让他的话充满机智。

他在她的眼前打开了一个未知的世界。他找出些雄辩的词句来表述渴望和期待时的感觉如何微妙,不断增大的希望如何破灭,他对鲜花和丝带以至每一件保存下来的微小物品是如何崇拜,产生疑惑时是如何烦恼,令人不安的假设如何让他忧虑,嫉妒如何让他备受折磨,初吻又如何让他不可言表地疯狂。

而且他善于把这一切都讲述得恰如其分,含蓄,富有诗意,引人入胜。像那些总在痴迷地渴望和想念女人的男人一样,他谈爱过的女人时虽然轻声细语,但是狂热的心仍然突突直跳。他记得足以感动人心的上千个美好细节,足以让人眼角湿润的上千个动人情景,还有那些调情的可爱小动作,这些小动作足以让心灵细腻和有教养的人之间的爱情关系变成世上最优雅、最美好的事。

所有这些撩乱人心而又娓娓动听的话语,日复一日地重复着,日复一日地延续着,像撒在地上的种子,落在克里斯蒂亚娜的心上。辽阔景色的魅力,甜美的空气,那仿佛把人的灵魂都放大了的无垠的蓝色利马涅平原,地球的古老炉膛,山顶那些而今只为病人烧热水的死火山,树荫的凉爽,溪水在石头间发出的轻微声响,这一切,都进入这年轻女人的心灵和肉体,渗入它们,软化它们,就像会让播下的种子开花的温柔而又温和的雨水,落在还未开垦过的土地上。

她清楚地感觉到这个小伙子好像在追求她,他觉得她漂亮,甚至不只是漂亮;为了让他喜欢,她发明出各种各样狡猾而又简单的计策,诱惑他,征服他。

当他看来被打动了,她便突然离开他;当她预感到他嘴里要说一句温柔的暗示,在那句话说出以前,她便给他一个短暂然而意味深长的媚眼,那媚眼能像火一样直入男人的心田。

她常用机巧的言辞,头的微微动作,手的含蓄姿态,惆怅的表情,以及迅即泛起的微笑,用不着明言,就让他知道他的努力并非徒劳。

她想做什么?什么也不想做。她期待什么?什么也不期待。她喜欢这种游戏,仅仅因为她是女人,因为她完全没有感到这样做的危险,因为她毫无预感,只是想看看他会做什么。

另外,所有女人的血管里都会孵化出的卖弄风情的幼稚本能,在她的身上也突飞猛进。面对这个不断对她谈情说爱的男人,昨天还在沉睡的天真孩子猛然觉醒,伶俐而又敏锐。凭着自知被人追求的女人特有的直觉,他跟她在一起的时候,她猜得出他思想上不断增长的动荡,看得出他目光中高潮迭起的激情,听得懂他声音里不同的变化。

以往在沙龙里,也有一些男人追求她,但是除了她开心的调皮女孩的嘲弄,他们一无所获。他们对她的逢迎是那么庸俗,让她觉得好笑;他们苦唧唧的求爱神情,让她心花怒放;而对他们所有激情的表现,她永远报以嘲弄。

但是和这个男人在一起,她突然感到面对一个很有诱惑力的危险对手;而她也变成一个机灵、本能地精明、用勇敢和冷静把自己武装起来的女人,只要她的心还是自由的,她就窥伺,袭击,直到把这个男人拖进无形的情网。

他呢,最初,他觉得她幼稚无知。因为他习惯了那些爱冒险、在恋爱上像老兵操演一样干练、对他们谈情说爱的计谋无不精通的女人,而他认为这颗简单的心平淡无味,便对她有些轻蔑。

但是,逐渐地,却正是这种单纯让他喜欢,进而诱惑了他;他向自己易受引导的本性让步了,开始对这个少妇在感情上加以关注。

他深知,扰乱一颗纯洁心灵的最好方法,就是不停地对她谈论爱情,而且装作想的是别的女人;于是,他狡黠地迎合自己在她身上激起的垂涎欲滴的好奇心,借口说心里话,在树荫下对她开始一堂真正的情欲课。

他像她一样,也喜欢这种游戏;他用男人能够想出的各种细微的体贴来显示对她越来越大的兴趣,装出一副钟情者的模样,而没有料到自己会变成真正的钟情者。

在一次次漫长的出游中,两个人一直都彼此这么做,非常自然,就像天气炎热的日子,我们身在一条河边,会自然想要游泳一样。

就这样,自从克里斯蒂亚娜身上爆发真正挑逗的意愿,自从她开启女人诱惑男人的所有天生的机巧,有了让这个多情人跪在自己面前的念头,就像要赢得一场卖弄风情的游戏,从这一刻起,这个天真的放荡子便听任自己被这无辜女子的媚态降伏,并且开始爱她了。

从此,他变得笨拙,不安,神经质;而她对待他,就像一只猫对待老鼠那样。

如果是跟另一个女人,他一点也不会局促,他总是能说会道,他总能用诱人的狂热征服她;而跟她,他不敢,她和他结识过的所有的女人都那么不可同日而语。

其他那些女人,总的来说,都是已经被生活烧煳了的,对她们可以什么话都说,可以一边在她们唇边低语着令人血液沸腾的话,一边提出最大胆的要求。他知道,他感到,只要他能把吞噬自己的热烈情欲自由地传达给所爱女人的灵魂、内心和感觉,他就是不可抗拒的。

在克里斯蒂亚娜身边,他却以为自己是和一个少女在一起,因为他发现她是那么缺乏经验;他所有的手段都瘫痪了。他以一种新的方式爱她,就好像她是个孩子,是个未婚妻。他渴望她,但又怕碰她,怕玷污她,怕她会凋谢。他不想像对别的女人那样紧紧搂她,生怕把她碾碎在怀里,而只愿跪下来吻她的连衣裙,轻轻地拥抱她,怀着无限圣洁和温柔的心情,慢慢地亲吻她鬓角的软发、她的嘴角和她的眼睛。尽管她闭上眼睛,他还是能感觉到在她低垂的眼皮下的蓝色目光,美丽而警觉的目光。他会保护她不受任何人和任何事的侵害,不让凡人接触她,不让她看到丑陋的人,甚至不让她从肮脏的人身边走过。他会清除她穿过的街道上的污泥,小路上的石子,树林里的荆棘和杂枝,让她周围的一切都变得便利和美好，甚至愿意永远抱着她不让她走路。见她不得不和旅馆相邻的男客交谈，吃旅客饭桌上粗劣的食品，做生活中任何令人不悦而又不可避免的琐事，他都会生气。

他那么想着她，反而不知道对她说什么好；他无法表达他的心态，无法完成他想做的事，无法向她证明为她献身的迫切需要在他血管里燃烧。这无能为力的状态，使他看上去就像戴着锁链的猛兽，同时又让他特别想放声大哭。

她看着这一切，但又不完全明白是怎么回事；她带着爱取悦异性的女人的娇媚，暗暗觉得这样很好玩。

当他们落在其他人的后面时，从他的表情，她感到他终于要说什么令人不安的事，她就突然跑开，追赶她的父亲，赶上以后，大声说："我们玩一场抢四角①，好吗？"

抢四角一般是在散步结束的时候玩的。他们找到一片空地，一段比较宽的路面，就像郊游的儿童一样做起游戏来。

小奥利沃姐妹，连贡特朗也一样，都对这个游戏有很大的兴趣，它满足了所有年轻人身上都有的总想奔跑的愿望。只有保尔·布雷蒂尼嘀咕着表示不满，他的脑子里在想着别的事。不过，后来他也渐渐地起劲了，为了能抓住克里斯蒂亚娜，碰到她，突然把手放到她的肩膀上或者短上衣上，他比其他人都玩得更疯狂。

天性无所谓和漫不经心的侯爵怎么都可以，只要别人不扰乱他的安宁。他在一棵树下面坐下，看着他的寄宿生们玩耍。"寄宿生"，他常爱这么说。他觉得这种平静的生活很好，全世界都完美无缺。

---

① 抢四角：一种游戏，设四角形场地，每角一人，场地中央一人，当占角的四人从一角向另一角跑动时，占中央的一人可趁机抢占出现空位的任何一角。

然而,保尔·布雷蒂尼的样子很快就让克里斯蒂亚娜害怕了。甚至有一天,她对他产生了恐惧。

一天早上,他们和贡特朗一起去那条怪异的裂隙深处游玩,昂瓦尔小河就是从那里流出来的,人们把那地方称作"世界尽头"。

峡谷越来越狭窄,越来越曲折,一直钻到山里。他们在巨石中穿行,踩着大石头越过小河,遇到一个五十多米高的巨岩,横梗在沟壑的凹槽。他们绕过这巨岩,来到一个类似窄坑的封闭的地方,两边是奇高无比的峭壁,光秃秃的,直到山头才有绿树覆盖。

溪水在这里形成一个盆状的湖,那是一个野蛮、荒诞、意想不到的水坑,只可能在书里,不大可能在大自然里遇到。

那一天,在这挡住去路的岩石高台面前,这帮散步者全都望而却步了。只有保尔,看着这高高的台阶,发现岩石上有攀登的痕迹,说:

"不过,还可以往前走。"

说完,他费了一些力气,攀上这陡直的石墙,然后大呼:

"啊!多美呀!水里还有个小树林,你们快来呀!"

他在岩石顶上趴下,抓住克里斯蒂亚娜两只手,把她往上拉;同时,贡特朗引导她的双脚蹬在岩石稍微凸出的地方。

山顶掉下来的泥土,在

这片台面上形成一个茂密的野生小花园,溪水正穿过植物的根部流淌。

再远一点,又有另一道石台,再一次挡住这花岗岩的通道;他们再一次攀上去。接着又攀上第三道石台,来到一堵不可逾越的高墙脚下,再也无法前进了。一道二十米高的透明瀑布从墙头垂直而下,落到一个深潭里。这深潭就是瀑布砸出来的,藏在乱蓬蓬的藤木和绿枝下。

山的凹口变得那么窄,两个人手拉手就可以触摸到两侧的峭壁。他们已经只能看见一线天,只能听见流水声,这地方就像拉丁诗人们藏匿古代仙女的一座无法发现的隐庐。在克里斯蒂亚娜看来,她就好像刚刚侵犯了一个仙女的闺房。

保尔·布雷蒂尼一直沉默不语。贡特朗却大喊一声:

"啊!要是有一个金色头发、玫瑰色容颜的女子在这潭水里沐浴,那该多美呀!"

他们往回走。前两道石坎很容易就下来了,但是第三道是那么高,那么陡,又看不到脚可以蹬的地方,克里斯蒂亚娜很害怕。

布雷蒂尼把身体从岩石上出溜下去,然后,向她伸出两条胳膊,说:

"跳!"

她不敢。不是怕摔跤,而是怕他,特别是怕他那双眼睛。

他带着饿狼般的贪婪、变得残忍的激情看着她;他向她张开的双手那么刚愎自用地支使着她,她一下子被吓坏了,她疯狂地想号叫,想逃跑,想爬上陡直的高山,为了逃避这不可抗拒的召唤。

她的哥哥站在她身后,大喊:"跳呀!"并且推了她一把。她感到要跌下去了,急忙闭上眼睛,只觉得被一个柔和而有力的拥抱接住;她虽然没有看他,却蹭到了这年轻男子的整个高大的身体,他急促而又热乎的气息在她脸上掠过。

接着,她的两只脚落地了,她微笑了,她的恐惧结束了。这时,贡特朗也从石坎上下来了。

这次险情让她变得谨慎了,她有好几天都非常注意,绝对避免和布雷蒂尼单独在一起。而他现在却好像总在她周围转悠,就像寓言里的狼围着母羊。

不过,他们几个人已经决定去做一次长途的出游。他们要在六座马车里带上食品,和奥利沃两姐妹一起去塔兹纳小湖①,也就是当地人所说的塔兹纳潭,在那里吃晚饭,夜晚再乘着月光回来。

于是,一个酷热的日子,他们顶着大太阳,在下午出发。烈日炎炎,像炉膛里的火砖一样,把山里的花岗岩晒得滚烫。

三匹马气喘吁吁,汗水淋淋,拉着车缓慢地向山坡攀登;马车夫垂着头在他的座位上打盹;成群的绿色蜥蜴在大路边的石头上奔跑。灼人的空气仿佛满含着看不见的沉重火星。有时,这空气就好像凝滞了,浓厚得不易穿过,抵挡着这一行人前进;有时,它又像在微微骚动,让火热的气息夹着长长的枞树林里飘浮的树脂香味拂过面庞。

车里没有一个人说话。三个女人坐在车的尾座,在阳伞的玫瑰色阴影下闭着迷离的眼睛。侯爵和贡特朗,各用一个手绢遮住额头,正在酣睡。保尔看着克里斯蒂亚娜;她也在低垂的眼皮的缝里窥伺着他。

六座马车掀起一股长长的白色烟尘,继续没完没了地攀登。

他们来到高处的平地,车夫直起身,三匹马小步快跑起来,奔

---

① 塔兹纳小湖:位于沙泰尔-吉雍西北二十公里,是一火山喷火口形成的湖,海拔七百一十三米,直径约七百米,深度达六十米。

驰在这广阔的大地上,眼前闪过起伏的大地,繁茂的树林,大片的庄稼,散落的村庄和孤立的房屋。左边,可以眺见远处一座座被火山喷发削平的山峰。他们即将看到的塔兹纳湖,就是奥弗涅山脉的最后一个喷火口形成的。

走了三个小时以后,保尔突然惊呼:

"瞧呀,熔岩!"大路旁,许多扭曲得奇形怪状的赭色岩石崛起处,地面变得坑坑洼洼。右边有一座塌顶的山,宽阔的山顶看似扁平,其实已经被掏空。车子走上一条路,这条路就像从一个倒三角形的切口钻进山里。克里斯蒂亚娜已经挺直了身子,蓦地发现一个宽阔而又深邃的火山口里有一个清澈美丽的湖,圆圆的,像一枚银币。山的陡坡,右边树木茂盛,左边赤裸光秃,一直下降到湖里,像一道整齐的高墙把湖团团包围。静静的湖水,像金属片一样平坦、闪亮,倒映着一边的树木,另一边干燥的山坡,那么完美地清晰,根本分不出湖的边沿,只能看见这无边的漏斗中央映出蓝色的天空,像一个清澈无底的洞,从一边到另一边,穿透地球,通到另一个苍穹。

车不能再往前走了。他们下了车,走上有树的那面山坡的一条环湖路,这条路在半山坡的树荫下,平常只有樵夫经过,绿得像一片牧场;透过树枝,可以看到对面的山坡和山底盆地里的闪亮的湖水。

接着,他们穿过一片空地,来到岸边,坐在一片橡树荫下的草坡上。随后,所有的人都在草丛里躺下,心里充满动物般的美滋滋的快乐。

男人们在草地里打着滚,把手伸进草丛;女士们不慌不忙地侧身躺下,把脸贴在青草上,仿佛在寻求凉爽的爱抚。

一路的炎热之后,终于有了一种温和的感觉,而且是那么深沉和甜美,几乎是满满的幸福了。

侯爵又睡着了;贡特朗也跟他一样;保尔和克里斯蒂亚娜以及两个姑娘说起话来。说什么呢?没有什么大事可说!他们中的一个人时不时地说一句;沉默了一分钟以后,另一个人回一句;慢吞吞的话语仿佛在嘴里僵滞了,就像思想在头脑里麻木了一样。

不过,奥利沃家的两个女孩都是惯于干家务活的,还保持着主动做家务劳动的习惯,车夫把一篮子食物送过来以后,她们马上就在稍远的草地上,把一包包食物打开,准备起晚饭来。

克里斯蒂亚娜还在冥思遐想,保尔躺在她身旁。他喃喃地说:"这真是我一生中最美好的时光。"不过声音那么低,她几乎听不见;声音那么低,这些字在她耳边一擦而过,就像模糊的声响在风中一掠而过。

为什么这隐约的声音让她心神缭乱,直到内心深处?为什么她突然感到前所未有的感动?

她看着稍远的树林里的一座很小的房子,一座猎人或者渔夫的小屋,它是那么窄小,应该只有一个房间。

保尔顺着她的眼睛的方向看着,说:

"夫人,您是否偶尔想象过,两个疯狂相爱的人,在这样的小屋里过日子会是什么样!整天面对面,他们会是世上仅有的、真的仅有的存在!如果这样一件事可以做,是否值得抛弃一切来实现它?这幸福是那么罕见、难得而又短暂!在司空见惯的生活中,生活有什么意义?起床时没有热烈的希望,死气沉沉地完成同样的琐事,克制地饮酒,节制地吃饭,像粗人一样宽心地大睡,还有什么比这些更可悲的吗?"

她始终看着那个小屋,她的心在剧烈跳动,她简直要哭,因为她突然想象到许多过去想都不会想的令人陶醉的事。

她想,毫无疑问,如果两个恋人在那树下的小屋里,面对这玩具式的小湖,钻石般的小湖,真正的爱情之镜,那一定很美好!周围没有一个人,没有邻居,没有市井的喧闹,没有生活的嘈杂,独自和心爱的男人在一起,他久久地跪在心爱的女人身边,看着她,而她看着蓝色的水波,他对她说着甜蜜的话,吻着她的手指尖,那一定很美好!

他们在那儿,在寂静中,在树荫下生活。这火山口的深处包容着他们的全部爱情,就像容纳着清澈深邃的湖水。在它封闭而又规整的围墙里,除了湖岸的圆周,他们的眼睛没有另外的视野;除了相爱的幸福,他们的思想没有另外的天际;除了漫长无尽的吻,他们的欲望没有另外的境界。

世上难道真的有人能品味到这样的日子吗?是的,毫无疑问!为什么没有呢?她怎么没有早一点懂得还存在这样的欢乐呢?

两个姑娘宣布晚饭准备好了。已经是晚上六点钟。他们叫醒侯爵和贡特朗,一起走到稍远的地方,在溜到草丛里的盘子旁边盘腿而坐。两姐妹继续为大家服务,漫不经心的男人们也不阻拦她们。众人慢慢地吃着,把剥下的皮壳和鸡骨头扔到水里。他们还带来了香槟酒,开第一个瓶塞的响声让所有人都吃了一惊,在这个地方这声音显得非常奇怪。

白日将尽,空气渐凉,随着黄昏降临,一股异样的惆怅倾泻在火山口底入睡的湖水上。

太阳几乎完全消失的时候,天空燃烧起来,塔兹纳湖突然呈现出一个火盆的模样;接着,夕阳西下以后,天际又变成将熄的大火一般通红,塔兹纳湖就像个血盆。忽然,山顶升起一轮几乎满满的明月,苍白地悬在仍然明亮的天空。继而,随着黑暗在大地逐渐铺开,月儿高高升起,又亮又圆,悬在跟它一样圆圆的火山口上方,仿佛要不由自主地掉进去似的。月亮高挂在天空时,塔兹纳湖犹如一口银盆。这时,在它整个白天都静止不动的表面,可以看到战栗的波纹在奔跑,时慢时快,就像精灵们在水面起舞,在它上面布下看不见的帷幔。

那是湖底的大鱼,百年的鲤鱼和贪吃的白斑狗鱼,游过来冲击月光。

两个小奥利沃把餐具和瓶子装进篮子,车夫把篮子拿走,他们便起程回家。

他们走过一条树下的小路,月亮的光斑像雨点一样透过树叶,洒在草地上;克里斯蒂亚娜走在倒数第二个,后面跟着保尔。她忽然听见一个气喘吁吁的声音,几乎凑在她耳边说:"我爱您!——我爱您!——我爱您!"

她的心怦怦地跳起来,跳得那么厉害,她举步艰难,几乎跌倒。然而她还在走。她走着,但她的内心狂热,她随时可能转过身去,张开两臂,伸出嘴唇。他已经抓住披在她肩上的小披巾的边儿,疯狂地吻着。她虽然在继续走,但她是那么虚弱,已经根本感觉不到脚下的地面。

她霍地走出树梢搭成的顶棚,来到明亮的月光下,也突然控制住了自己混乱的心情。不过,在登上马车,看不到湖面之前,她半转过身,伸出双手,向湖水投去一个大吻。跟在她身后的那个男人应该很明白这吻的含义。

回家的路上,她身心俱疲,毫无活力,就像摔了一跤,晕头转向,腰酸背痛;一回到旅馆,她很快就上楼,把自己关在房间里。她插上门,又把钥匙转了一圈,被人追求和渴望的感觉让她万分紧张。然后,她就在近乎漆黑的空荡荡的套房里不断地颤抖。桌子上的蜡烛向墙上投去家具和帷幔的闪动的影子。克里斯蒂亚娜瘫倒在一把扶手椅里。她的思想都在奔跑,跳跃,逃窜,她抓不住,更不能把它们停下,串联起来。她感到自己几乎要哭出声。此时此刻,不知道为什么,她痛苦,伤心,感到自己被遗弃在这空荡的房间里,迷失在生活中,就像迷失在森林里一样。

她往何处去?她将要做什么?

她呼吸艰难。她站起来,打开窗户和护窗板,胳膊肘拄在窗台上。空气清新。无垠的天空深处空荡荡的。遥远的月亮,孤独而又凄凉,已经升到夜间微蓝的天空,向树林和山峦洒着漠然的寒光。

大地在酣睡。只有圣朗德利的小提琴在轻轻歌唱,时而在山谷的沉寂中回响和哭泣。他每晚都要练习到深夜。克里斯蒂亚娜只能隐约听到这琴声。神经质的琴弦的脆弱、痛苦的呐喊,时而停歇,然后又开始。

被遗弃在荒凉天空的

月亮,消逝在沉寂黑夜里的微弱琴声,在她心上投下那么深重的孤独之感,她不禁啜泣起来。像大病患者似的痛苦和恐惧令她胆战心惊,她浑身哆嗦,寒彻骨髓;她突然看出,自己在生活里也是这么孤苦伶仃。

直到这一天以前,她都没有意识到这一点;现在她这么强烈地感觉到了它,她孤独到了心灰意冷,她简直以为自己已经疯了。

她有父亲! 她有哥哥! 她有丈夫! 她爱他们,他们也爱她! 可是突然,她远离了他们,和他们形同陌路,几乎不认识他们了! 父亲宁静的慈祥,哥哥友爱的亲情,丈夫冷淡的温柔,对她好像都毫无意义了,毫无意义! 她的丈夫! 难道这就是她的丈夫吗? 那个红光满面、喋喋不休的男人,他只会无动于衷地对她说:"您好吗,今天早上,亲爱的朋友?"她属于他,属于这个男人,身体与心灵,这是一纸契约的力量决定的。这真的可能吗?——啊! 她感到自己多么孤独无助! 她闭上眼睛,审视自己的内心,自己的思想深处。

她又看到他们了;随着她的回忆,所有和她朝夕相处的人的面孔都浮现在她眼前:她的父亲,无忧无虑、心安神泰,只要别人不扰乱他的宁静,他就心满意足;她的哥哥,爱嘲弄人,什么都不相信;她的丈夫,不安于现状,满脑子数字。这个丈夫呀,应该对她说:"我爱你!"他却总是向她宣布:"我刚刚又做了一笔好生意!"

另一个人,刚才却向她低声说出了这几个字,而且这话音还在她耳边和心里回荡。她也看见他了,这另一个人,正用贪婪的目光盯着她;如果此刻他在她身边,她想必已经扑进他的怀抱。

第 七 章

克里斯蒂亚娜很晚才睡觉;太阳将一片红光从始终敞着的窗口射进她的房间时,她就醒了。

她看了看时间——五点钟——她美不滋儿地依然仰面躺在温暖的床上,一动不动。她感到自己的心灵是那么清醒和愉快,就好像一种幸福,一种莫大的幸福,无限的幸福,在夜间降临到她身上。什么幸福?她寻思,她寻思是什么好消息进入她心里,让她充满喜悦。昨晚的忧伤全都消失了,在睡眠中融化了。

这么说,保尔·布雷蒂尼爱她!在她看来,他和她第一天见到的他是多么不同啊!她绞尽脑汁,再也回忆不起她最初看见和判断的他;她甚至再也丝毫找不到哥哥向她介绍的那个男人。今天的他,一点也没有保留下另一个他的痕迹,一点也没有,无论是面孔还是姿态,一点也没有。因为一点又一点,一天又一天,经过各种缓慢的改变,头脑里留下的那个初来乍见的

人,变成了熟悉的人,继而又变成了亲近的人、喜爱的人,他最初的形象已经逐渐一去不返。你在不知不觉中一小时一小时地接受他;你接受他的线条、他的动作、他的态度,接受肉体的他和精神的他。他通过他的声音、他的每一个动作、他的所说和所想,进入你的身体,进入你的眼睛、你的心。你被他吸引,你理解他,你猜测他的微笑和言谈的每一个意图;最后,就好像他整个儿都属于你了。人们就是这样,还没有意识到,就忘乎所以地爱上属于他、源于他的一切了。

所以到这时,在你不经意的眼前,已经不可能回想起这个男人第一次出现时是什么样子了。

这么说,保尔·布雷蒂尼爱她!克里斯蒂亚娜为此感到的不是恐惧,不是忧虑,而是深深的激动,一种因为被人爱和了解而产生的无限、新颖、美妙的愉悦。

尽管如此,他以后对她会采取什么态度,而她对他又会采取什么态度,此时仍然让她略感不安。不过,由于对她的头脑来说,想这些事情实在太微妙,她索性不再去想,相信自己的敏锐和灵巧会引导事态的发展。她在通常的时间下楼,看到保尔正在旅馆门前抽香烟。他恭敬地问候她:

"您好,夫人。您今天早上身体好吗?"

她微笑着回答:

"非常好,先生。我睡得好极了。"

她向他伸出手,可是又怕他握的时间太久。好在他只是轻轻握了一下,他们就平心静气地聊起来,好像彼此都已经忘记了发生的事。

白天过去了,他没有做出任何举动,让人想起他前一天的热烈吐露;随后的几天,他仍然谨言慎行,十分冷静;她对他有了信任。

她相信他已经猜到,如果他变得更大胆,会冒犯她;她希望,她也坚信,他们已经停留在爱慕这个美好的阶段,彼此可以眉目传情,互表爱意,而又不会后悔,因为没有污迹。

不过她还是注意,和他的关系绝不能走得太远。

可是,就在去塔兹纳湖游玩的那一周的星期六,晚上十点钟左右,侯爵、克里斯蒂亚娜、保尔,把贡特朗留在娱乐场大厅和奥波利-帕斯德、利吉埃先生以及奥诺拉医生打扑克牌,而他们上山回旅馆。在回来的路上,布雷蒂尼透过树枝看到月亮,赞叹道:

"这样一个夜晚,去看图尔诺埃尔古堡废墟,该是多么美啊!"

单是这个想法,就让克里斯蒂亚娜动心了,月亮和废墟,对她和对所有女人的心灵一样有吸引力。

她捏了捏侯爵的手:

"噢!小父亲,你愿意去吗?"

侯爵犹豫不决,因为他很想回去睡觉。

她坚持道:

"你想象一下呀,图尔诺埃尔,白天已经是那么美!你自己就说过,你从未见过那么别致的废墟,还有那个耸立在古堡上的碉楼!夜晚它该是多么美妙啊?"

侯爵终于同意了:

"好,就去吧;不过我们看五分钟,立刻就回来。我呢,我十一点钟一定要睡觉。"

"行,我们立刻就回来。去那儿二十分钟足够了。"

他们三个人说去就去,克里斯蒂亚娜挽着父亲的胳膊,保尔走在她旁边。

保尔说着他以前经历过的旅行,说着瑞士,说着意大利,说着西西里岛①。他讲述自己面对某些场景的印象,他在玫瑰峰②绝顶感到的狂喜:太阳从天际冰冻的群山,从被永恒白雪凝结的世界突兀而出,向每个巨大山峰射去耀眼的白光,将它们点燃,犹如一座座苍白的灯塔,想必是在为幽灵王国照明;接着,他又描绘他在怪物似的埃特纳火山③口的激情:他感到自己就像一个微不可见的小虫,身在三千米高的云雾中,周围只有大海和天空,脚下是蓝色的大海,头上是蓝色的天空,他俯身在可怕的大地之口,几乎被它的气息窒息。

为了感动这个年轻妇女,他把各种形象都加以放大;她听得心怦怦直跳,在思想的冲动中,她仿佛也看见他看过的这些壮阔的景象。

突然,在大路转弯处,他们看到了图尔诺埃尔。这古老的宫殿屹立在山巅,高而修长的碉楼君临其上;这碉楼千疮百孔,已经被时间和历代的战乱损毁,神奇的古堡在充满幽灵幻象的天空画出它硕大的侧影。

他们停下,三个人都被震惊了。最后还是侯爵说:

"这果然很漂亮,就像居斯塔夫·多雷④画的一幅梦境。我们坐五分钟吧。"

---

① 西西里岛:意大利的一个岛屿,位于意大利南部,属西西里大区管辖,是地中海上最大的岛屿。
② 玫瑰峰:又称玫瑰峰高原,位于意大利和瑞士边界,是阿尔卑斯山脉仅次于布朗峰高原的第二高原,其最高点杜福尔尖顶,海拔四六三四米,是阿尔卑斯山的第四高山峰、瑞士的最高山峰。
③ 埃特纳火山:意大利的一座火山,位于西西里岛,海拔三三三〇米,是欧洲最高的活火山。
④ 居斯塔夫·多雷(1832—1883):法国插图画家、漫画家、石版画家和雕塑家。他曾为《圣经》、但丁的《神曲》、塞万提斯的《堂吉诃德》、拉封丹的《寓言》等文学名著作图。他的大型油画作品多表现梦境。

说罢,他就在壕沟边的草地上坐下。

可是,克里斯蒂亚娜太激动了,她大声央求:

"啊!父亲,我们再走近一些吧!这景象太美了!太美了!我们一直走到古堡脚下好吧,我求求你了!"

这一次,侯爵拒绝了:

"不,亲爱的,我已经走得够远了;我再也走不动了。如果你要到更近处看,你跟布雷蒂尼先生去吧!我呢,我在这儿等你们。"

保尔问克里斯蒂亚娜:

"您愿意吗,夫人?"

她犹豫了,有些左右为难:一方面,她怕单独和他在一起;另一方面,她又担心因为表现出怕他而伤害了一个正直的男人。

侯爵又说:

"你们去吧,去吧!我呢,我等你们。"

她想,父亲总还在他们的声音可以传到的地方,于是坚决地说:

"我们去吧,先生。"

他们就肩并肩地走了。

但是,她刚走了几分钟,就感到一种强烈的情绪侵入她的内心,那是一种隐隐的、神秘的恐惧,恐惧废墟,恐惧黑夜,恐惧这个男人。她的两条腿立刻变软了,就像那天晚上在塔兹纳湖一样,两条腿拒绝载着她再往前走,在她身子下面打弯,仿佛钻到了大路里,两只脚被牢牢抓住,想拔也拔不出来。

一棵大树,一棵高大的栗树,紧靠大路,遮盖着一片草地的边缘。克里斯蒂亚娜就像刚刚奔跑过似的,气喘吁吁,瘫软地靠着树干坐下,喃喃地说:

"我就停在这儿了……这儿看得很清楚。"

保尔在她身边坐下。她都能听见他的心脏在急促有力地跳动。稍稍沉默一会儿以后,他说:

"您认为我们有过前生吗?"

她是那么激动,没有太明白他这句问话的意思,小声说:

"我不知道。我从来没有想过这件事!"

他接着说:

"我呢,有时……我相信有过……或者不如说,我感觉到有过……人都是由一个心灵和一个躯体构成的,它们看似互不相关,却无疑是同一性质的整体。首次组成一个人的构件再次组合起来,这整体的人就会重新出现。那肯定不是同一个个体;但是,当和前一个躯体一样的躯体里住进一个昔日驱动它的灵魂时,那肯定就是同一个人回来了。那么,我呢,今晚,我可以肯定,夫人,我在这古堡里生活过,我拥有过它,我在这里打过仗,我保卫过它。我现在认出它了,它曾经属于我。我可以肯定!我还可以肯定,我在这古堡里爱过一个女人,她很像您,她也像您一样叫克里斯蒂亚娜!我是那么肯定,就好像我又看到您在这碉楼上呼唤我。请您想一想,请您回忆一下!这古堡后面有一个树林,一直下到深深的山谷。我们经常在那里散步。夏天的晚上,您穿着轻盈的连衣裙,我带着的沉重武器在树下铿锵作响。

"您想不起来了?那您就用力思索,克里斯蒂亚娜!您的名字我听着是那么熟悉,就好像从孩提时就经常听见!如果我们仔细看这碉堡的每一块石头,一定还能找到我从前亲手刻下的这个名字!我向您保证,我认出了我的住宅,我的家乡,就像我第一次见到您就认出了您!"

他说话时怀着热烈的信念;他被和这个女人的接触,被夜景,被月色,被废墟,诗意地陶醉了。

他突然跪在克里斯蒂亚娜面前,声音颤抖地说:

"让我仍然像从前一样爱您吧,既然我又找到了您。我找了您那么久!"

她想站起来,想走,想到父亲那里去;但是她再也没有力气这么做,再也没有勇气这么做,因为她想继续听他说话,想继续听这些让她喜悦的话进入她心里,这热烈的愿望把她留住,让她瘫痪了。她感到自己被带进一个梦境,带进盼望已久的那么温柔、富有诗意、充满月光和抒情意味的梦境。

他抓住她的两手,吻着她的指尖,结结巴巴地说:

"克里斯蒂亚娜……克里斯蒂亚娜……占有我……杀了我吧……我爱您……克里斯蒂亚娜!……"

她感到他在颤抖,在她脚边哆嗦。他现在吻着她的膝盖,一边从胸中发出深深的呜咽。她怕他疯了,站起来要逃跑。可就在同时,他比她更快地站起身,把她搂在怀里,一面扑向她的嘴唇。

于是,她没有一声叫喊,没有一点抵制,没有一点反抗,不由自主地倒在草地上,就好像这爱抚在粉碎她的意志的同时,折断了她的腰。而他也好像摘一个成熟的果子一样,轻而易举地占有了她。

但是,他一放松搂抱,

她立刻就站起来,发了狂似的逃跑,就像一个刚才落了水的人,突然颤抖,浑身冰冷。他几大步就赶上了她,用一只胳膊搂着她,小声说:

"克里斯蒂亚娜,克里斯蒂亚娜!……当心您的父亲。"

她又走起来,不回答,不回头,一直往前,脚步僵硬而又有点蹒跚。他现在跟在她身后,不敢跟她说话了。

侯爵看见他们,就站起来:

"我们快走吧,我开始有点冷了。这太美了,这些景色,但是对治疗来说可不是好事。"

一回到房间,她几秒钟就脱掉衣服,钻到床上,把头藏在被毯下面,然后就哭起来。她哭呀,把脸埋在枕头里,哭了很久很久,哭到知觉迟钝,精力殆尽。她不再去想,她并不痛苦,她并不悔恨。她哭,既不想,也不思考,更不知道为什么。她哭,只是出于本能,就像人愉快的时候会唱。后来,她哭干了眼泪,精疲力尽,腰酸背痛,便疲惫困倦得睡着了。

有人轻轻敲响她卧室通向客厅的门,她醒了。已经天光大亮,九点钟了。她喊了一声:"请进!"她的丈夫走进来,满面春风,劲头十足,戴一顶旅行的鸭舌帽,腰间挎着他旅行时须臾不离的小钱包。

他惊呼:

"怎么,你还在睡,亲爱的!是我把你吵醒了。真是!我没有告诉你,就回来了。我希望你没事。巴黎天气真是好极了。"

他摘下帽子,要上前拥吻她。

她向墙边躲去,恐惧得发狂;这个满脸通红、自鸣得意、向她伸出嘴唇的小个子男人,让她感到神经质地恐惧。

然后,她突然闭着眼睛,把额头送给他。他平静地吻了她一

下，问：

"我可以在你的盥洗室里洗把脸吗？人们没有料到我今天会回来，所以根本没有收拾我的房间。"

她含含糊糊地说：

"当然可以。"

他走进床脚边的一扇门。

她听到活动声、溅水声、轻轻的口哨声；接着，他大声说：

"这儿有什么新闻吗？我呢，我可有不少惊人的消息。泉水的化验得出了意想不到的好结果。我们至少可以比卢瓦亚多医治三种病。这真是太棒了！"

她已经在床上坐起来；她说不出话，这意外的归来犹如一种伤痛袭击了她，犹如一种愧疚紧紧压抑着她，弄得她头脑发昏。他从盥洗室走出来，笑容满面，向周围散发出马鞭草的香味。他亲切地在床脚坐下，问：

"说说那个瘫痪病人！他的情况怎么样？他又开始走路了吧？靠着我们在水里找到的那么多好东西，不可能治不好他的病！"

好几天以来，她已经把这件事忘得一干二净。她嗫嚅着说：

"这个嘛……我……我想他开始好些了吧……再说，这一个星期，我都没去看过他……我……我有点不舒服……"

他关心地看看她，接着说：

"真的,你脸色有点发白……不过这对你很好……你这样很可爱,可爱极了……"

他挨近她,向她俯下身子,想把一只胳膊伸到被毯里她的身子下面。

但是,她向后做了一个恐慌的动作,弄得他目瞪口呆,张着两手,向前伸着嘴。过了一会儿,他问:

"你怎么啦?我不能再碰你吗!我向你保证,我不会伤害你……"

于是,他又挨近一些,急迫地,眼睛突然闪出欲望的火花。

无奈,她结结巴巴地说:

"不行……别逼我……别逼我……是这样……是这样……我想……我想我是怀孕了!……"

她急疯了,她想也没想,就说出这句话;为了不让他碰她,她同样可以说:"我得了麻风病!"或者:"我得了鼠疫!"

现在轮到他脸色发白了。他大喜过望,激动万分。不过他还是仅仅小声说:"已经怀孕了!"他现在真想拥抱她,久久地,轻轻地,温柔地,像一个幸福而又感激的父亲。不过,疑惑又来到心头:

"这可能吗?……怎么会?……你相信?……这么早?……"

她回答:

"是的……这是可能的!……"

他高兴得在房间里跳了起来,搓着手,欢呼:

"太棒了,太棒了,多么美好的日子!"

又有人敲门。昂代尔马特走去开了门,一个女仆对他说:

"拉托纳医生先生来了,想立刻跟先生说话。"

"好。请他到客厅里坐,我这就去。"

他回到隔壁房间。拉托纳医生很快就走进来。他神情严肃，样子拘泥而又冷淡。他先躬身致礼，又碰了碰有点诧异的银行家伸给他的手，便坐下，说起来意。他那口吻，就像一桩有关荣誉的事件的见证人：

"亲爱的先生，我遇到了一件很不愉快的奇事，有必要向您做个解释，从而说明我的为人。您当初赏光，找我来为贵夫人诊断，我立刻就赶来了；但是，似乎在我来的几分钟之前，我的同行，那位医务督察先生，显然更博得昂代尔马特夫人的信赖，已经被德·拉夫奈尔侯爵先生费心请过来。结果，我第二个到，我就显得像用计谋夺走了一个属于波纳菲尔先生的顾客；我就显得像犯了一个不诚实、不适当、同行间令人不齿的错误。然而，先生，在履行我们的医务时，我们有一定的预防措施和极其严格的分寸，避免任何可能带来严重后果的冲突。波纳菲尔医生得知我来这儿出诊，认为我犯了行为不端的罪过。表面看来，事情也的确对我不利。他对此大加非议，用词那么尖刻，若不是看在他一大把年纪，我非跟他决斗不可。为了在他和整个本地医界眼里证明我的清白，我现在只能做一件事，那就是十分难过地停止为贵夫人看病，并且公布这件事的全部真相，同时请您接受我的歉意。"

昂代尔马特很尴尬，回答：

"大夫，我非常理解您的困难处境。这错误不在我，也不在我的妻子，而在我的岳父，他没有通知我，就先叫来波纳菲尔医生。我是不是可以去找您的这位同行，告诉他……"

拉托纳医生打断他的话：

"那也没用，亲爱的先生，这里有个职业尊严和操守问题，是我首先要遵守的，而且，尽管我非常遗憾……"

现在轮到昂代尔马特截断他的话了。他是富翁；他是花钱的，他花五法郎、十法郎、二十法郎或者四十法郎购买处方,就像买一盒三个苏的火柴一样;凭着他强大的金钱势力,一切都属于他;他对所有人和物的评价,是根据他们的价值和金钱之比,是根据货币化金属和世上所有其他事物的迅速而又直接的对比。这个出卖纸上药品的商人的放肆,让他十分恼火,于是他生硬地表示:

"好啦,先生。就说到这里吧。不过,但愿您这样做不会给您的职业生涯带来不快的后果。我们将来看,看我们两人中间,您的决定实际上让谁更痛苦。"

医生有些生气,站起来,恭敬地鞠了一躬:

"那一定是我,先生,我毫不怀疑。从今天起,我刚才所做的,无论在哪一方面,对我来说都是非常难过的。但是,在我的利益和我的良心之间,我从不犹豫。"

他说完就走出去。他穿过门的时候,正碰上侯爵走进来,手里拿着一封信。等只剩下女婿一个人,侯爵大声说:

"喂,亲爱的,因为你的过错,我遇到了一件很伤脑筋的事。波纳菲尔大夫,因为你请了他的一位同行给克里斯蒂亚娜看病,受到了伤害,给我寄来了账单和只有干巴巴一句话的短信,通知我别再指望他的医道。"

这一来,昂代尔马特怒不可遏了。他一边走一边做着手势,越说越激动,这种虚张声势的不伤人的愤怒,没有人会当真。他大声申诉着自己的理由。究竟是谁的错?只能怪侯爵,因为他甚至没有通知昂代尔马特,就叫来波纳菲尔这头蠢驴;而他昂代尔马特,已经向他的巴黎医生打听过,了解昂瓦尔这三个江湖医生不过如此的价值!

另外,侯爵干吗要掺和进来,背着丈夫去请人看病?须知丈夫才是唯一的裁判,唯一对妻子的健康负有责任的人。总之,每天,一切事情上,都应该如此!而周围的人尽干些蠢事,尽干些蠢事!他不停地重复着;但他简直是在荒漠里叫喊,没有人理解他,没有人相信他;等到理解他,相信他,为时已晚。

他说"我的医生""我的经验"的时候,总带着掌握了唯一真相的权威人士的口吻。主有形容词,在他口里就像金属一样叮当作响。每当他说"我的妻子",人们可以明显地感觉到,既然昂代尔马特娶了她,侯爵对女儿已不再有任何权利。在他的头脑里,"娶"和"买",具有同等的含义。

他们争论最热烈的时候,贡特朗走进来,在一张扶手椅里坐下。他唇边带着愉快的微笑,什么也不说,只洗耳恭听,开心极了。

等银行家说累了,住口了,这位内兄举起手,大声说:

"我要求发言。你们两个人现在都没有医生了,是不是?那么,我推荐我的候选人,奥诺拉大夫,他是唯一对昂瓦尔矿泉水提出明确而又不可动摇的见解的医生。而且他让别人喝,自己却绝对不喝。你们可愿意我去找他?我负责去跟他谈。"

这是唯一可行的办法,他们请贡特朗马上就去把他找来。侯爵对改变饮食制度和治疗方法很不放心,想立刻就知道这位医生的意见;而昂代尔马特同样急于为克里斯蒂亚娜咨询他。

透过那扇门,克里斯蒂亚娜听得见他们说话,不过没有细听,也不明白他们在谈什么。她丈夫已经离开,她就像逃离一个可怕的地方一样,从床上逃下来;她不用贴身女仆帮助,就急忙穿上衣裳。发生的这些事弄得她头昏脑涨。

她周围的世界好像都变了,生活和昨天不再一样,甚至连人也整个儿不一样了。

又响起昂代尔马特的声音:

"噢!亲爱的布雷蒂尼,您好吗?"

他已经不再称呼他"先生"。

另一个声音回答:

"好极了,亲爱的昂代尔马特,这么说,您是今天早上到的?"

正在拢起鬓角软发的克里斯蒂亚娜,立刻停下来,紧张得喘不过气,举着的两条胳膊一动不动。透过隔墙,她仿佛看到他们握手。她再也站不住,便坐下来。散开的头发重又披落到她的肩上。

现在是保尔在说话,从他嘴里说出的每一句话,都让她从头到脚一阵战栗。每个词,她虽然听不清意思,但都落在她的心上,当当响,就像一把锤子敲钟一样。

突然,她几乎喊出声来:"我爱他……我爱他!"就好像在确认一种可以拯救她、安慰她、在她良心面前证明她清白的意外的新事物。一股突如其来的力量让她挺起身子。一瞬间,她主意已定。她又梳理起头发来,一边喃喃地说:"我有情夫了,就是这样,我有情夫了。"为了让自己更坚定,为了摆脱所有的烦恼,她怀着热烈的信念,突然坚定了决心;有些被征服然而还顾虑重重的心,认为可以通过忠实和诚恳达到净化,她要遵循这一狂热的原则,疯狂地爱他,把自己的生命、自己的幸福全献给他,为他牺牲一切。

于是,她在隔开他们的那道墙后面,向他频频抛吻。这件事已经定了,她把自己毫无保留地献给了他,就像人们献身给天主一样。已经知道撒娇媚人,但是还有些胆怯、还有些瑟瑟发抖的女孩,刚刚在她的身上突然消亡;准备放纵情欲的女人,坚定执着的女人,诞生了;此前,这刚毅仅仅隐藏在蓝眼睛的后面;此刻,这刚毅赋予她可爱的金发容貌一种勇敢、近乎无畏的神气。

她听见有人开门,但没有转过身;尽管看不到,但她猜想是她的丈夫。仿佛一种新的感觉,几乎是一种本能,也刚刚在她身上孵化出来。

他问:

"你快准备好了吧?我们待会儿就去看那个瘫痪病人泡澡,看他是不是真的好些了。"

她平静地回答:

"快好了,亲爱的威勒,过五分钟就好。"

但是,贡特朗这时走进客厅,告诉昂代尔马特:

"你们可想得到,我在公园里遇到那个蠢货奥诺拉大夫,他也拒绝给你们看病,怕惹另外两个不高兴。他大谈什么态度、尊重、惯例……让人相信……他就像……总之,他就像他的两个同行一样,是笨蛋。真的,我本来还以为他不是这么爱模仿的猴子。"

侯爵仍然惶惶不安。在没有医生意见的情况下使用矿泉水,或者多沐浴五分钟,或者少喝一杯,他一想起来就恐惧极了,因为他认为每一个剂量、每一个钟点、每一个疗程都是自然法则准确制定的,大自然让矿泉水流出来的时候就想着病人的需要,医生了解矿泉水的所有奥秘,就像获得神启而且博学的教士一样。

他大喊:

"那么,我们就只能在这儿等死了……即使我们像狗一样死在这儿,这些先生们也没有一个肯动一动!"

他怒从中来,那是健康受到威胁的人自私、狂暴的愤怒。

"这些无赖!他们有什么权利这么做,既然他们像买食品杂货一样,花钱买了营业执照?我们应该可以强迫他们给我们看病,就像强迫列车运载所有旅客一样。我要给报纸写信,揭发这种行为。"

他激动地来回走着,然后又转身对儿子说:

"你听着,你去卢瓦亚或者克莱尔蒙找一个大夫来。我们总不能就这样待在这儿……"

贡特朗笑着回答:

"可是,克莱尔蒙和卢瓦亚的医生都不了解昂瓦尔的水质,这儿的水对消化道和血液循环器官的特殊作用,跟他们那儿的水是不一样的。再说,你放心吧,那边的医生,他们也不会来,他们绝不想让人说他们吃同行嘴边的食。"

侯爵更加惶恐了,嘀咕道:

"那我们怎么办?"

昂代尔马特拿起帽子:

"让我来办,我保证你们今天晚上就能看到所有这三个人,你们听清楚了——所有——这——三个人——都跪在我们面前。现在,我们去看那个瘫痪病人吧。"

他又大声喊:

"你准备好了吗,克里斯蒂亚娜?"

她出现在门口,脸色苍白,但是神情坚决。她先亲吻父亲和哥哥,然后转向保尔,把手伸给他。他握了手,低下头,紧张得发抖。侯爵、贡特朗和昂代尔马特不管他们,只顾一边聊着一边往外走。她用温柔而又坚定的目光凝视着这个年轻男子,声音决绝地说:

"我的身体和心灵都属于您。从今以后,您对我怎么做都可以。"

说完,不等他回答,她就走出去。

他们向奥利沃家的那个泉眼走去,远远就看见克洛维斯老爹的帽子,像一个巨大的蘑菇;老汉正在阳光下的热水坑里打盹。他现在整个上午都在坑里泡澡,已经习惯了这烫人的浴池,就像他说的,这让他比新郎还快活。

昂代尔马特叫醒他:

"喂,我的勇士,好些吗?"

老人认出是他的财主,便做了一个高兴的鬼脸:

"是呀,是呀,好些了,跟您希望的那样。"

"您开始能走了吗?"

"快得像个兔子,先生,快得像个兔子。等一个月完了,第一个星期天,我就要跟我的相好跳布莱舞。"

昂代尔马特感到自己的心脏在剧烈跳动,又问一遍:

"真的吗,您能走了?"

克洛维斯老爹不再逗乐:

"噢!还不太行,还不太行。不管怎么样,好些了。"

于是,银行家立刻就想看看这流浪汉走得怎么样。他绕着水坑转悠着,忙乎着,发着号令,就像要打捞一艘沉船似的:

"喂,贡特朗,您抓住右胳膊。——您,布雷蒂尼,抓住左胳膊。我,我抱着他的腰。咱们一起使劲,一——二——三。——亲爱的岳父,往您那边拉他的腿,——不,另一条腿,还在水里的那一条。——快,我求你们了,我快坚持不住了!——我们马上就好,一——二,好啦,——喔唷!"

他们让老人坐在地上;老人嬉皮笑脸地任凭他们摆布,一点也不帮他们。

接着,他们又把他扶起来,让他站住,把他的拐杖递给他,让他当手杖使;他走起来,腰弯成两截,拖着脚,呻吟着,喘着大气。他就像一个蛞蝓①,在身子后面,大路的白色尘土上,留下一道长长的水迹。

昂代尔马特眉飞色舞,鼓着掌,像在剧院里为演员喝彩一样叫喊:"好,好,太棒了,好!!!"然后,老汉像是太累了,他就冲过去扶他,抱住他,尽管老汉的破衣服还湿淋淋的,一边说:

"够了,别累坏了。我们这就把您再放进去泡澡。"

于是,四个男人抓住克洛维斯老爹的四肢,轻轻地抬着他,就像搬一件贵重易碎的物品一样,重新把他放进他的水坑里。

只听到这瘫痪病人深信不疑地说:

"这真是好泉水,再也没有和它一样的好泉水。这么好的泉水,像珠宝一样值钱!"

昂代尔马特突然转向他的岳父,说:

"你们不必等我吃午饭。我要去奥利沃家,不知道什么时候能回来。这些事情不能拖!"

他走了,急匆匆地,几乎是跑着,把手杖抡了一圈,显示他的得意。

---

① 蛞蝓:又称鼻涕虫,形似去壳的蜗牛,身体能分泌黏液,在爬过的地方留下银白色条痕。

其他人在大路边的一棵柳树下坐下,面对着克洛维斯老爹泡澡的水坑。

克里斯蒂亚娜坐在保尔旁边,看着前面高高的小丘,她那天就是从那儿观看爆破小石山的!那一天,她就坐在那小丘的高坡上,才刚刚一个月!她就坐在那片泛红的草地上!一个月!仅仅一个月!她连最微小的细节都还记得:三种颜色的阳伞,那群厨子,每个人的片言只语!还有那条狗,那条被爆破炸得粉身碎骨的可怜的狗!还有那个高大的陌生青年,只因她一句话就冲上去救那个畜生!今天,他居然成了她的情夫!她的情夫!也就是说,她有情夫了!她是他的情妇——他的情妇!她在意识的秘密深处重复着这个词——他的情妇!多么荒诞的词呀!坐在她身旁的这个男人,她看着他在用手一撮一撮地薅青草,试着触碰她的连衣裙,大自然用系在男女之间的神秘的不可告人的耻辱的锁链,现在把这个男人和她的肉体和心灵连在一起了。

她似乎在用这思想的声音,这无声的声音,在被搅乱的心灵沉默时高声说话,不断地重复着:"我是他的情妇!我是他的情妇!我是他的情妇!"这多么奇怪,多么匪夷所思啊!

"我真的爱他吗?"她迅速扫了他一眼。他们的目光相遇了。她感到他覆盖了她的激情的目光是那么温柔,不禁从头到脚打了个寒战。她现在有一个愿望,一个疯狂的、不可抑制的愿望:抓起那只在草丛里玩的手,紧紧握住它,向他表达在搂抱中可以表达的一切。她把一只手顺着连衣裙一直滑到草丛里,然后就停在那里,一动不动,展开手指。这时,就看到另一只手慢慢地移动过来,就像一只恋爱的动物寻找它的伴侣。那只手逐渐靠近,越来越近,两人的小手指相遇了!它们互相触摸,轻轻地,若即若离,丢失了,又找回来,就好像接吻的嘴唇。但这看不见的爱抚,这轻轻的触摸,那么强烈地沁入她的心田,她感到自己支持不住了,就像他重又把她碾压在怀抱中一样。

她突然明白,一个人是怎样属于另一个人,爱情掌握下的你是怎样变得无足轻重,一个人是怎样拥有你,就像一只展开双翅的猛禽扑在一只鹪鹩①身上所做的那样,拥有你的身体、心灵、肉体、思想、意志、血液、神经,一切,一切,你身上所有的一切。

侯爵和贡特朗在谈论着未来的温泉站,他们也被威勒的热情感染了。他们称赞着这个银行家的才干:他的头脑清晰,他的判断准确,他的投机方法可靠,他的行动果敢,还有他的性格端正。尽管还只是可能成功,岳父和内兄却意见一致,信心满满,并且为结了这门亲事而庆幸。

克里斯蒂亚娜和保尔的心都在想着对方,对他们的议论似乎充耳不闻。

侯爵对女儿说:

"喂,小宝贝,有朝一日,你很可能变成法国最有钱的女人之一,人们提起你来,就像提起罗斯希尔德家族②的人呢。威勒真是个了不起的人,很了不起的人,一个有大智慧的人。"

可是一股突如其来的荒诞的妒意,却猛地刺伤了保尔的心。

"算了吧,"他说,"他们的智慧,所有这些投机资本家的智慧,我了解它是怎么回事。他们头脑里只有一样东西:金钱!我们为美好事物付出所有的思想,我们为冲动的爱好失去所有的行动,我们为消遣牺牲所有的时间,我们为娱乐浪费所有的力量,爱情,神

---

① 鹪鹩:一种鸟类,形小,约十厘米。
② 罗斯希尔德家族:或译罗斯柴尔德家族,一个德国犹太裔家族,成员居住于多国,拥有不同国籍。十九世纪初形成五支,现存仅伦敦和巴黎两支。主要在银行和金融界发展,其活动也扩及工业、铁路、波尔多葡萄酒等门类。

圣的爱情,占去我们所有的热情和所有的精力;而他们却都用在寻找金钱,梦想金钱,积累金钱!人,真正有智慧的人,为所有无私和伟大的爱好——艺术、爱情、科学、旅行、书籍而生活;如果他寻求金钱,那也是因为这会便于精神的真正欢乐,甚至是心灵的幸福!但是那些人,他们,他们的精神和心灵里什么都没有,除了对交易的卑劣兴趣!这些生活中的盗贼,他们只是些貌似有价值的人,就像画商貌似画家,出版商貌似作家,剧院经理貌似诗人一样。"

他突然住口,明白自己有些放肆了,便重又语气平和地说:

"我说这些话绝不是针对昂代尔马特,我认为他是个很可爱的人。我很喜欢他,因为他比其他那些人高超百倍……"

克里斯蒂亚娜已经把手抽回来。保尔又停止说话了。

贡特朗笑起来,他用尖刻的语调说,他尽情打趣的时候什么都敢说:

"无论如何,亲爱的朋友,这些人有一个罕见的优点:那就是娶了我们的姐妹,而且生了一些有钱的女儿给我们做妻子。"

侯爵觉得感情受了伤害,站起来:

"啊!贡特朗!你有时真讨厌。"

于是,保尔转向克里斯蒂亚娜,小声说:

"他们会为一个女人而死,或者甚至把全部财富都给她——全部——一点儿都不保留吗?"

"我所有的一切都属于你,直到我的生命。"他说得那么清楚:克里斯蒂亚娜被感动了,为了能握住他的两只手,她想出一个妙招:

"快起来,也把我扶起来;我都麻木得不能动了。"

他站起身,抓住她的手,把她拉起来,让她站在大路边,紧挨着他。她看到他的嘴正在低声说"我爱您",便很快转过身去,避免回答他,尽管在一阵要扑向他怀抱的冲动中,这三个字已经禁不住地升到她的唇边。

他们动身回旅馆。

温泉浴的时间已过。大家等着吃午饭。钟声响了,可是昂代尔马特并没有回来。他们在公园里又转了一圈,便决定去吃饭。这顿饭虽然吃的时间很长,可是吃完的时候银行家仍然没有回来。他们又到山坡下,在树荫里闲坐。时间一小时一小时地过去,太阳在树叶上移动,逐渐垂向山峰。白日将尽,威勒始终没有出现。

突然,人们远远看见他了。他走得很快,帽子拿在手里,另一只手擦着额头上的汗,领带歪在一边,坎肩半敞着,就像刚刚做了一次旅行,打了一场仗,做了一番长久而又艰苦的努力。

他一看见岳父,就大喊:

"胜利啦!搞定啦!这是多么紧张的一天啊,朋友们!哈!这只老狐狸,让我费了好大的劲儿!"

接着,他立刻就说起他采取的种种步骤和他付出的努力。

老奥利沃起初表现得很不讲道理,昂代尔马特便中断了谈判,走了。后来,他们把他叫回来。那老农表示他不卖地,而是要以土地入股的方式加入公司;如果公司不成功,他有权收回土地;如果公司成功,他要求获得一半的利润。

银行家不得不在纸上用数字和模拟地块的图表向他表明,他的全部土地按当时的价值不超过八万法郎,而公司将来的启动费用一下子就高达一百万法郎。

但是奥弗涅人反驳道,他要享有的,是建浴所和旅馆给他的资产带来的巨大增值;他要获得的,是在将要实现的价值基础上的利润分红,而非以往的价值。

于是,昂代尔马特不得不向他说明风险和可能的盈利应该成正比,用亏损的概率来吓唬他。

最后才决定了以下事项:老奥利沃把小河边的所有土地,也就是说所有可能找到矿泉水的土地,都投入公司,再加上小丘上的土地,用来修建一个娱乐场和一座旅馆,还有山坡上的几个葡萄园,分成几份,租给巴黎的几个重要的医生。

这笔投资估值二十五万法郎,也就是说近乎四倍于它现有的价值。凭着这笔投资,农民将来可以获得四分之一的公司利润。他在浴所周围还留下比交出的多不止十倍的土地,一旦公司获得成功,他可以抓住时机,分别出售这些土地,再获得一笔财富。据他说,这笔财富将用作两个女儿的陪嫁。

这些条件一经确立,威勒又得马上拖着奥利沃父子去公证人那里,拟定一份在找不到足够泉水的情况下可以中止的卖地承诺书。

撰写各项条款,逐点加以讨论,没完没了地重复同样的推论,永不停息地重新开始同样的论证,进行了整整一个下午。

终于,诸事完毕。银行家将持有他的温泉站。但是,他却被一个遗憾苦恼着,反复说:

"我的权利将只限于泉水,土地还是他的,连想都不要想。这老猴子,他真精明。"

随后,他补充道:

"也罢!我一定要把老公司买下来,在那上面,我一定能大干一番!……没关系,我今晚就去巴黎。"

侯爵吃了一惊,叫出声:

"怎么,今晚就走?"

"是的,亲爱的岳父,趁奥波利-帕斯德先生在这边进行勘探,我去准备最后的文书。我也得安排一下半个月以后就要开始的各项工程。我一个小时也不能失去。对了,我要通知您,您是我的董事会的成员;我需要有一个明显的多数。我给您十股。您也一样,贡特朗,我给您十股。"

贡特朗笑着说:

"谢谢,亲爱的,我把这十股转卖给您吧。这样您就欠我五千法郎。"

可是,昂代尔马特在这样严肃的事情上是不开玩笑的,他干巴巴地接着说:

"如果您这么不严肃,我就找别人。"

贡特朗不笑了:

"别,别,朋友,您知道我对您十分忠诚。"

银行家又转向保尔:

"亲爱的先生,您愿不愿赏光帮一个朋友的忙,也接受十股和董事的头衔。"

保尔躬了躬身,回答:

"请允许我不接受这个盛情的建议,而是投十万法郎在这桩我十分看好的生意里。所以应该是我向您要求优待才对。"

威勒非常高兴,紧紧握住他的双手;这种信任征服了他;再说,他总有一种禁不住的欲望,拥抱为他的企业投入金钱的人。

但是克里斯蒂亚娜又难过又气恼,脸一直红到耳根。在她看来,就好像他们刚刚在拿她做买卖。如果保尔不爱她,他肯拿出十万法郎给她丈夫吗?不会,毫无疑问!他至少不应该当着她的面商谈这笔交易。

晚饭铃声响了,他们又上坡去旅馆。刚坐到饭桌上,老帕耶夫人就问昂代尔马特:

"这么说,您要建一个新浴所?"

消息已经在整个地区传开,尽人皆知;它惊动了所有的浴客。

威勒回答:

"的确,是的,现有的浴所远不能满足需要。"

然后,他就转向奥波利-帕斯德先生,说:

"亲爱的先生,请原谅,有件事我本想找个地方跟您专门谈,现在只好和您在饭桌上说了,我今晚就要去巴黎,时间实在紧迫。您同意领导钻探工程,寻找更多的泉水吗?"

工程师喜出望外,欣然接受;接着,他们就在众人洗耳恭听的寂静中,确定了须立即开始勘探的主要位置。凭着昂代尔马特在事业中一贯的干脆利落和明晰准确,各项事宜在几分钟里就讨论完毕,并且敲定。随后,人们又谈起那个瘫痪病人,有人看见他下午只用一支手杖穿过公园,而就在这天早上他还挂着两支。银行家反复说:"这真是个奇迹,一个真正的奇迹!他的痊愈正在阔步前进。"

为了让克里斯蒂亚娜的丈夫高兴,保尔接着说:

"这是克洛维斯老爹在阔步前进。"

整个饭桌都发出赞同的笑声。所有的眼睛都看着威勒,所有的嘴都在赞美他。餐厅的侍者们都开始第一个给他上菜,可谓恭敬之极,不过当菜盘传给旁边的人时,这恭敬顿时就从脸上和动作上消失。

一个侍者把放在盘子里的一张名片呈给他。

他接过来,用不高不低的声音念道:"如蒙昂代尔马特先生在大驾启程前赐见,面谈片刻,巴黎拉托纳医生将荣幸之至。"

"请回答他,我没有时间;不过我过一个星期,最多十天,就回来。"

就在同一时刻,有人受奥诺拉医生之托,献给克里斯蒂亚娜一束鲜花。

贡特朗笑着说:

"波纳菲尔大叔就是那个倒霉的第三名了。"

晚饭快结束的时候,有人禀告昂代尔马特,他的四轮马车已经在等候他。他上楼去取他的小钱包;等他又下楼的时候,只见全村一半的人都拥挤在旅馆门前。佩特吕斯·马尔泰尔来和他握手,这个蹩脚演员总是不拘礼节,他凑到银行家耳边小声说:

"我将要向您提一个建议,那对您的生意一定会极有好处。"

忽然,波纳菲尔医生出现了,像他惯常那样急匆匆的。他走到威勒面前,就像对侯爵所做的一样,声音低低地问候他,并祝他:

"一路平安,男爵先生。"

"我说的没错吧。"贡特朗小声说。

昂代尔马特志得意满,高兴骄傲得膨胀,又是和人们握手,又是向人们道谢,反复说着"再见"。但是他心里总惦记着别的事,差点儿忘记拥吻他的妻子。他的粗心大意反倒让她松了一口气;当她看到两匹马快步疾驰,马车在黑暗的大路上远去,就好像她的余生再也不用害怕任何人了。

她整个晚上都坐在旅馆前,在父亲和保尔·布雷蒂尼之间;贡特朗和每天晚上一样,已经去娱乐场了。

她既不想走路,也不想说话,一动不动地待在那儿,两手交叉着放在膝盖上,眼睛消失在黑暗里,疲倦而又虚弱。她有点不安;不过,她还是感到幸福的,几乎不思索,更不去遐想,只偶尔对隐约的后悔做着斗争,但总能把它驱散,心里反复说着:"我爱他,我爱他,我爱他!"

她很早就上楼回自己的房间,独自冥想。她裹着轻盈的睡衣,深深地坐在一把安乐椅里,透过敞开的窗口凝望星星。在这窗框里,她每分钟都在企盼着刚刚征服了她的那个人。她看见他,善良、温和,而又易于激动,在她面前那么坚强,又那么驯服。这个男人占有了她,她现在感到自己已经被他永远占有。她不再是孤独一人,他们现在是两个人在一起,而且两颗心已经合为一颗心,两个灵魂合为一个灵魂。他此刻在哪儿?她不知道;但是她很清楚他在想她,就像她在想他。她的心跳动一下,她都好像听到另一颗跳动的心从某个地方回应。她感到一个欲望在她周围游荡,像鸟的翅膀一样轻轻拂着她。她感到这欲望,这来自他的欲望,这热烈的欲望,从敞开的窗口进来了,正在黑夜的寂静中寻找她,恳求她。被爱,这多么好,多么甜蜜,多么新颖!想念一个人,痛苦得要哭,或者感动得要哭,即使看不到他,也要张开臂膀呼唤他,也要在期待他的狂热中,向他闪现的形象,向他或远或近不断抛来

的吻张开双臂,这是何等的愉快!

想着想着,她从睡衣袖子里向星星伸出两条白皙的胳膊。突然,她发出一声叫喊。一个硕大的黑影,跨上阳台,出现在窗口。

她欣喜若狂,霍地站起来!这是他!她甚至没去想有人可能看到他们,就扑进他的怀抱。

第 八 章

　　昂代尔马特日复一日在外不归,奥波利-帕斯德先生在这边不停地探寻。他已经找到四个新的泉眼,能为新公司提供两倍多所需的泉水。这些寻找,这些发现,不胫而走的重大新闻,光辉未来的前景,让整个地区的民众如痴如狂,人人摩拳擦掌,个个热情高涨,其他的话题都不再谈,其他的事情都不再想。连侯爵和贡特朗也整天围着工人们,看他们探查花岗岩层的脉络,兴致越来越浓地听工程师关于奥弗涅地质性质的说明和宣讲。保尔和克里斯蒂亚娜乐得在绝对安全的情况下,安稳自由地你欢我爱,谁也不管他们,谁也发现不了什么,甚至没有人想到窥探他们,因为全部的注意力,全部的好奇心,所有人的兴趣,都被未来的温泉站吸引过去了。

　　克里斯蒂亚娜所做的,就像一个第一次就喝醉了的青春少女。第一杯酒,第一个吻,就把她的火点起来了,把她弄昏了头。她很快又喝了第二杯,觉得更有味儿。现在,她索性开怀痛饮,一醉方休。

　　自从保尔跳进她的房间的那个晚上起,她就根本不知道世界上发生的事了。时间,事物,人类,对她来说都不复存在;除了一个男人,什么都不存在了。天上地下,只有一个男人,唯一的男人,她爱的那个男人。她的眼睛只看见他,她的脑子只想到他,她的希望只和他联系在一起。她生活,走动,吃饭,穿衣,如此而已;她听得见,也回答,却不明白也不知道自己在做什么。她没有任何担心的事,因为没有任何不幸会打击她!她变得对一切都没有感觉。没有任何物质的痛苦会作用于她的肉体,只有爱情会让她战栗。没有任何精神的痛苦会作用于她的心灵,因为她的心已经被幸福瘫痪。

另一方面,他呢,他以自己的全部激情爱她,把这少妇的感情激发到疯狂的程度。白日将尽的时候,知道侯爵和贡特朗已经去看勘探泉水,保尔就对克里斯蒂亚娜说:"走,去看我们的天堂。"他把峡谷上边山坡上的一簇枞树称作"天堂"。到那儿,他们要沿着一条小路,穿过一个小树林。不过那条小路很陡,克里斯蒂亚娜总是累得上气不接下气。因为他们的时间不多,他们走得很快;而且为了能让她省点儿力,他经常抱着她。她把一只手搭在他肩膀上,让他抱起来,时而搂住他的脖子,把嘴贴在他的嘴唇上。他们越往上走,空气也越清新;到那簇枞树时,树脂的香味就像海风一样让他们顿觉清凉。

他们在郁郁葱葱的树旁坐下来,她坐在一个长着青草的土堆上,他坐得低一些,在她的脚边。风在树枝间唱着柔情的松林之歌,就像在怨诉;辽阔的利马涅平原淹没在雾霭中,远得看不见尽头,他们感觉就好像面临汪洋大海。是的,大海就在那儿,在他们前面,近在眼前。他们无法怀疑,因为他们正感受着它迎面扑来的气息!

他像孩子似的和她嬉戏:

"把你的手指头给我,我想吃,这是我的糖果。"

他抓住她的手指头,一个接一个地,放到嘴里,就像贪吃的孩

子一般津津有味地品尝着。

"啊！真好吃！特别是这个小的。我从来没有吃过比这个小的更好吃的了。"

然后，他就跪着，把胳膊肘放在克里斯蒂亚娜的膝盖上，低声说：

"紫藤，看着我好吗？"

他叫她"紫藤"，因为她总是紧紧搂着他，吻他，就像藤萝缠绕大树一样。

"看着我。我这就钻进您的心灵。"

他们目光坚定，目不转睛地互相看着，就好像两个人真的彼此交融了。他说：

"只有这样互相拥有，才是真正相爱，所有其他的爱情，只不过是顽童的游戏。"

在清澈的目光中，他们面对面，气息融合在一起，忘乎所以地互相寻找着。

他小声说：

"我看见您了，紫藤。我看见了您那颗受人崇拜的心！"

她回答：

"我也一样，保尔，我看见了您的心！"

他们的确彼此都看得分明，直到对方的心灵深处，因为在他们的心灵里，其他一切都不复存在，只有相互疯狂的爱情冲动。

他说：

"紫藤，您的眼睛就像天空。它是蓝色的，那么明亮，反映出那么多的景象！我仿佛在里面看到许多燕子掠过！那是您活跃的思想，想必是吧？"

他们就这样，久久地、久久地互相注视，然后再靠近一点，温柔地互相吻着，每亲吻一次，就停下来对视一会儿。有时他把她抱在怀里，沿着小河跑。小河向昂瓦尔峡谷流去，然后直泻谷底。那是一个狭窄的小山谷，草地和树林交替。有时保尔会用他强有力的胳膊高举着少妇在草地上奔跑，一边呐喊着：

"紫藤，我们飞吧。"这飞的需要，爱情，他们激昂的爱情，把这需要倾注在他们身上，骚动人心，无休无止，令人痛苦。而在他们周围，一切——轻盈的空气，或者用保尔的话说，鸟的空气，以及淡蓝色的广阔天际，都在激发着他们心灵的这种欲望。他们多么想手牵着手，双双冲向天际，消失在黑夜正在铺开的无边平原的上空，他们就这样穿过夜间雾蒙蒙的天空远去，永远不再回来。去哪儿呢？他们一无所知，但那是多么美妙的梦想啊！

他这样举着她，跑呀跑，跑得喘不过气来了，便把她放在一块岩石上，跪在她面前！他亲吻着她的脚踝，低声说着孩子气的温情的话，向她顶礼膜拜。

如果他们是在城市里相爱，他们的感情大概会不一样，会更谨慎，更性感，不这么空幻和浪漫。但是现在，在这绿色的国度，天际扩展了心灵的冲动，只有他们自己，没有任何人干扰，没有任何东西削弱他们觉醒了的爱的本能；他们已经突然投入浓烈诗意的温情中，这情感里只有极乐和狂喜。周围的景物，温和的风，树林，这乡间甜美的气味，整日整夜为他们演奏着爱情的音乐；这音乐让他们兴奋到癫狂，就像长鼓和尖笛的声音驱使托钵僧一个劲地旋转，

做出荒唐狂烈的动作。

一天晚上,他们回旅馆吃晚饭的时候,侯爵突然对他们说:

"昂代尔马特把事情全办妥了,四天以后就回来。我们这几个人呢,他回来的第二天就走。我们在这儿已经待得够久了;洗矿泉浴的季节总不能拖得太长。"

他们大感意外,就好像有人向他们宣布了世界末日;吃饭的时候,不管是他还是她,都一言不发,他们太惊讶了,一心想着会发生什么事。这么说,几天后他们就要分手了,再不能自由见面了。这在他们看来是那么不可能,那么荒唐,他们无法理解。

果然,周末,昂代尔马特回来了。他事先就打来电报,让人派两辆马车去接当天的第一班火车。克里斯蒂亚娜整夜不能入睡,一种奇怪的新的感情,一种对丈夫的恐惧,夹杂着愤怒、无法解释的轻蔑和向他挑战的情绪,萦绕着她,她天一亮就起来,等着他。他从第一辆马车上下来,伴随他的有三个先生,衣着笔挺,但是态度谦逊。第二辆马车载着另外四个人,身份似乎比前几位略低。侯爵和贡特朗很惊讶,贡特朗问:

"这些人是干什么的?"

"我的股东。我们今天就成立公司,而且立刻就任命董事会成员。"

142

他是那么忙碌,拥吻了妻子,却没有跟她说话,甚至没有看她一眼,就向一言不发站在他后面的七位尊敬的先生转过身:

"各位先去吃点东西,"他说,"然后去散一会儿步。我们中午十二点在这儿见面。"

那几位先生像士兵服从命令似的,一声不响地走了,一步两级地登上台阶,走进旅馆。

贡特朗看着他们离去,然后非常严肃地问:

"您在哪儿找到这些跑龙套的?"

银行家微微一笑:

"这可是一些行为端正的人,交易所的人,资本家。"

他稍停片刻,带着更明显的微笑补充道:

"是他们经管我的买卖。"

然后,他就去公证人那儿,审阅他几天前寄来的准备好的文件。

他在那儿见到拉托纳医生。他已经跟他通过几次信,现在又在事务所一个角落里跟他低声谈了很久;与此同时,公证人的书记们的鹅毛笔在纸上驰骋,发出小虫子爬行般的窸窣声。

会议定在下午两点,目的是成立公司。

公证人的办公室布置得就像要举行音乐会。一张桌子,对面放着两排椅子,等候着股东们;公证人坐在桌子的另一边,旁边是他的首席书记。鉴于要办的这件事十分重要,公证人阿兰先生已经穿好他的礼服。他个子非常矮,活像一个白色肉球,说话含混不清。

两点钟敲响了,昂代尔马特准时走进来,伴随着他的是侯爵、他的内兄和布雷蒂尼,后面跟着贡特朗称作"跑龙套"的七位先生。他俨然一副将军的神态。紧接着,老奥利沃和"大块头"也到

143

了。他们好像很不放心,很不信任,就像许多去签字的农民那样。拉托纳医生最后进来。他已经跟昂代尔马特言归于好,他先是巧妙地以各种方式对他道歉,继而毫无保留、随叫随到地为他效劳,现在更是对他百依百顺。

银行家感到已经把他捏在手里,便答应给他令人羡慕的新浴所医务督察的位置。

所有的人都进来了,顿时满堂肃静。

公证人发言:"先生们,请坐下。"他又说了几句话,不过,在一片移动座位的杂乱中,谁也没听见。

昂代尔马特搬起一把椅子,放在他那支大军的对面,能把他们一览无余,等人们都坐好,他就说:

"先生们,我没有必要向诸位说明我们今天聚会的动机了。我们首先要成立你们都已欣然答应入股的新公司。不过,我有必要把曾经给我们造成一点麻烦的若干细节告诉你们。在什么都没有着手以前,我必须保证,我们能获得创立一个公益性新公司的各项必要的许可。这个保证,我现在有了。这方面的未尽事宜,我会去妥善办理。我有部长的承诺。但是另一点挡住了我们。先生们,我们即将要和老的昂瓦尔温泉公司进行一场斗争。我们一定会取得这场斗争的胜利,一旦获胜,我们就发财了,这一点你们可以深信无疑。但是,就像昔日的斗士们需要战斗的呐喊一样,我们,现代战争的斗士们,我们的温泉站必须有一个名字,一个响亮的、有号召力的名字,它要成为很好的广告,像军号一样振聋发聩,像闪电一样吸引眼球。然而,先生们,我们是在昂瓦尔,我们不能改变这个地方的名字。只剩下一个办法,那就是为我们的新公司,专为我们的公司,起一个新名字。

"我的建议如下:

"如果我们的温泉浴所设在今天在场的奥利沃先生所有的小丘的脚下,我们未来的娱乐场就要建在同一座小丘的顶上。那么,我们就可以说,这座小丘,这座山,因为这的确是一座山,一座小山,构成了我们的公司,既然它从山脚到山顶都属于我们。从现在起,就称我们的浴所为'奥利沃山温泉浴所',把原有业主的姓氏和这座将成为全世界最重要的温泉站之一联系起来,岂不是非常自然的吗?让我们把属于恺撒的东西还给恺撒吧。①

"而且请注意,先生们,这个名字妙极了。人们将来说起奥利沃山,会像说道尔山一样。它会留在人们的眼睛里和耳朵里,看得清,也听得清,它将留在我们的心里:奥利沃山!——奥利沃山!奥利沃山温泉浴所!……"

昂代尔马特把这个词说得很响亮,就像射出一颗子弹一样,一边听着回音。

他模仿着人们的对话,继续说:

"您去奥利沃山温泉浴所吗?"

"是呀,夫人。奥利沃山的矿泉水,听说非常好。"

"的确,好极了。再说,奥利沃山,这个地方也景色宜人。"

他微笑着,做出对话的样子。他变换声调,说明是一位夫人在说话;他招手致意,说明对方是一位先生。

接着,他又恢复自然的语气,说:

"哪一位有不同意见要说?"

股东们齐声回答:"没有,没有。"

"跑龙套"中的三个人还鼓了掌。

---

① 这原是基督教《圣经》中耶稣对法利赛人说的话,全文是:"恺撒的物当归给恺撒,神的物当归给神。"

老奥利沃很感动,受宠若惊,已经被他暴发户农民内心的骄傲感征服了,两只手转动着帽子,满脸含笑,禁不住地连连点头称"是",这"是"透露了他的喜悦。昂代尔马特好像并没有注意他,其实全看在眼里。

"大块头"始终没有表情,但是心里像他父亲一样高兴。

于是,昂代尔马特对公证人说:

"阿兰先生,请您宣读成立公司的章程。"

他坐下。

公证人对他的书记说:"开始吧,马利奈。"

马利奈,一个可怜的瘦麻秆,轻咳了一下,便带着宣讲人的腔调和朗诵的意味,开始宣读成立一个股份有限公司的章程。公司名称为奥利沃山温泉企业公司,地址在昂瓦尔,注册资本两百万法郎。

老奥利沃打断他:

"等会儿,等会儿。"他说。他从衣兜里掏出一个油污的记事本,这个本子,一个星期以来,已经在本省所有的公证人和投资代办人手里走了个遍。那是公司章程的一个副本,他和儿子都能背下来了。

然后,他慢吞吞地把眼镜架在鼻梁上,抬起脑袋,对准了光,能看清字母了,便吩咐:

"念吧,马利奈。"

"大块头"把椅子挪近,也在父亲那页纸上跟着看。

马利奈重新开始。老奥利沃又要听,又要看,忙得不可开交,生怕漏过一个改了的字,心急如焚;同时还要惦记着昂代尔马特是不是对公证人发了什么暗号;为了不放过一行字,他不惜打断书记十次。

他反复问:

"你说什么?你刚才说什么?我一点也没听见!别那么快!"

然后,稍稍转向他的儿子:

"是这儿吗,'大块头'?"

"大块头"比他镇定些,回答:

"行了,父亲,可以了,可以了,没问题!"

可老农就是不信。他用钩子似的手指头顺着纸上的字,在唇缝中间轻轻地念着;但是他的注意力不能同时兼顾两头,当他照顾到听的时候,就没法再读,读的时候,就压根儿不能再听。他就像在爬山一样,喘着大气,就像在大太阳底下给他的葡萄园翻地一样,满头大汗。时不时地,他要求休息几分钟,擦擦额头上的汗珠,喘口气,就像在决斗似的。

昂代尔马特很不耐烦,用脚跺着地面;贡特朗见一张桌子上有一份《多姆山省通报》,拿过来浏览着;保尔骑在椅子上,低着头,心烦意乱,一直在想:坐在他前面的这个红光满面、大腹便便的小个子,第二天就要把他倾心热爱的女人带走了。克里斯蒂亚娜,他的克里斯蒂亚娜,他的金发的克里斯蒂亚娜,是属于他的,完全属于他的,仅仅属于他的。后来他又寻思,是不是他今天晚上就把她拐走。

那七位先生始终神色严肃,态度安然。

147

一个小时过后,事情办完了,字也签了。

公证人对出资进行备案。当叫到会计师阿布拉罕·莱维先生的名字时,他便宣布资金已经收到。接着,刚刚宣布依法成立的公司便召开全体大会,所有股东出席,任命董事会并选举董事长。

除了两票,所有选票都赞成昂代尔马特出任董事长;两个不同意的人,就是老农和他的儿子,他们选的是老奥利沃。布雷蒂尼被任命为监察委员。

于是,其他股东以及公证人和他的书记退席,由昂代尔马特、德·拉夫奈尔侯爵和德·拉夫奈尔伯爵、布雷蒂尼、奥利沃父子、拉托纳医生、阿布拉罕·莱维和西蒙·齐德莱尔组成的董事会开会,讨论首先需要做出的第一批决议,决定几个最重要的事项。

昂代尔马特又站起来。

"先生们,我们现在就要谈到最关键的问题,我们的事业如何成功的问题,我们一定要不惜一切代价取得成功。

"就像一切事情一样,在矿泉水上也有个成功与否的问题。必须宣传我们的矿泉水,大谈特谈我们的矿泉水,永远不停地谈论它,让病人们乐意喝它。

"现代社会的大问题,先生们,就是广告;它是现代商业和实业的天神。除了广告,没有别的救星。可是,广告艺术是困难而又复杂的,要求很大的分寸感。最早使用这个手段的那些人,用力过猛,通过鼓噪,通过摇鼓鸣炮来吸引人们的注意。蒙然[①],先生们,只是一个先行者。今天,喧闹令人怀疑,鲜艳夺目的招贴让人发笑,满大街呼叫的名字唤起的是不信任而不是好奇心。然而必须

[①] 皮埃尔·泰奥多尔·蒙然(1820—1864):法国铅笔商,在巴黎推车行商,以招摇的叫卖、音乐(有一助手为其演奏手摇风琴)、铸造筹码等方式招揽顾客,广为人知。本名 Mengin,世人常误为 Mangin。

吸引公众的注意,不过在震惊了它之后,还要说服它。因此,艺术就在于要找到方法,那唯一能够成功的方法,因所要卖的东西而异的唯一的方法。我们呢,先生们,我们要卖矿泉水。我们应该通过医生去争取病人。

"最有名的医生,先生们,也是像我们一样的人,他们也像我们一样有弱点。我的意思不是说我们可以腐蚀他们。我们所需要的大师泰斗们,都享有盛誉,这就让他们避免了一切受贿的嫌疑!但是,只要做法得当,什么人是不能争取的呢?也有些女人是不可收买的,但这些女人,却可以去引诱!

"所以,先生们,在和拉托纳医生先生商讨了很久以后,我要做如下的建议:

"我们首先把接受我们治疗的病人分为三组。那就是:一、各种形式的风湿病、疱疹、关节炎、痛风等等;二、各种胃、肠、肝部的疾病;三、各种由于循环紊乱造成的不适,因为我们的微酸温泉浴,毋庸置疑对循环系统有上佳的效果。

"另外,先生们,克洛维斯老爹的不可思议的痊愈,预示着还会有许多奇迹。

"所以,鉴于这些难以摆脱的疾病都受制于我们的矿泉水,我们将向医治这些病的主要医生们做如下建议,我们要说:'先生们,请来看看吧,亲眼看看,和您的病人们一起,我们会热情接待您。这里风光无限,您在冬季辛劳之后,需要颐养贵体,那就请到这里来吧。来吧,教授先生们,不是来我们这儿做客,而是宾至如归,因为我们将献给您一座木屋式别墅,如果您愿意,它还会以特别优惠的条件归您所有。'"

昂代尔马特停顿片刻,语气也变得更加平和,重新开始:

"我是这样实现这一设想的。我们选了六块各有一千平方米

的土地。伯尔尼①活动木屋公司负责在这六块土地上修建他们的一种样板房。我们将把这些美观舒适的房子无偿地交给我们的医生们享用。如果他们喜欢,他们只需购买伯尔尼公司的房子;至于地皮,我们送给他们……而他们……用病人回报我们。所以,先生们,我们获得的是多方面的好处:不花一文,就在我们的土地上布满可爱的别墅;引来世界最好的医生和他们的顾客大军;特别是让这些卓越的医生们相信我们矿泉水的疗效,很快就变成我们这里的业主。至于带来这些成果的所有谈判,由我负责,先生们,而且我不是以投机家,而是以上流社会交际家的态度行事。"

老奥利沃打断他的话。这奉送土地的做法,冒犯了他奥弗涅人节省的品性。

昂代尔马特拿在肥沃土地上大把大把播种的大农业家,和数着颗粒播种而收成总是一半的吝啬农夫做比较,大发了一番他的辩才。

奥利沃很恼火,坚持己见;银行家便让他的董事会表决,以六

---

① 伯尔尼:瑞士城市,今瑞士联邦政府所在地,位于瑞士伯尔尼高地,是瑞士仅次于苏黎世、日内瓦、巴塞尔和洛桑的第五大城市,也是伯尔尼州的首府。

票对两票封住了老汉的嘴。

然后,他就打开一个山羊皮做的大公事包,从里面取出新浴所、旅馆和娱乐场的设计图,以及和包工企业准备好的预算和施工契约,由董事会通过并立即签字。各项工程下星期初就开始。

只有奥利沃父子俩希望再看一看,再商量商量。但是昂代尔马特生气了,对他们说:"我跟你们要钱了吗?没有!那么,就让我安静些吧!如果你们不满意,咱们就再投一次票。"

两个农民这才和其他董事一起签了字;然后会议便结束。

全村的人都等着看他们走出来,大家的情绪是那么高昂,纷纷向他们欢呼致敬。两个农民要回家,昂代尔马特对他们说:

"别忘了,晚上我们所有人一起,在旅馆里聚餐。把您的两个女儿也带来,我从巴黎给她们带来了一些小礼物。"

大家约好,七点钟在大光明旅馆的大厅里见。

这真是一次盛大的宴会。银行家请来了主要的浴客和本村的领导。克里斯蒂亚娜坐在主人的位置上,右边是本堂神父,左边是村长。

人们谈的全是未来的浴所和本乡的远景。两个奥利沃小姐在餐巾下面发现了两个首饰盒,每个盒子里面都装着一个缀着珍珠和绿宝石的手镯。两个姑娘高兴极了,和坐在她们中间的贡特朗聊得从未有过地欢畅。贡特朗眉飞色舞,开了不少玩笑,连姐姐也被这年轻人的戏谑逗得开心大笑;他一面

逗乐，一面在心里对她们做着那些男性的评价，大胆而又秘而不宣的评价，这些评价是男人们在所有可爱女人面前都会从肉体和心灵里油然而生的。

保尔却一点也没吃，一句话也没说……他感觉好像自己的生命今晚就要结束了。他突然想到，从他们塔兹纳湖畔的晚餐算起，整整过去一个月，一天也不差。他的心灵痛苦万分，这隐约的痛苦里预感多于忧伤，只有恋人才能感受。这痛苦让他的心情那么沉重，让他的神经那么震荡，一点点响声都会让他喘息；他的精神那么痛苦，和习以为常的观念相比，所有听见的声音都有了一种让他难以忍受的含义。

散席以后，他立刻在大厅里找到克里斯蒂亚娜。

"我今晚一定要见您，"他说，"一会儿，立刻，因为我不知道我们什么时候能够再单独相聚。您知道吗，到今天正好一个月……"

她回答：

"我知道。"

他又说：

"您听着，我现在就到去罗什普拉蒂埃尔的大路上等您，村子前面，栗树旁边。这个时候，谁也不会发现您不在。快来和我告别，既然明天我们就要分手。"

她小声说：

"一刻钟以后，我就到那儿。"

他便走出去；他再也不愿意待在这群人中间，他们让他愤怒。

他沿着他们第一次一起观赏利马涅平原那天走的小路，穿过几个葡萄园，很快就来到那条大路上。他独自一人，他感到孤独，在大千世界中孤零零的。看不见的无边平原，更增加了这种孤独感。他正好在他们坐过的地方停下,他曾在那里朗诵过波德莱尔赞颂美的诗句。这已经是多么遥远的事了!他一小时一小时地在记忆中重现自那以后发生的事。他从来没有这样幸福过,从来没有!他从来没有这样疯狂,同时又这样正经、这样虔诚地爱过。他回想着塔兹纳湖的那个晚上,到今天已经一个月了;他回想着沐浴着淡淡月光的凉爽的树林,银色的小湖和擦过它水面的大鱼,以及他们归来的情景:他看着她走在他前面,时而在黑暗中,时而在月光下,树叶间洒下的斑驳的月光落在她的头发上、肩膀上、胳膊上。那是他一生中领味过的最甜美的时光。

他回头看她是不是来了。他没有看到她,但他远远看到了出现在天际的月亮。他做第一次爱的告白时升起的同一个月亮,现在又升起来,让他做第一次诀别。

他皮肤上窜过一股寒战,一股冰冷的寒战。秋天,那预示着冬天的秋天,正在到来。在此以前,他还没有感触到这早来的寒意,现在却像不幸的威胁一样深入他的肌体。

被尘土变成白色的大路,向前伸展,就像一条河在两岸间流淌。一个人影突然出现在路的拐弯处。他立刻认出是她;他原地不动,等她过来。感到她逐渐走近,看到她向自己走来,来与自己会合,他说不出地幸福,禁不住战栗。

她小步走着,不敢喊他,心里却因为看不到他而焦急,因为他仍然藏在一棵树下。深深的寂静,大地和天空的明亮的孤寂,让她心慌意乱。她的拉得长长的黑色身影在她前面移动,远远地为她领路,好像在她到来之前,先给他带点什么她的东西。

克里斯蒂亚娜站住了,影子也停下来,躺在大路上。

保尔快速向前走了几步,来到她的头的影子变成圆形的地方。然后,就像他不愿失去她的任何东西似的,他跪下,俯下身子,把嘴

贴在她的黑影的边儿上,就像一只饥渴的狗沿着泉水痛饮一样,沿着爱人的影子的轮廓热烈地亲吻土地。他就这样,用双手和双膝向她爬过去,一路吻遍她身体的影子,仿佛要用嘴敛起伸展在地面的亲爱的黑色的影像。

她呢,很吃惊,甚至有些恐惧,在等他来到她脚下,再鼓起勇气和他说话。他到了,抬起头,仍然跪着,不过他现在用两个胳膊紧紧搂着她。她便问:

"你今晚怎么啦?"

他回答:

"紫藤,我就要失去你了。"

她把所有的手指都插到朋友浓厚的头发里,俯下身,仰起他的脸,吻他的眼睛。

"为什么会失去我?"她微笑着说;看来她倒是挺有信心。

"因为我们明天就要分手了。"

"我们分手?这一点时间算什么,亲爱的。"

"谁也不知道会分手多长时间。反正,我们再也找不到在这儿度过的日子了。"

"我们以后还会有同样美好的日子。"

她扶起他,把他拉到他刚才等她的那棵树下,让他坐在自己身边,比自己低一点的地方,好仍旧把手指插在他头发里。她已经是个成熟、热情而又坚定的女人,敢于爱,已经预见到一切,本能地知道该怎么做,而且义无反顾。她严肃地说:

"你听着,亲爱的,我在巴黎很自由。威廉从来不管我。他有他的生意就够了。所以,既然你没有结婚,我可以去看你。我每天都去看你,或者上午,午饭以前,或者晚上,因为如果总在同样的时间出门,仆人们会多嘴多舌。我们可以像在这里一样,经常会面,甚至比这里更经常,因为不必害怕好奇的人了。"

但是他把头倚着她的膝盖,紧紧搂着她的腰,连声说:

"紫藤,紫藤,我就要失去你了。我感觉得到,我就要失去你了。"

这不理智的悲伤,这强大身体里的孩子般的悲伤,让她不耐烦了,在他身旁她是那么脆弱,然而她又是那么自信,坚信没有什么能把他们分开。

他小声说:

"如果你愿意,紫藤,为了我们的爱情,让我们一起逃走,逃得远远的,到一个满是鲜花的美丽的地方。告诉我,你愿意我们今晚就走吗,你愿意吗?"

但是,她耸着肩膀,有点生气,有点不满他不听她的话,因为现在已经不是奇思梦想、温存儿戏的时候了。现在必须表现得既坚定又谨慎,找出办法,能永远相爱而又不致引起任何怀疑。

她又说:

"你听着,亲爱的,关键是我们两个要想法一致,不要做出不谨慎的事,更不要乱来。首先,你可以担保你的仆人们没有问题吗?最令人担心的是举报,是给我丈夫的一封匿名信。在他那一方面,他是什么也猜不到的。我了解威廉……"

这个说了两回的名字,立刻激怒了保尔的心。他恼火地说:

"噢!今晚别跟我提他!"

她很惊讶:

"为什么?不能不提到他呀……哦!我向你保证,他一点也不在乎我。"

她猜到了他的想法。

一股还不自觉的隐约的妒意,正在他的心头觉醒。他突然下跪,拿起她的双手:

"你听着,紫藤!……"他欲言又止。他不敢说出他的不安和他正在产生的怀疑,不知道怎样表达这一切。

"你听着,紫藤!……你跟他在一起怎么样?"

她不明白。

"这个……这个……很好……"

"是的……我知道……但是……你听着……你听清楚我的话……他是……他是你的丈夫……毕竟……嗯……嗯……你不知道,从刚才起,我多少次想到这一点……这让我多么受折磨……这让我痛苦……你明白吗……说呀?"

她犹豫了几秒钟,她突然参透了他的全部意思,恼怒之余,直截了当地说:

"啊!亲爱的……你可以……你可以想象吗?……啊!我是你的……你听见了吗?……仅仅属于你……既然我爱你……啊!保尔!……"

他的脑袋重新倒在少妇的膝盖上,声音温柔地说:

"可是……毕竟……我的小紫藤……既然……既然他是你的丈夫……你会怎么办呢?……你想过没有?……你说呀!……你

今天……或明天晚上,怎么办?……你总不能……永远……永远对他说'不'……"

她也声音低低地说:

"我已经让他相信我怀孕了,而且……这对他来说就够了……啊!反正他对这种事也不太关心……行了……咱们别谈这些事了,亲爱的,你不知道这多么让我难过,多么让我伤心。你相信我吧,既然我爱你……"

他不再动弹,嗅着、吻着她的连衣裙;而她,满怀爱意地用手指轻轻抚摸着他的脸。可是她忽然说:

"该回去了,人们会发现我们两个人都不在。"

他们久久地亲吻,紧紧地拥抱,恨不能粉身碎骨。然后,她先走,一路小跑,希望能快一点回去。他看着她远去,直到消失。他悲痛欲绝,仿佛他的全部幸福和全部希望都随她而逃逸。

第 二 部

第二部

第 一 章

第二年的七月一日,人们几乎已经认不出昂瓦尔温泉站了。

在小山谷两个出口之间的那座小丘的顶上,耸立起一座摩尔①式建筑的大楼,正面上方闪烁着"娱乐场"几个金字。

人们利用一个小树林,在朝利马涅的那一面的山坡上开辟了一个小公园。楼前伸展开一个很大的露台,俯瞰辽阔的奥弗涅平原。露台前面由一堵围墙支撑着,墙头从一边到另一边装饰着仿大理石的大花盆。

往下走不远,在几个葡萄园里,散落着六座木屋,涂了清漆的木质外墙十分醒目。

在朝南的山坡上,一座庞大的白色建筑远远地召唤着旅客,他们一走出利奥姆,就能眺见这座建筑,这就是奥利沃山大旅馆。

正好在旅馆的下边,在同一个小丘的脚下,有一座正方形房屋,更朴实一些,但是规模也更大,周围是一个公园,从峡谷里流下来的小河从这公园里穿过。在这房屋的正面,可以看到"奥利沃山温泉浴所"的字样。就是在这里,患者们接受拉托纳医生在小册子里许诺的神奇治疗。房子的两翼各有一个字体稍小的招牌,

---

① 摩尔:指西北非突尼斯、摩洛哥、阿尔及利亚三国的伊斯兰教徒。

右边是:"温泉水疗—胃囊洗涤—流水沐浴",左边是:"机动体操医疗馆"。

整个房屋通体白色,那种新鲜的白色,光亮而又耀眼。一些工人——油漆工、水暖工、土方工,还在干活,尽管浴所开始营业已经有一个月了。

营业的头几天,获得的成功就已经超出创建者们的期望。三位大医生,三位声名显赫的人物,马斯-鲁塞尔、克洛什和雷米索①三位教授,已经把这座新温泉站置于他们的保护之下,而且答应来伯尔尼活动木屋公司的别墅小住,那是温泉站的董事们交给他们使用的。

在他们的影响下,一大批患者蜂拥而至,奥利沃山大旅馆已经客满。

尽管温泉浴所六月初就开始营业,温泉站的正式开幕仪式却推迟到七月一日,以便吸引更多的人。庆典定于下午三点钟开始,首先为几个温泉举行祝圣礼。晚上有一场大型演出,接着是烟火和舞会,聚集了本地所有的浴客和附近温泉站的浴客,以及克莱尔蒙-费朗和利奥姆的重要居民。

山顶的娱乐场被旗帜淹没了,什么都看不到,只看到蓝色、红色、白色、黄色的旗帜,形成一层厚厚的晃动的彩云;而在沿着公园的小路矗立的高高的桅杆顶上,像游蛇般翻滚的巨大长幡在蓝天

---

① 这三个教授均为虚拟人物。

里招展。

在这旗帜的彩云下,获任新娱乐场经理的佩特吕斯·马尔泰尔先生,自以为成了某个奇幻航船的至高无上的船长似的,在以枪林弹雨中的海军司令指挥作战的洪亮可怕的声音,向穿白布围裙的侍者们发号施令;震耳欲聋的号令声随风远扬,直到村庄都能听到。

已经累得呼哧带喘的昂代尔马特出现在露台上。佩特吕斯·马尔泰尔急忙跑去迎接,向他行了一个动作夸张的贵族式大礼。

"一切都好吗?"银行家问。

"都好,董事长先生。"

"如果需要,到医务督察的办公室就能找到我。我们今天上午开会。"

然后,他就走下小丘。在温泉浴所门前,管理员和收款员冲上来迎接老板。这两个人都是从老公司挖来的。那家公司现在已经变成对手,毫无竞争的能力,注定要失败。前狱卒向他行了个军礼,另一个人像穷人接受施舍一样向他连连鞠躬。

昂代尔马特问:

"督察先生在这儿吗?"

管理员回答:

"在,董事长先生,所有的先生都到了。"

银行家走进前厅,从浴客和恭敬的侍者们中间走过;向右拐,推开一扇门,进入一个宽敞的房间。这个房间陈设严肃,满是书籍和科学名人的半身雕像。在昂瓦尔的董事们已经都在这儿聚齐:他的侯爵岳父和他的内兄贡特朗、奥利沃父子、保尔·布雷蒂尼和拉托纳医生。奥利沃父子几乎变成了绅士,他们的个子那么高,礼服那么长,看起来就像在为一家丧葬公司做广告。

大家迅速地握过手,便坐下。昂代尔马特开始发言:

"我们还有一个重要的问题得解决,就是温泉的名称。关于这一点,我和督察先生的看法完全不同。医生建议用在这里的三位医界权威的名字命名三个主要的温泉。可以肯定,这个殊荣会让他们感动,可以为我们更好地笼络住他们。不过,请相信,先生们,这样做却会让那些还没有回应我们邀请的他们的杰出同行和我们疏远;而我们应该做的,正是不惜一切代价,做出一切牺牲,让他们相信我们的矿泉水功效神奇。是的,先生们,人的本性是不变的,应该了解它,善于利用它。普朗图娄、德·拉尔纳尔和帕斯卡利斯教授①先生——我且只举出三位治疗胃肠疾病的专家——绝不会送他们的患者,他们的顾客,他们最好、最优秀的顾客:亲王大公们,所有上流社会的名人,去马斯-鲁塞尔温泉、克洛什温泉或者雷米索温泉治病,因为这些顾客会让他们名利双收,这些顾客和一般公众都会以为是马斯-鲁塞尔、克洛什和雷米索教授先生发明了我们的温泉和它的所有治疗功能。毫

---

① 这三个教授均为虚拟人物。

无疑问,先生们,用古波莱尔①的名字命名沙泰尔-吉雍的第一口温泉,在很长一段时间里给这个矿泉造成了不便;虽然它今天十分兴盛,但它本可以从一开始就得益于至少一部分大医生的支持。

"因此我向诸位建议,索性用我的夫人的名字命名最早发现的那口泉,用两位奥利沃小姐的名字命名另外两口泉。这样,我们就会有名为克里斯蒂亚娜、路易丝和夏洛特的三口温泉。这很合适,也很可爱。诸位认为怎么样?"

他的意见获得了通过,连拉托纳医生也表示赞成,而且补充说:

"我们还可以请马斯-鲁塞尔、克洛什和雷米索先生做教父,挽着几位教母的胳膊。"

"好极了,好极了,"昂代尔马特说,"我这就去找他们。他们一定会接受。这件事我负责!他们一定会接受。那么,下午三点钟在教堂见,游行队伍在那儿集合。"

他说完就跑着离开了。

侯爵和贡特朗几乎立刻跟着离去。奥利沃父子也随后出发,他们戴着高礼帽,肩并肩走去,神情庄重,一身漆黑,走在白色的大路上。拉托纳医生对前一天刚为参加庆典来的保尔说:

"我请您留下来,亲爱的先生,是想给您看看我认为是再好不过的东西,这就是我的机动体操医疗馆。"

他挽起保尔的胳膊,拉着他就走。但是他们刚走到前厅,一个浴所的侍者拦住了医生。

---

① 阿道尔夫·古波莱尔(1821—1879):《法国矿泉水总报告》(1874)的作者。他是对温泉医疗作用研究方面最杰出的人物,对沙泰尔-吉雍温泉事业的发展做出了突出的贡献。

"利吉埃先生在等着洗胃。"

去年,拉托纳医生还对波纳菲尔医生在其任督察的老浴所主张和实行洗胃大加非议,但是时间已经改变了他的见解,巴拉杜克导管已经变成这位新督察的伟大刑具,他像孩子般快活地把它探进任何人的食管。

他问保尔·布雷蒂尼:

"您从来没有看过这种小手术吧?"

保尔回答:

"没有,从来没有。"

"那就请来看看吧,亲爱的先生,很有趣。"

他们走进一间淋浴室。利吉埃先生,那个脸色像红砖一样的人,正坐在一张木制扶手椅里等着。他每年夏天都要尝试所有新建的温泉站;今年,他又在试验这里刚发现的温泉。

他就像一个古代的受刑者一样,一件漆布做的紧身衣箍着他的身体,扼住他的喉咙,免得弄脏或者溅污他的衣裳,他那副表情就像外科医生即将为其动手术的病人,可怜,不安,而又痛苦。

医生一出现,那个侍者就抓起一根长管子,这根管子中间分为三叉,像一条双尾细蛇;然后,他把管子的一头固定在连着温泉的一个小水龙头的顶端,把另一头放进一个玻璃容器,患者胃里排出的液体就流到这容器里。督察先生表情温和地用手稳稳拿起这管子的第三个分叉,缓缓地把它凑近利吉埃先生的下颌,放进他的嘴里,灵巧地引导着它,把它滑进喉咙,用拇指和食指轻柔地把它插得越来越深,一边重复着:"很好,很好,很好!行了,行了,行了,行了,非常好。"

利吉埃先生两眼惊慌,面颊发紫,嘴唇沾满白沫,嘶喘着,艰难地呼吸着,痛苦地轻咳着;由于两手紧绑在椅子的扶手上,他非常费力地排斥着伸进他身体的树胶做的怪物。

当他吞下去半米左右的时候,医生说:

"已经到底了。放水。"

侍者便打开水龙头;很快,患者的肚子就明显地鼓起来,逐渐注满了温暖的泉水。

"咳嗽,"医生说,"请咳嗽,这样能引水往下流。"

可是,利吉埃先生不咳嗽,只是喘息;这个可怜鬼,浑身痉挛,已经鼓出来的眼睛仿佛正从他的脑袋里掉下来。接着,扶手椅旁边的地上,突然传来轻轻的咕噜咕噜声,导管两叉中的虹吸管终于启动,把胃里清出来的东西排到玻璃容器里。医生聚精会神地在排出物中寻找着可以辨别出的胃炎和消化不良的迹象。

"您再也别吃青豌豆了,"他说,"再也别吃凉拌生菜了!噢!不能吃凉拌生菜!您根本不能消化。还有草莓,也不能吃!我已经跟您说过十遍,别吃草莓!"

利吉埃先生看来很恼火。他心急火燎,可是,那根管子塞着他的喉咙,说不出话来。不过,一旦清洗完毕,医生小心翼翼地把这探测内脏的家什取出来,他立刻大叫:

"我天天吃这些葬送我健康的垃圾,难道是我的错?难道不是您有责任监督你们旅馆的食谱？我到你们这家新的低级小饭馆来，因为老的破饭馆尽拿些糟糕的食物毒害我。可是，我敢发誓，我在奥利沃山客栈的大排档里更不幸！"

医生不得不请他息怒，答应把患者的客饭也亲自管起来，并且接连重复了几遍。

然后，他就抓住保尔·布雷蒂尼的胳膊，一边拉他往外走，一边说：

"我们现在去参观我的机动体操医疗馆。我先跟您说说，我的机动体操特殊治疗法是根据哪种最理性的原则制定的。您了解我的器官测定医疗理论，是不是？我认为，我们的一大部分疾病，只是由于某个器官过度发育，侵犯了邻近的器官，妨碍了它的功能，在不多的时间里就摧毁了身体的全面协调，从而产生了各种严重的不适。

"而锻炼，配合以淋浴和温泉治疗，是最有力的手段之一，可以恢复平衡，让侵犯其他器官的部分回归正常。

"可是，是什么决定一个人从事锻炼呢？走路、骑马、游泳、划桨，它们的动作里不仅有巨大的身体努力，也有，而且特别有，一种精神的努力。是精神起决定作用，带动和支持身体。有毅力的人都是喜爱运动的人！毅力又是在心灵里，不是在肌肉里。身体服从坚强的意志。

"亲爱的朋友，绝不要试图给胆小鬼增添勇气，给懦弱者注入决心。不过我们可以别开蹊径，我们可以另有作为，我们可以丢开勇气，丢开精神的力量，丢开意志的努力，只让物质运动继续存在。这意志的力量，我用外力和纯粹机械的力量来取代！您明白了吗？不，还不大明白。我们进去看吧。"

他推开一扇门，里面是一个很宽敞的大厅，大厅里排列着一些古怪的器械：木腿的大扶手椅,松木粗制的木马,铰接起来的小木条,伸在固定在地面的椅子前面的活动木棍,所有这些器械都装有手柄驱动的齿轮转动系统。

医生接着说：

"这里有四种主要的运动,我姑且称之为自然运动,那就是：走路、骑马、游泳和划船。这些运动中,每一种运动锻炼人的不同肢体,以各自特定的方式发挥作用。在我们这儿,四种运动器械都有,而且都是手工制作的。只需任由这些器械运转,什么也不用想,便可以在一个小时的时间里,跑步,骑马,游泳,或者划船,完全不需要精神的参与,纯粹是肌肉的劳动。"

这时,奥波利-帕斯德先生走进来,后面跟着一个人,袖子卷得高高的,露出发达的二头肌。矿业工程师比以前更肥了。他走路的时候两腿叉着,胳膊离身体远远的,喘着粗气。

医生说：

"您亲眼了解一下吧。"

然后,他就问他的患者：

"怎么样,亲爱的,我们今天做什么？走路,还是骑马？"

奥波利-帕斯德先生正在和保尔握手,回答：

"我有点想坐着走,这样可以不那么累。"

拉托纳先生又解释道：

"我们的确有坐着走和站着走。站着走的效果更好,但是相当吃力。站式行走,我是利用两个脚踏板,患者站上去,带动两腿运动,同时用手紧紧抓住嵌在墙里的铁环,保持身体的平衡。不过,我们现在看看坐式行走。"

矿业工程师已经瘫倒在一把摇椅上,两条腿放到连在座位上的带活动关节的木腿里。他的大腿、小腿和脚踝都被捆绑起来,让

他不能做任何有意识的运动。然后,那个高卷袖子的男人就紧握手柄,全力摇起来。起初,扶手椅像个吊床似的摇摆;接着,两条腿突然动起来,不停地伸长、弯曲、前进、又回来,速度非常之快。

"他在跑步。"医生说。他接着命令:"慢一点,降到走路的速度。"

侍者减慢了手柄的转动,胖工程师坐行的速度也被降了下来,这个变化使他身体各部分的动作都显得滑稽可笑。

这时,另外两个患者走进来,两个人都胖得出奇,也有两个光着膀子的侍者陪伴着。

侍者把他们扶上木马,木马一启动,立刻原地蹦起来,把两个骑士猛烈地摇晃着。

"快步跑!"医生喊。两个人造畜生就像波浪一样跳跃着,像海船一样颠簸着,累得两个病人一起叫喊起来,又是气喘,又是哀求:"够了!够了!我受不了啦!够了!"

医生命令:"停!"随后又说,"你们歇一会儿,过五分钟再做。"

保尔·布雷蒂尼极力忍住不笑。他发现两个骑士倒是不怎么热,而转动手柄的侍者却汗流浃背。

"如果您把他们的角色颠倒过来,"他说,"是不是会好一些?"

医生郑重地回答:

"噢！一点也不好,亲爱的。请不要把锻炼和疲劳混为一谈。摇手柄的人的运动是有害的,而走路或者骑马的人的运动是极其有益的。"

这时,保尔看到一个女人使用的马鞍。

"是的,"医生说,"晚上是妇女专场。中午十二点以后就不接待男客人了。您现在来看看旱地游泳。"

那是一个由活动木条组成的联动机制,木条两头和中间都用螺丝钉固定着,伸拉可以成为菱形,合拢可以成为正方形,很像那种抬伤兵的儿童游戏,可以同时带动三个泳者四肢合拢和分离。

医生说:

"我无须向您夸赞旱地游泳的好处,这种运动让人出汗而不会弄湿人的身体,所以,这些想象中的泳者绝不会冒任何患风湿病的危险。"

这时,一个侍者来找他,手里拿着一张名片。

"德·拉马斯公爵要见我。亲爱的,我得离开您了。"

保尔一个人留下。他回过头,只见两位骑士又在小跑。奥波利-帕斯德先生仍然在"走路";三个奥弗涅侍者喘息着,卖力地摇晃着他们的顾客,累得胳膊都快断了,腰都快折了。他们就像在磨咖啡。

布雷蒂尼走到外面,看见奥诺拉医生和他的妻子正在观看庆典的准备工作。彩旗飘扬,仿佛给小丘戴上一道光环。他们一边抬头望着,一边交谈。

"游行队伍在教堂集合吧?"医生妻子问。

"是在教堂。"

"三点钟?"

"三点钟。"

"教授先生们也去吗?"

"去。他们要陪伴几个教母。"

接着,帕耶母女俩又拦住他们。然后,又遇到莫内居父女。不过,他还得去娱乐场咖啡座,和他的朋友贡特朗一起边进午餐边密谈,所以他慢步向山上走去。保尔昨天刚到,有一个月没和他这个好友单独见过面;他很想跟他说说林荫大道①的新闻,妓女和赌场的趣事。

他们在咖啡座聊到两点半钟,直到佩特吕斯·马尔泰尔通知他们,人们都往教堂去了。

"我们去找克里斯蒂亚娜吧。"贡特朗说。

"走吧。"保尔回答。

他们找到克里斯蒂亚娜的时候,她正站在新旅馆门前的台阶上。她面容消瘦,脸是怀孕的妇女常有的茶色,圆鼓鼓的肚子看上去至少有六个月的身孕。

"我在等你们呢,"她说,"威廉已经先走了。他今天有太多事情要办。"

她含情脉脉地看着保尔·布雷蒂尼,挽起他的胳膊。

他们不慌不忙地走着,躲闪着路上的石头。她连声说着:

"我太笨重了!我太笨重了!我都不会走路了。我很怕摔跤!"

保尔没有回答她,只是小心地搀扶着她;尽管她不时地向他转过脸去,他却并不试图和她的目光相遇。

一大群人已经在教堂前面等候他们。

---

① 林荫大道:指巴黎市内从巴士底广场到玛德莱娜广场的几条连续的林荫大道,十九世纪末是巴黎最时尚和繁华的地带。

昂代尔马特大喊：

"终于来了！终于来了！你们快一点吧！请你们注意游行队伍的次序：两个唱诗班儿童，两个穿白色法衣的唱诗教友，十字架，圣水，神父；然后是克里斯蒂亚娜和克洛什教授，路易丝小姐和雷米索教授，夏洛特小姐和马斯-鲁塞尔教授；接下来是董事会，医务界；然后是公众。明白了吗？出发！"

这时，神职人员走出教堂，站到仪式队伍的前头。接着，一位个子高大、白发披到耳后的先生，态度拘谨的学者，按照学院派的礼仪，走过来向昂代尔马特夫人深深一鞠躬。

他挺起身子，走在她旁边，把礼帽垂在大腿旁，赤裸的脑袋展露着博学的美发，神情隆重，仿佛在法兰西喜剧院学过台步，学过向民众显示他的荣誉勋位团军官的玫瑰花饰十字勋章，虽然那个勋章对一个谦逊的人来说太大了些。

他和克里斯蒂亚娜聊着：

"夫人，您的丈夫先生刚才跟我谈到您，您的身体状况让他感到不安。他对我说，您对于究竟可能在哪一天分娩有各种猜测和犹豫。"

她的脸红到耳鬓，小声说：

"是的，我在还没有真的怀孕以前，早就以为自己怀孕了；现在我已经弄不清……我已经弄不清……"

她结结巴巴地说，很惭愧的样子。

173

一个声音在他们后面说：

"这个温泉站前途无量。我已经取得了一些惊人的效果。"

这是雷米索教授，在和他陪伴的路易丝·奥利沃说话。这位先生，个子矮小，满头的黄发乱蓬蓬的，常礼服剪裁得很不合体，一副蓬头垢面的学究的邋遢相。

挽着夏洛特·奥利沃的马斯-鲁塞尔教授却是个漂亮医生，没蓄连巴胡，也没留八字胡，笑容可掬，仪表得体，头发刚有些灰白，身体略有些发福，那张刮得光光的和蔼的脸，和拉托纳医生一样，既不像一个教士，也不像一个演员。

接着走来的是董事会，昂代尔马特领头，两个奥利沃先生的巨大礼帽鹤立鸡群。

在他们后面还走着一支戴高礼帽的大军，昂瓦尔的医界人士，不过波纳菲尔医生缺席，由两位新来的医生代替：布拉克医生，一个身材矮小的老头，矮得几乎像个侏儒，自从来到的那一天，他的虔诚就震惊全乡；另一位是个很帅的小伙子，打扮挺讲究，戴一顶小礼帽，这就是马塞利医生，一个意大利人，德·拉马斯公爵的随从，不过也有些人说是公爵夫人的随从。

在他们后面是一般的民众，像潮水般拥挤的民众，其中有浴客，也有本地农民和附近市镇的居民。

为温泉祝圣的仪式很简短。利特尔长老先后为几个温泉洒了圣水。有感于此，奥诺拉医生说，他要给这些温泉加上氯化钠①这种新成分。接着，所有的特邀来宾进入阅览大厅，那里供应简单的食品。

---

① 氯化钠：海水中盐分的主要组成部分。天主教的圣水是由自然水和盐组成的。所以奥诺拉医生说出此话。

保尔对贡特朗说：

"奥利沃家的两个女孩出落得多么漂亮啊！"

"她们确实很可爱，亲爱的。"

"各位有没有见到董事长先生？"新浴所的管理员，从前的狱卒，突然问两个年轻人。

"见到了，在那个角落。"

"克洛维斯老爹引来一大帮人，聚集在浴所前面。"

整个游行队伍去几个温泉祝圣的时候，已经在这个残疾老人面前经过。他是去年治好的，可是他现在瘫痪得比以前更厉害了。他在大路上拦住外来的人，特别是最近来的人，向他们述说自己的经历：

"这些水，你们看吧，一钱不值。它能治病，没错；可是后来，病得更厉害，简直要人命。我呢，从前我走路不大行；现在呢，治了以后，连我的胳膊也完蛋了；我的腿，就像铁一样，不过这铁只能锯断，不能打弯儿。"

昂代尔马特很伤脑筋。他向法院告过这个老头，说他给奥利沃山温泉公司造成了伤害，说他企图讹诈，要求把他关进大牢。但是他既没能让法院判他有罪，也没能让他闭嘴。

他听说老头又在浴所前面喧闹，立刻冲了去，让他住口。

他听见大路边,一群聚集的人中间,一些人在气愤地声讨。为了能听得清、看得见,人们你拥我挤。几个女人问:"怎么回事?"几个男人答:"一个病人,让这里的矿泉水毁了。"另有一些人以为是轧坏了一个小孩。也有人说是一个可怜的女人突然发了羊角风。

昂代尔马特,就像他擅长做的那样,在众多的肚子中间使劲转动他的滚圆的小肚子,拨开人群。贡特朗常说:"他证明,圆球胜于尖头。"

克洛维斯老爹坐在沟边,痛苦地呻吟着,用哭腔讲着他的不幸经历。奥利沃父子站在他面前,把他和众人隔开,满腔怒火,正扯着嗓子辱骂他,威胁他。"大块头"嚷着:

"这不是真的,他撒谎,他是懒汉,一个整夜在树林里偷着打猎的家伙。"

但是,老人并不慌乱,一个劲地重复着,声音虽小,但是很尖,尽管父子俩在吼叫,人们仍然听得到:

"好心的先生们,他们害死了我,拿他们的水害死了我。去年,他们强迫我泡澡。可现在,我成了这个样子,我成了这个样子,我成了这个样子!"

昂代尔马特先让大家安静下来,然后向残疾人俯下身子,眼睛直逼着他,对他说:

"您要知道,如果您真的病得更厉害,那也是您自己的错。不过,如果您听我的话,我,我保证能治好您,只要洗十五次,最多二十次温泉浴。老爹,过一个小时,等大家都走了,您到浴所来找我,我们把这件事好好安排一下。现在,您就别啰唆了。"

老汉明白了,立刻住口。他沉默了一会儿,回答:

"我从来都愿意试试。咱们看吧。"

昂代尔马特抓住奥利沃父子的胳膊,急忙把他们拉走。这时候,克洛维斯老爹在大路边的草地上、两只拐的中间躺下,在阳光下眨着眼睛。

人群不明白是怎么回事,把他围得更紧。几个先生本来想再刨根问底,但是他不再回答,就像没听见或者没明白似的。群众的好奇心对他已经没有益处,终于让他厌烦了。他扯着嗓子唱起来,声音又难听又刺耳,用不可理解的土语唱着一首没完没了的歌。

人群渐渐散去。只有几个小孩,手指头抠着鼻子,看着他,在他面前待了好一会儿。

克里斯蒂亚娜很累,已经回旅馆去休息了。保尔和贡特朗在新公园里,夹在前来参观的人中间散步。他们忽然看见那帮演员,他们也脱离了老娱乐场,攀附了新娱乐场蒸蒸日上的红运。

奥德兰小姐变得很优雅,挽着神情庄重的母亲漫步。轻喜剧院的佩提尼维勒先生在这两位女士旁边,好像分外殷勤。跟在后面的波尔多大剧院的拉帕尔姆,正在跟音乐家们切磋。音乐家还是原班人马:指挥圣朗德利大师、钢琴师雅维尔、长笛手诺瓦罗和低音提琴手尼科尔蒂。

圣朗德利看见保尔和贡特朗,便向他们跑过来。这个冬天,他编过一出很小的音乐剧,在一个偏僻的小剧场演过,几家报纸谈到他,给予了一定的好评,他现在连马斯奈先生[①]、雷耶先生[②]和古诺先生[③]也不放在眼里了。

---

① 于勒·马斯奈(1842—1912):法国作曲家,作品有《黛依丝》《曼侬》等。
② 厄尔奈斯特·雷耶(1823—1909):法国作曲家、音乐批评家。作品有芭蕾舞曲《萨贡达罗》、喜歌剧《塑像》等。
③ 夏尔·弗朗索瓦·古诺(1818—1893):法国作曲家,作品有《浮士德》《罗密欧与朱丽叶》等。

他友好热情地伸出双手,立刻就讲起他和他领导的乐队的几个先生刚才在讨论的问题。

"是的,亲爱的,旧流派的陈腔滥调,完了,完了,完了。工于旋律的作曲家有过他们的黄金时代,但这正是现在人们不愿理解的。

"音乐是一种求新的艺术。旋律是它幼儿时期咿呀学语的玩意儿。无知的耳朵曾经喜爱那些翻来覆去的节奏,从中获得孩子般的快感,一种粗野人的快感。我还要说,大众的耳朵,幼稚的听众的耳朵,简单的耳朵,总喜欢那些短歌小调。而那是音乐咖啡馆常客们喜爱的娱乐。

"为了让你们理解我的意思,请允许我打一个比方。庄稼汉的眼睛,喜欢强烈的色彩和鲜艳的画面;有文化但不懂艺术的城里人的眼睛,喜欢令人愉悦的矫揉造作的色泽和令人感动的题材;但是,艺术家的眼睛,高雅的眼睛,喜欢、理解、分辨同一个色调的难以捉摸的变化,细微差别之间的神秘和谐,而这并非所有人都看得见的。

"在文学上也一样,看门人喜欢惊险小说,市民们喜欢让他们感动的小说,而真正有文化的人只喜欢其他人不能理解的艺术作品。

"当一个小市民跟我谈论音乐的时候,我真想杀了他。如果是在巴黎歌剧院,我问他:'您能否告诉我,第三小提琴在演奏第三幕序曲时走调了吗?'他回答:'不能。'我会对他说:'那么,就请您闭嘴。您没有音乐的耳朵。'如果一个人不能在听到一个乐队整体的同时,还能分别听到每一个乐器,他就没有音乐的耳朵,也不是音乐家。就是这样!晚安!"

他用一个脚跟作支点,身子打了个旋转,接着说:"对一个艺术家来说,一切音乐都在于配合。啊!亲爱的,某些配合真让我疯狂,就像一股不可言表的幸福感涌入我的整个肉体。我的耳朵现在是那么训练有素,那么完备,那么成熟,我甚至喜爱上某些不协和的配合了,就像一个业余爱好者的趣味成熟到了堕落。我开始变成寻求听觉极端感受的堕落分子。是的,朋友们,某些不协和!真是太美妙了!多么反常而又深刻的美妙啊!它那么搅动人心,那么震撼神经,搔得人那么耳朵发痒……搔得人那么……!搔得人那么……!"

他欣喜若狂地搓着双手,轻声唱着:"你们一定会听到我的歌剧,——我的歌剧,——我的歌剧。——你们听见了吧,我的歌剧。"

贡特朗说:

"您正在作一部歌剧?"

"是的,我即将完成。"

但是这时传来佩特吕斯·马尔泰尔洪亮的声音:

"听明白了吗?就这么说定了:看到一颗黄色信号弹,你们就开始!"

他在下达放烟火的命令。一些人围到他身旁,他对自己的安排做着说明。他一边说,一边伸出一只胳膊,像在威胁一支敌方舰队一样,指着峡谷上方,小山谷另一面山头竖立着的一些白色小木桩:

"朝那边放。我会告诉放烟火的人,八点半就到达他的岗位。表演一结束,我从这里发一颗黄色信号弹,他就点燃烟火的序幕。"

这时侯爵走过来:

"我去喝一杯矿泉水。"他说。

保尔和贡特朗陪着他又走下小丘。来到浴所,见克洛维斯老爹正在往里走,奥利沃父子俩搀扶着他,后面跟着昂代尔马特和医生;他的两条腿在地上每拖一下,就像疼痛扎心似的做出各种怪相。

"我们进去吧,"贡特朗说,"一定有好戏看。"

有人让残疾老头在一张扶手椅上坐下,昂代尔马特便对他说:

"听着,您这个老骗子,下面是我的建议。您每天泡两次澡,立刻把病治好。只要您能走路,马上就能拿到二百法郎……"

瘫子叫起苦来:

"我的两条腿哟,就像铁做的,我的好心的先生呀。"

昂代尔马特让他住口,接着说:

"您听着……您每年还能都拿到二百法郎,直到您死……您听见了吗……直到您死,只要您能继续证明我们的温泉有疗效。"

老汉好一会儿茫然不知所措,因为,如果他的病情一直好下去,就会妨碍他习惯了的各种生活方式。

他犹豫地问:

"可是,如果……你们的生意……关门了……如果这病……又发了……我就没辙了……我……如果你们的……温泉站……关门了……"

医生打断了他的话,转向昂代尔马特说:

"太好了!……太好了!……以后我们就每年都把他治好一次……这样更好,还能证明病人每年都有必要来治疗,每年都非来不可。太好了,就这么办!"

可是,老汉又连声地说:

"这一次就肯定好不了,好心的先生们。我的两条腿哟,就像铁做的,就像铁棍……"

医生的脑子里突然生出一个新主意：

"如果我让他做几次坐式行走，也许会大大加快温泉浴的效果，"他说，"这件事值得一试。"

"这主意好极了。"昂代尔马特回答。他便对老汉说："现在，克洛维斯老爹，您走吧！不过，别忘了我们的协议。"

老汉走了，一边走，一边呻吟。夜晚正在来临，奥利沃山的全体董事都回去吃饭了，因为已经宣布表演七点半开始。

表演地点在新娱乐场可容纳一千人的大厅。

因为不是对号入座，从七点起，观众就纷纷到场了。

七点半钟，大厅里已经坐满了人。幕布升起，首先是一出两幕轻喜剧；接下去是圣朗德利的小歌剧，由特地为这次活动请来的维希的歌唱家们表演。

克里斯蒂亚娜坐在第一排，父亲和丈夫之间。她热得很难受。她不时地说：

"我支持不住了，我支持不住了！"

轻喜剧刚演完，小歌剧还没开始，她简直就要热昏了，她扭过头，对丈夫说：

"亲爱的威勒，我非出去不可了。我喘不过气来！"

银行家感到很为难。他希望无论如何庆典能自始至终不发生意外，圆满成功。他回答：

"我求你啦，尽量忍耐一下；你离开，会把一切都搞乱，因为你得穿过整个大厅。"

可是，和保尔一起坐在她后排的贡特朗听见了，他俯身对妹妹说：

"你真的太热吗？"

"是呀，我都快闷死了。"

"好吧。等一会儿,你就会笑的。"

附近有一扇窗户开着,贡特朗溜过去,登上一张椅子,跳到外面,几乎没有被人发现。

接着,他溜进空无一人的咖啡座,把手伸进柜台,他曾经看到佩特吕斯·马尔泰尔把信号弹藏在那儿,他偷了信号弹,就跑去躲到一片树丛里,点燃了。

黄色火束迅速腾空而起,直冲云霄,画出一个弧形,在天空洒下一片长长的火星雨。

邻近的山头上几乎立刻就发出一声可怕的巨响,一簇火星在黑夜里散开。

演出大厅里正颤动着圣朗德利的和弦,有个人大喊:"放烟火了!"

最靠近门的观众猛地站起来,为了弄明白是怎么回事,蹑手蹑脚往外走。其他的人全都转过头,向窗户望去,但是什么也看不见,因为窗户都朝向利马涅平原。

人们都在问:"是真的吗?是真的吗?"

一阵骚动把没有耐心、喜好简单娱乐的群众弄得心绪缭乱。

外面有一个声音说:"是真的。放烟火了。"

顷刻间,整个大厅的人都站起来。人们向几扇门冲过去,你推我搡,一边向堵塞了出口的人吼叫着:"快走呀!快走呀!"

很快,所有的人都到了公园里,只有圣朗德利,在舞台上,虽然气急败坏,仍旧继续在已经心不在焉的乐队前面打着拍子。而在外面,在烟花的雷鸣中,万花筒般的烟火刚落,太阳般的火球又腾空而起。

突然,一个震耳的声音发出三声怒吼:"停止,见鬼!停止,见鬼!停止,见鬼!"

但是,一簇浩大的孟加拉烟火①在山头燃起,右边的是红的,左边的是蓝的,照亮了巨大的岩石和树木,只见怒不可遏的佩特吕斯·马尔泰尔站在装饰娱乐场平台的仿大理石花盆上,光着头,向天空挥动着胳膊,指手画脚,吼叫着。

接着,巨大的光亮熄灭了,除了真实的星星,什么都看不见了。可是,很快,另一场烟火开始,佩特吕斯·马尔泰尔跳到地上,哀嚎:"真是灾难!真是灾难!我的天呀,真是灾难!"

他从人群中走过,做着悲剧的手势,向空中挥着拳头,气愤地跺着脚,一直重复着:"真是灾难!我的天呀,真是灾难!"

克里斯蒂亚娜已经挽着保尔的胳膊,走到露天里坐下,兴致勃勃地看着蹿升的火箭。

她的哥哥突然找到她,问她:

"喂,很成功吧?好玩不?"

她小声说:

"怎么,是你……?"

---

① 孟加拉烟火:由硬纸或金属筒装填易燃火药支撑的工具,释放的彩色烟花以红色为主,色彩强烈。

"是呀,是我。好玩吧,嗯?"

她笑出声来,觉得的确很好玩。但是昂代尔马特却垂头丧气地走过来。他不明白这样一个乱子是怎么发生的。有人从柜台下面偷走信号弹,提前发出了约定好的信号。这种卑鄙的事,只可能出自老公司的一名奸细,波纳菲尔医生派来的一个捣乱分子!

他连声哀叹:

"这真让人痛心,实在让人痛心。一场价值两千三百法郎的烟火,就这么完了,彻底完了。"

贡特朗接着说:

"不对,亲爱的,认真算一算,损失最多不过四分之一,如果您愿意,就算三分之一吧,也就是损失七百六十六法郎。来宾们毕竟享受了一千五百三十四法郎烟火的乐趣。说良心话,这并不坏。"

银行家的怒火转向他的内兄,他猛地抓住贡特朗的胳膊说:

"您,我正要跟您严肃地谈一谈。既然我抓住了您,咱们就沿着小路走一圈。再说,我只有五分钟的时间。"

然后,他就转向克里斯蒂亚娜,对她说:

"亲爱的,我把您托付给我们的朋友布雷蒂尼了;不过,别在外面待的时间太久,您会着凉的,您知道。要当心,要当心!"

她小声说:

"您放心吧,我的朋友。"

昂代尔马特便拉着贡特朗走了。

走到离人群远一点的地方,只有他们两个人的时候,银行家站住。

"亲爱的,我要跟您谈谈您的经济状况。"

"谈谈我的经济状况?"

"是的,您了解自己的经济状况吗?"

"不了解。不过您应该替我了解,既然您借钱给我。"

"好吧,是的,我,我了解!正因为如此,我要跟您谈一谈。"

"在我看来,至少,这个时机选得可不好……正在放烟火!"

"相反,时机选得很好。我不是要跟您在放烟火的时候谈话,而是在舞会以前……"

"舞会以前?……我不明白。"

"那么,您马上就会明白。您的经济状况是这样的:您一无所有,除了债务;而且将来,您永远都一无所有,除了债务……"

贡特朗神情严肃地说:

"您跟我说这话,有点太唐突了。"

"是的,不过这是必需的,您听我说。您已经吃掉从令堂那儿继承来的那部分财富。我们就不说这个了。"

"我们不说这个了。"

"至于令尊,他每年有三万法郎的利息进账,也就是他有大约八十万法郎的本钱。您以后能继承的那一份,是四十万法郎。然而,您欠我,光欠我,就有十九万法郎。另外,您还欠一些放高利贷的……"

贡特朗傲慢地小声说:

"您就索性说欠一些犹太人的吧。"

"好吧,欠一些犹太人的,尽管在这些人里有一个圣胥尔皮斯①堂区财产管理人,利用一个教士充当您和他之间的中介人……我不会计较这点小区别……总之,您欠不同的放高利贷的人,不管是以色列人或者天主教徒,差不多同样多。咱们往少了说,就算十五万吧。这些加起来,就是三十四万法郎。您借钱总还

---

① 圣胥尔皮斯:位于巴黎第六区,巴黎最重要的天主教堂之一。

要付利息吧,除非我的利息,您一点也不付。"

"是这样的。"贡特朗说。

"这样,您就一点也不剩了。"

"一点也不剩,的确……除了我的妹夫。"

"除了您的妹夫,可是他借钱给您也已经到头了。"

"那又怎样?"

"那又怎样?亲爱的,那边茅屋里住的最不起眼的农民,都比您有钱。"

"完全正确……那又有什么?"

"有什么……有什么……如果令尊明天死了,您连吃面包的钱都没有了,连吃面包的钱都没有了,您听见了吗?除非接受我公司一个雇员的职务。而且这也只是掩饰我给您一份生活费的办法。"

贡特朗声调有些恼火地说:

"亲爱的威廉,这些事让我厌烦。另外,我知道的和您一样清楚。我再跟您说一遍,谈这些事,时机选得不好,而且这么……这么……这么缺乏外交风度……"

"请允许我把话说完。您只有通过婚姻才能摆脱这个困境。然而,您是很可悲的一方,尽管您有一个响亮的姓氏,但它算不得显赫。总之,它不是一个女继承人,哪怕是一个犹太女继承人,肯用巨额财产为代价来换取的那种姓氏。所以,您必须找一个可以接受而又有钱的女人,而这可不是一件很容易的事……"

贡特朗打断他的话:

"您就立刻说出她的名字吧,这样更好。"

"好吧:老奥利沃两个姑娘中的一个,由您挑选。这就是为什么我要在舞会以前跟您谈。"

"那么现在,请您给我详细解释一下吧。"贡特朗冷淡地说。

"这很简单。您已经看到我,第一招,通过我的温泉站,取得的成功。但是,如果我手里有,或者说我们手里有,这个狡猾农民保留的全部土地,我会把它变成黄金。单说从温泉浴所到旅馆、从旅馆到娱乐场的那些葡萄园吧,我明天就可以付他一百万法郎,我,昂代尔马特。然而,这些葡萄园,以及其他那些,小丘周围的那些葡萄园,将来是给两个小姑娘做陪嫁的。不久以前老奥利沃还跟我说过这个话,也许不是没有用意的。既然如此……如果您愿意,我们俩一起,在这上面可以做一桩大生意……"

贡特朗看样子在思索,说:

"这倒是可以。我考虑考虑。"

"您考虑考虑,亲爱的,别忘了,我从来都是经过深思熟虑,了解了所有可能的后果和所有肯定的好处以后,觉得事情很有把握,才跟人谈的。"

不过,妹夫刚刚跟他说的这番话,贡特朗好像突然就全忘了,他举起一只胳膊,大喊:

"看!多美呀!"

又一场烟花燃亮了,勾画出一座光辉灿烂的宫殿,宫殿上方是一面闪光的旗帜,旗帜上用通红的火的字母显示着"奥利沃山"几个大字;而在对面,平原的上空,一轮也是那么红的月亮,露出脸来,好像在观赏这场面。这宫殿燃烧了几分钟以后,便像炸沉的海船一样,迸裂了,向整个天空散放出许多奇幻的火球;这些火球接着也爆炸了,只剩下孤零零的月亮,静静的,圆圆的,高悬在天际。

观众们疯狂地鼓掌,高呼:"乌拉!好哇!好哇!"

昂代尔马特突然说:"我们去跳开场舞吧,亲爱的。您愿意跟

我作对儿,跳第一支四对舞①吗?"

"当然愿意,肯定的,亲爱的妹夫。"

"您想邀请谁?我呢,我已经约好了德·拉马斯公爵夫人。"

贡特朗淡然地回答:

"我嘛,我邀请夏洛特·奥利沃。"

他们又往山坡上走。他们路过克里斯蒂亚娜和保尔·布雷蒂尼刚才待的地方时,他们已经不在那儿了。

威勒嘀咕道:

"她一定是听了我的劝告,回去睡觉了。她今天太累了。"

他向舞会大厅走去,放烟火的时候,服务人员已经把舞厅布置好了。

不过,克里斯蒂亚娜并没有像她丈夫想的那样,回她的房间。

当她独自和保尔在一起了,她就抓住他的手,用很低很低的声音对他说:

"你终于来了,我等你一个月了。我每天早上都想:我今天能见到他吗?……每天晚上我都对自己说:那么明天一定会见到?……你为什么这么晚才来,亲爱的?"

他尴尬地回答:

---

① 四对舞:又译"瓜德利尔舞",十九世纪和二十世纪初盛行于欧洲。

"我忙呀,有许多事。"

她凑近他,小声说:

"你把我一个人丢在这儿,跟他们在一起,这样可不好,尤其我现在是这种情况。"

他把自己的椅子挪开一点,说:

"当心点,别人会看到我们。这烟火把所有的地方都照得很亮。"

她已经不大关心那烟火了,说:

"我太爱你了!"

接着,她又快活得颤抖着说:

"啊!我多么幸福啊,我们又在这里相聚了,我多么幸福啊!你想到没有?保尔,多么幸福!我们还是那么相爱!"

她喃喃低语,声音微弱得就像嘘了一口气:

"我想吻你,简直要疯狂,是的,疯狂……真的……疯狂。我那么久没见到你了!"

接着,她突然带着一个激情女子不顾一切的冲动对他说:

"你听着,我要……你听见了吗……我要立刻跟你去,到我们去年告别的地方!到通往罗什普拉蒂埃尔的大路上去,你还记得吗?"

他大吃一惊,回答:

"但是,这样做很不理智,你不能再走路了,你已经站了一整天。这太荒唐了,我不允许这样做。"

她已经站起来,连声说:

"我就要去。如果你不陪我去,我就一个人去。"

她指着月亮,让他看:

"瞧,这是个完全一样的晚上!你记得吗,你那个时候曾多么热烈地吻过我的影子?"

他拉住她:

"克里斯蒂亚娜……你听着……这很可笑……克里斯蒂亚娜。"

她不回答,径自沿通往葡萄园的小路向山下走去。他了解她的无声的意志,任何东西也改变不了它的方向;他了解这个蓝眼睛的金发少妇的小巧额头的优美执拗,任何障碍也不能阻挡它的前进;他只好抓住她的胳膊,一路扶着她。

"如果有人看见我们,怎么办,克里斯蒂亚娜?"

"你去年可没有说这个话。再说,所有的人都在参加庆祝活动。不等人们发现我们不在,我们已经回来了。"

走了不久,就要在多石的小路上往上爬了,她喘着气,整个身子倚着他,每走一步,就说一遍:

"很好,很好,这样受苦也很好!"

他站住了,要带她回去,但是她根本不听他的:

"不,不,我很幸福。你,你不理解这个。你听呀……我感觉得到他在动……我们的孩子……你的孩子……多么幸福啊!……把你的手伸过来……对……你感觉到了吗?……"

她不理解,这个男人,是那种只愿意做情人而根本不愿意做父亲的男人。自从知道她怀孕,他就不由自主地疏远她,厌恶她了。他以前就不止一次说过:一个尽了繁殖功能的女人就不值得再爱。在爱情中让他兴奋的是两颗心向不停的理想飞翔,两个非物质灵魂的搂抱只是诗人们加在爱情里的完全臆造而不可实现的东西。在物质的女人里,他崇拜的是维纳斯女神雕像,因为它神圣的腹部永保它不会生育的纯洁形状。一想到因他而生的小生灵,那个在被他玷污、已经变丑的身体里蠕动的人的幼体,就会让他难以抑制地反感。妊娠正在把这个女人变成一个动物。她不再是那个可爱和梦寐以求的非凡造物,而是繁殖她的种族的动物。在他这种精神的反感里,甚至掺杂着肉体的憎恶。

而她,期盼中的孩子的每一次蠕动,都把她和她的情人联系得更紧密,她又怎么能感到和猜到这些呢?这个男人,自从第一次接吻那一刻起,她就热爱、日甚一日地热爱的这个男人,不仅进入了她的心,而且已经进入她的肉体深处,在里面播下他的生命,还会重又变得小小的,从她的身体里出来。是的,在她交叉着的双手下面,她怀着的就是他,她的可亲、可爱、温柔、唯一的朋友,通过大自然的奥秘正在她的腹中新生。她双倍地爱他,因为她两次拥有他,大的他和还不认识的小的他,一个她看得见、摸得着、正在拥抱、听得见说话的他,和另一个还只能感觉在肚皮下蠕动的他。

他们来到那条大路上。

"那天晚上,你就在那边等我。"她说。

她把嘴唇伸给他。他没有回答,只冷冷地吻了一下。

她又低声说:

"你还记得,你是怎样吻地上的我吗?我们那时就是这样,你看呀。"

她跑起来,为了和他拉开一点距离,满心希望他会重新开始一次。然后,她停下来,站在大路中间,一边喘息,一边等着。但是,月亮拉长了她投在地上的身影,画出了她变了形的隆起的腹部;而保尔,却看着他脚下怀孕的影子,站在那儿,面对着她,一动不动。他诗意的羞耻心受到了伤害。他非常惊讶,她居然感觉不到这一点,根本猜不到他的想法,她居然没有足够的风情、机敏和女性的细腻,根本不懂得任何细微区别都会使情况变得大不一样。他声音里透着不耐烦地对她说:

"好啦,克里斯蒂亚娜,这些孩子气的小动作很可笑。"

她向他走过来,又是激动,又是悲伤,张开双臂,扑向他的怀抱:

"啊!你不那么爱我了。我感觉得到!我可以肯定!"

他突然生出一股怜悯之心,捧着她的头,在她的眼睛上留下两个长长的吻。

然后,他们就走回来,一路都默默无言。他找不出一句话跟她说。她累得浑身无力,倚着他。为了不再感到这扩大了的身腰对他髋部的摩擦,他加快了脚步。

快到旅馆的时候,他们分开了,她上楼去自己的房间。

娱乐场的乐队正演奏着舞曲,保尔走去看舞会。人们正在跳一支华尔兹,所有的人都在翩翩起舞:拉托纳医生和帕耶小姐,昂代尔马特和路易丝·奥利沃,漂亮的马塞利医生和德·拉马斯公爵夫人,贡特朗和夏洛特·奥利沃。贡特朗在舞伴的耳边低语着,从他那温柔的表情,看来一场追求已经开始;而她用扇子遮着嘴微笑着,脸蛋儿泛起红晕,似乎很高兴。

保尔听见在他身后有人说:

"瞧呀,瞧呀,德·拉夫奈尔先生①正在对我的女顾客甜言蜜语。"

说话的是奥诺拉医生,他站在门旁边,兴味盎然地看着。他接着又说:

"没错,没错,他这样已经半个钟头了。大家都发现了。而且,这似乎并没有惹小姑娘不高兴。"

沉默了一会儿,他又补充道:

---

① 指贡特朗。

"这个姑娘,可是个珍珠,善良、活泼、淳朴、忠诚、正派,您知道,真是一个可爱的造物。十个像姐姐那样的,也顶不上她。我呢,她们还是孩子的时候,我就认识她们……这两个小女孩……不过父亲更喜欢姐姐,因为她更……更……像他……更像个乡下人……少一些正直……多一些精打细算……更有心计……而且更……更爱嫉妒……啊!不过她毕竟是个好女孩……我不想说坏话……只是,我禁不住做个比较,您明白……在比较以后……我做出判断……就是这么回事。"

这支华尔兹舞跳完了,贡特朗走到他的朋友保尔身边,看到医生在那儿,说:

"啊!在我看来,昂瓦尔的医务界异乎寻常地壮大了,您说是不是?我们有一个跳华尔兹舞美妙绝伦的马塞利医生,还有一个似乎跟苍天很要好的小老头布拉克先生。"

但是,奥诺拉医生谨小慎微,他一点也不喜欢对同行评头论足。

第 二 章

　　昂瓦尔的几个医生之间的问题，现在成了一个热门的话题。他们突然占据了这一乡的人心，吸引了居民们的全部注意、全部兴趣。以前，泉水在波纳菲尔医生独享的权威下流淌，好动的拉托纳医生和平静的奥诺拉医生虽然有些怨气，却也无碍大局。

　　现在，完全是另一回事了。

　　得益于克洛什、马斯-鲁塞尔和雷米索三位教授强有力的协助，昂代尔马特在上一个冬天准备的蓝图得到了全盘的实现，这几位教授每人至少带来了两三百个患者的兵团。拉托纳医生也摇身一变成了一个大人物，因为他获任新浴所的医务督察，尤其是得到马斯-鲁塞尔教授的保护，他是后者的学生，甚至连老师的衣着和姿态都模仿得惟妙惟肖。

　　至于波纳菲尔医生，他几乎不再算什么了。这位老医生对奥利沃山浴所满腔怒火，怨气冲天，骂声不绝，整天和几个依然忠实的老患者待在老浴所里，闭门不出。

　　的确，在这硕果仅存的几个顾客的头脑中，只有他了解这里的矿泉水的真正特性，甚至可以说，只有他掌握这些矿泉水的奥秘，既然从温泉站存在伊始，他就正式管理这里的温泉。

　　奥诺拉医生差不多只保留下一些奥弗涅本地的顾客。他倒也满足于这平淡的运气,和大家相安无事。他爱好纸牌和白葡萄酒胜于行医,并且以此自慰。

不过,他也绝不至于热爱他的同行。

若不是一天早上突然出现一个矮小的人,拉托纳医生仍然会稳坐奥利沃山温泉的大预言家的宝座。这个矮得几乎像侏儒的人,大脑袋深陷在两个肩膀中间,生着一双很大的圆眼睛和一双很大的手,看上去很古怪。这位新来的医生就是雷米索教授带来的布拉克先生,他的信仰特别虔诚,立刻引起了人们的注意。

几乎每天早上,在接诊两个顾客之间,他都会去教堂待上几分钟;几乎每个星期日他都要去领圣体。不久,本堂神父就让他看一些病人,一些老处女,一些穷苦人,他免费给穷人看病;还有一些虔诚的贵妇,她们在求医以前,总要先向自己的宗教指导者打听,把这位科学家的职业感情、慎重程度和廉耻心了解得清清楚楚。

后来有一天,人们听说马德堡亲王夫人要来。这位年老的德国殿下是个狂热的天主教徒,根据一位罗马红衣主教的举荐,她来到的那一天晚上,就把布拉克医生叫去见她。

从这一刻起,布拉克医生就成了人们心目中的时髦人物。让他看病成了一种高雅、高尚、很光彩的事。他是唯一行为端正的医生,甚至有人说,他是唯一值得女人完全信赖的医生。

这个脑袋像哈巴狗似的小个子男人,只见他从早到晚,从一家旅馆跑到另一家旅馆,无论在什么地方,无论跟什么人,说起话来总是低声细语,就像有重要的秘密向人透露或者听人说似的,因为人们总遇到他在过道里,跟旅馆的老板,跟他的顾客们的贴身女仆,跟任何接近他的病人的人,神秘兮兮地说个不停。

他在大街上远远看见一个熟人,就立刻迈着小而快的步子向那人走去,喃喃地口授起新的,而且细致入微的医嘱,就像教士在宣道。

年老的妇女们特别喜爱他。他听她们讲故事,从头到尾绝不会打断,而且还会记下她们所有的意见、所有的问题、所有的愿望。

他每天都会变更患者饮水的剂量,或增加,或减少,这让他们满心以为,他对病人真是关心备至。

"昨天,我们还是喝两杯零四分之三,"他说,"好吧!今天,我们只喝两杯半;而明天,喝三杯……别忘了,明天,三杯……我在这一点上是很认真、很认真的!"

于是,所有的患者都深信:他的确很认真。

为了不忘记那些数字和那些数字的分数,他把它们记在小本本上,以便任何时候都不会弄错。因为哪怕是半杯的差错,顾客也绝不会原谅。

他同样精细地调节和改变每天洗温泉浴的时间。要问他是根据什么原则,那只有他一个人知道。

拉托纳医生又嫉妒,又气愤,经常耸一耸肩膀以示轻蔑,同时宣称:"这是个故弄玄虚的家伙。"他对布拉克医生是那么痛恨,有时甚至对矿泉水也大加否定:"既然我们连它怎样起作用都只是略知一二,那就根本不可能每天开处方改变剂量;无论哪种治疗方法,都无法规定剂量。这种做法实在是对医学的最大伤害。"

奥诺拉医生则只是微微一笑。每次看过一个病人，五分钟以后他就把自己刚开的处方里写的杯数丢在脑后。高兴的时候，他常对贡特朗说："多喝两杯或者少喝两杯，只有矿泉自己知道，而且还是在不大打扰它的情况下。"他允许自己拿这位笃信宗教的同行开的唯一玩笑，是称他为"圣坐浴堂医师"。他的嫉妒总是谨慎、尖刻，但又不动声色。

他最多会加上一句："噢！这一位，他对病人了解得真彻底……不过，对我们行医的人来说，最好还是了解病情。"

一天早上，一个西班牙的贵族之家，德·拉马斯-阿尔达维拉公爵和公爵夫人，带着他们的医生，一个意大利人，米兰的马塞利医生，下榻奥利沃山旅馆。

马塞利医生三十岁左右，高个子、细身条，是个很标致的年轻人，只留着唇髭。

来到昂瓦尔的第一天晚上，马塞利医生就征服了餐桌上所有的人，因为公爵这个人情绪低落，患了严重的肥胖症，怕孤独，所以希望在共同的餐厅里和大家一起吃饭。马塞利医生已经熟知几乎所有常客的姓氏；他对每一个男士都说了一句恭维话，对每一位女士都发了一句赞美之词，甚至对每一个仆人也微微一笑。

他坐在公爵夫人的右首。夫人是个三十五岁到

四十岁之间的美人,脸色有一点苍白,眼睛乌黑,头发透着淡蓝。每次上一道菜,他都对她说:"吃一点。"或者说:"别,别吃这个。"或者说:"可以,这个可以吃一点。"他亲自给她斟酒,非常之细心,准确地拿捏着掺在一起的酒和水的比例。

他也掌管公爵的饮食,不过显然就随便一些。再说,这位患者对他的话也毫不买账,总是像猛兽一样,贪婪地大吃大嚼,把端上来的食物一扫而光,每顿饭喝两个长颈大肚玻璃瓶不掺水的葡萄酒;然后走到旅馆门外的露天里,瘫在一张椅子上,难受得哼哼唧唧,抱怨着消化不良。

吃完第一顿晚饭,对这小小世界已了如指掌的马塞利医生,来到娱乐场的露台上,走到正在抽雪茄的贡特朗身边,做过自我介绍,就和他聊起来。

一个小时头上,他们已经成了知己。第二天,洗完温泉浴出来,他让贡特朗把自己介绍给克里斯蒂亚娜,十分钟以后就博得了她的好感。当天,他又让克里斯蒂亚娜认识了公爵夫人,后者也是个耐不住寂寞的人。

他照管这个西班牙人家的一切:给大厨一些烹调的卓越建议,给贴身女仆一些保持头部卫生、使女主人头发浓密又光泽鲜亮的宝贵意见,给马车夫一些兽医方面的很有裨益的参考。而且,他善于把时间变得轻松而显得短暂,发明一些消遣的方法,在各家旅馆找到些精心挑选的过路的熟人。

提起他,公爵夫人就对克里斯蒂亚娜大加称赞:

"这真是个了不起的人,亲爱的夫人,他无所不知,无所不能。我有这样好的身条就是多亏了他。"

"您的身条,怎么啦?"

"是的,我开始发胖的时候,是他用他的饮食方法和他调配的各种利口酒救了我。

"另外,他甚至能把医理也变得很有趣,说起来那么头头是道,那么令人愉快,还偶尔表现出轻微的怀疑主义态度,让人更信服他,相信他的高明。

"他常说:'这很简单,我不相信有什么救药。或者说我不大相信。旧时的医学是从一切都有救药这个原则出发的。当时的人甚至认为,天主在他神圣的仁爱里就包含了医治百病的药品,只不过,也许是开玩笑,他让人类自己费心去发现。然而,人类发明了无数种药,也没法确知哪种药适应哪种病。事实上,并没有什么救世良方,有的只是种种疾病。一种病发生了,一些人认为要打断它的进程,而另一些人认为,不管用什么方法,要将其加速。每一个学派都鼓吹自己的方法。对同样的病,可以看到人们使用极端矛盾的治法和截然相反的药物:一个人要冰镇,另一个人要加温;这个人主张禁食,那个人强迫加餐。且不说化学提供给我们的从矿物和植物中提取的无数有毒产品。这些产品都发挥作用,没错,但谁也不知道它们怎么发挥作用。有时候会成功,有时候却会要人命。'

"他慷慨激昂地指出,在有机化学和生物化学成为新医学的出发点以前,不可能有什么可靠的保证,也缺乏一切科学的基础。他举了一些事例,最伟大的医生们犯过的一些骇人听闻的错误,证明他们所谓的科学是多么不智和虚伪。

"他常说:'你们一定要让身体活动,一定要让皮肤、肌肉、所有的器官都活动,特别是要让胃活动,因为胃是整个机器的营养之父,是它的调节器和活力的仓库。'

"他经常宣称,如果他愿意,他只需通过调养就能让人或喜或忧,让人适于体力劳动或者脑力劳动,而这完全取决于让他们摄入

的饮食的性质。他甚至可以对大脑的功能,对记忆,对想象,对一切智力的表现施加影响。还有,他总一边开着玩笑,一边这样说:

"'我呢,我能用按摩和库拉索柑香酒①给人治病。'

"他说起按摩的妙处来,就像在谈荷兰人奉为天神的哈姆斯特朗②,此人创造过不少奇迹。他还会露出细而白的双手,说:

"'用它,可以让死人也复活。'"

公爵夫人补充道:

"的确,他按摩得好极了。"

他主张病人喝各种含酒精的饮料,不过酒精的比例很小,只是为了在某些时候刺激一下胃;他亲自调制这些饮料,而且搭配得挺科学,要求公爵夫人在规定的时间喝,有时在饭前,有时在饭后。

每天九点半钟,就看见他到娱乐场的咖啡座,叫人拿出他的那些瓶子,于是就有人搬给他。那些瓶子都用小银锁锁着,他掌握着钥匙。他从这个瓶子,又从那个瓶子,慢慢地,把一些液体倒在一个很漂亮的蓝色玻璃杯里;一个衣着整齐的跟班,毕恭毕敬地捧着这个玻璃杯。

调配完了,医生就吩咐:

"好啦!给公爵夫人送去,她正在洗温泉浴,让她在刚出浴,穿衣服以前,喝完。"

如果有人好奇地问他:"您那个玻璃杯里装的是什么?"他会回答:"没有什么,只是一点上等的茴香酒、一点很纯的库拉索柑

---

① 库拉索柑香酒:库拉索位于加勒比海南部,是荷属安的列斯群岛的一部分,现为荷兰王国的构成国。这里产的橙子,外皮曾用来试验造酒,这里发明的库拉索柑香酒是利口酒的一种。
② 哈姆斯特朗:原文为 Hamstrang。查无合适的荷兰人。但英文 Hamstring 有"腿筋"之意。结合上下文,此处或许意指荷兰的一位按摩师。

香酒和一点优质的荷兰苦开胃酒。"

这个标致医生,在几天的时间里就变成了所有女患者注视的对象,为了从他嘴里得出几句健康方面的意见,她们把各种各样的计谋都用上。

每当他在病人散步的钟点从公园的小路上经过,人们就只听见所有的椅子上都发出"大夫!"的喊声。美丽的夫人们,年轻的少妇们,在喝两杯克里斯蒂亚娜温泉泉水的间歇,在那里稍事休息。等他面带微笑,应声站住,她们就把他拉到河边小道上聊一会儿。

她们先跟他随便谈点什么,然后才谨慎地、巧妙地、娇滴滴地谈到健康问题,不过仍然显得似乎无关紧要,像是在谈报纸上的一件社会琐闻。

这一切都因为,他这个人不是为公众服务的;人们不能花钱请他看病,更不能把他叫到家里来,因为他属于公爵夫人,只属于公爵夫人。正是这种情况激发着她们的努力,刺激着她们的欲望。由于有人私下里断言,公爵夫人爱嫉妒,很爱嫉妒,为了从漂亮的意大利医生那里得到一点医疗见解,这些妇女之间竟然展开了一场激烈的斗争。

实际上,他却不用人们

三请四求,就有问必答。

于是,为了证明他特别关心自己,在他惠予指导过的夫人们之间便开始了一场场推心置腹的悄悄话的游戏:

"啊!亲爱的,他向我提了一些问题,而且是一些……"

"刨根问底的问题?"

"噢!太刨根问底了!甚至可以说骇人听闻。我简直不知道该怎么回答。他想知道那些事……那些事……"

"跟我也一样。他还问了很多我丈夫的情况呢!……"

"跟我也是……而且问到许多细节……非常……非常私密的!他提的那些问题,太让人难为情了。不过,大家都很明白,那是必要的。"

"噢!完全必要。健康正是取决于这些细枝末节。我呢,他答应给我按摩,今年冬天,在巴黎。我非常需要按摩来补充在这儿的治疗。"

"告诉我,亲爱的,您打算怎么办?我们不能给他钱,是不是?"

"当然!我想送给他一个领带上的别针。他一定喜欢别针,既然他已经有两三个非常好看的。"

"噢!您真教我为难了。我本来也有同样的想法。那么,我就送给他一枚戒指。"

她们密谋出好些惊喜去讨他的欢心,好些精巧的礼物去感动他,好些小殷勤去引诱他。

就在马塞利医生已经变成"今日秘闻"的化身、茶余饭后的重要谈资、公众关注的唯一主题时,又传来一个消息:贡特朗·德·拉夫奈尔伯爵在追求夏洛特·奥利沃,而且要娶她。这顿时成为昂瓦尔震耳欲聋的新闻。

自从那个晚上,他和她参加了新娱乐场开幕典礼的舞会,贡特朗和这个年轻姑娘的连衣裙就难分难解了。在大庭广众之间,他对她尽显男人取悦女人时的各种小殷勤,毫不避讳。他们通常的交往,也同时变得活泼而又自然,势必会让他们日久生情。

他们几乎每天都见面,因为奥利沃家的两个女孩已经对克里斯蒂亚娜产生了特别的友情,其中当然也掺杂了很多受到宠幸的虚荣心。贡特朗突然再也离不开他的妹妹了;他开始组织早上的散步和晚上的游戏,克里斯蒂亚娜和保尔对他的这种变化十分惊讶。另外,他们还发现他特别专注于夏洛特。他眉开眼笑地逗弄她,不露声色地夸赞她,对她表现出足以在两个生灵间结成温情联系的无数轻微的关爱。那个年轻姑娘对这个巴黎上流社会子弟的自由不羁的作风已经习以为常,起初并不觉得有什么异样,任随自己正直无猜的天性引导,开始和他嬉笑和游戏,就好像是和一个兄长在一起。

不过,一天晚上,在旅馆里,在一起玩"鸽子飞"①的时候,贡特朗受罚以后好几次试图拥吻她;在和姐姐回家的路上,一段时间以来就显得忧虑和烦躁的路易丝,语调生硬地对她说:

"你的举止最好当心一点。贡特朗先生对你不规矩。"

"不规矩?他说什么了?"

"你很清楚,别装傻。这样下去,用不了多久,你就要让人带坏了!如果你把握不了自己的行为,那么我就要注意了。"

夏洛特被弄糊涂了,觉得受到了屈辱,结结巴巴地说:

"但是,我不清楚……我向你保证……我没有看到任何问

---

① "鸽子飞":一种游戏,一个参加者说出一个东西的名字,后面加一个"飞"字;若说出的东西会飞,其他参加者须迅速起立;如果不起立,或者说出的东西不会飞而起立,均受罚。

题……"

姐姐又神情严肃地说：

"你听着，不能再这样继续下去！如果他要娶你，应该让爸爸来考虑和回答；如果他只是闹着玩，那他就必须立刻停止。"

一听这话，夏洛特突然发起火来，虽然不知道为什么，也不知道有什么可发火的。她现在不满的，是姐姐掺和进来教训她，斥责她；她眼里含着泪水，声音颤抖着对她说：她最好别管与自己无关的事。她说话都口吃了，简直是恼怒之极，本能让她隐约而又肯定地感觉到路易丝刻薄的心里唤起的妒意。

她们没有拥吻就分手了。夏洛特在床上一边哭，一边想着那些她从没有料到也没有猜到的事。

泪水逐渐停止，她便思索起来。

贡特朗的态度变了，这倒是真的。她已经感觉到了，不过，在这以前她还不明白。她现在明白了。无论什么事，他对她说起来都娓娓动听。有一次，他还吻过她的手。他要做什么？她让他喜欢，但是喜欢到了什么程度呢？难道会有他娶她这样的好事？她仿佛立刻就听见空气里，某个地方，在她的梦想开始飞舞的空寂的黑夜里，一个声音在叫喊："德·拉夫奈尔伯爵夫人……"

她是那么激动，不禁从床上坐起来；然后，把光着的脚伸到放着她的连衣裙的椅子底下，寻找拖鞋，然后走去推开窗户，她不知道自己在做什么，只是想让她的希望有一个更大的空间。

她听见有人在楼下的客厅里谈话，后来，"大块头"提高了嗓门，说："你别管了，你别管了。还有时间看。父亲会处理这件事的。反正到现在为止，也没有发生不好的情况。这是归父亲管的事。"

她看着楼下灯光照亮的窗户投在对面房子上的白色方框。她想:"谁在那儿呢?他们在谈什么呢?"一个人影从照亮的墙上闪过。那是姐姐!这么说,她还没有睡觉。为什么呢?不过,那灯光熄灭了,夏洛特便又想起在她心里翻腾的新事情。

她现在没法入睡。他真的爱她吗?啊!不会!至少还没有!但是,他可能爱她,既然她让他喜欢!如果他很爱她,疯狂地爱她,就像上流社会恋爱的时候常见的那样,他肯定会娶她。

出生在葡萄种植者家庭的她,尽管在克莱尔蒙的女修院寄宿学校接受过教育,但是仍然保留着乡村姑娘的谦逊和卑躬。她本想,她或许会有一个做公证人,或者做律师,或者当医生的丈夫;做上流社会的真正的贵妇,姓氏之前带一个贵族称号,这意愿从未真正进入过她的头脑。她刚读完一本爱情小说,在这美好愿望的触动下,她曾想象过几分钟,这愿望便立刻像离奇怪物一样从她心灵里远走高飞。但此时此刻,这没有想过的不可能的事,经姐姐几句话突然点拨,在她看来正在像风推船帆一样向她接近。

她每呼一口气,嘴里就咕哝着:"德·拉夫奈尔伯爵夫人!"眼皮之间的乌黑的眸子,就在黑夜里闪出充满幻象的异彩。她仿佛已经看到灯火辉煌的客厅,向她颔首微笑的美丽的贵妇,在宫殿台阶前恭候她的华美马车,在她经过时鞠躬致敬的穿制服的高大仆役。

她睡在床上热得慌,她的心跳得厉害!她再次起身,喝了一杯水,又在她卧室冰凉的石板地上,光着脚站了好一会儿。

后来,她稍稍平静了一些,终于睡着了。但是,她的心里是那么烦乱不宁,天一亮就醒了。

她的房间狭小,白色的墙是本地匠人用白灰和水涂抹的,寒碜的窗帘是印花棉布的,五斗橱两个角落里的两把从没挪动过的椅子是麦秸垫的,这让她感到羞惭。

在这些道出她出身的粗俗的陈设中间,她深感自己是一个乡下丫头,深感自己是多么卑微,配不上那个爱嘲弄人的漂亮小伙子;他的金黄头发、满脸笑容的形象在她眼前浮动,消失了,又浮现,逐渐占据了她的心灵,已经驻扎在她的心里。

于是,她跳下床,跑过去找她的镜子,盘子底儿那么大的梳妆用的小镜子;然后,拿着镜子跑回去躺下,两手捧着镜子,在白色枕头的背景里,在乱蓬蓬的头发中间,看着自己的脸。

她时而把这照出她形象的轻轻的玻璃片儿搁在被毯上,想着这门婚姻会是多么困难,因为他们之间的距离太大了。这时,她就像被深深的苦恼掐住了喉咙。但是很快,她又含笑打量着自己,高兴起来,因为她认为自己确实长得可爱,那些困难也就消失了。

她下楼吃午饭的时候,姐姐还是气嘟嘟的,问她:

"你今天打算怎么办?"

夏洛特毫不犹豫地回答:

"我们不是跟昂代尔马特夫人坐马车去卢瓦亚吗?"

路易丝回答:

"你一个人去吧;不过,我昨天晚上对你说了那些话以后,你会做得好些吗？……"

妹妹打断了她的话：

"我不需要你指教……你管好自己的事吧。"

她们不再说话了。

老奥利沃和雅克走进来，大家就开始吃饭。老人几乎立刻就问：

"你们今天做什么，丫头们？"

夏洛特不等姐姐开口，就回答：

"我嘛，我跟昂代尔马特夫人去卢瓦亚。"

两个男人满意地看了看她。老汉露出他谈判有利可图的交易时怂恿人的微笑，小声说：

"很好。很好。"

从他们的整个态度里，猜得到他们对这桩秘密的赞同，和路易丝显而易见的愤怒相比，这更让夏洛特吃惊；她有点疑惑，心想："他们是不是在一起谈过这件事？"

吃完饭，她立刻上楼，回到自己的房间，戴上帽子，拿上阳伞，把一件薄外套搭在胳膊上，便离家去旅馆，因为约好一点半钟就要出发。

克里斯蒂亚娜见路易丝没有来，有点诧异。

夏洛特的脸一下子红了，回答：

"她有点疲倦，我想是头痛吧。"

他们登上马车，那辆他们一直使用的六座大篷车。侯爵和他的女儿坐在尾部的正座，奥利沃家的小姑娘就坐在前面的倒座，夹在两个年轻人中间。

他们驶过图尔诺维尔，然后顺着山脚下一条景色宜人的大路继续前行，这条大路在核桃树和栗树下蜿蜒蜒蜒。夏洛特发现贡特朗有好几次往她这边靠，不过做得非常小心，她也不好反抗。他坐在她的右边，跟她说话的时候紧挨着她的面颊；她回答他的时候连头也不敢转，怕闻到他的气息，因为她感到他的嘴快挨到她的嘴唇了；她也怕看到他的眼睛，因为他的目光会让她难为情。

贡特朗对她说着些殷勤而又幼稚的情话，滑稽而又傻气的笑话，逗乐而又讨喜的恭维话。

克里斯蒂亚娜几乎不说话，她身体沉重，因为怀孕而不太舒服。保尔好像闷闷不乐，有什么心事。只有侯爵悠闲自在地谈着，一副自得其乐的老绅士的欢快潇洒的神态。

他们在卢瓦亚公园下车听音乐，贡特朗挽起夏洛特的胳膊，和她径自往前走。亭子周围的椅子上坐满了浴客大军。亭子里，乐队指挥一边看着穿梭的游人，一边给铜管和小提琴乐手们打着节拍。妇女们展示着她们的连衣裙、她们伸到邻近椅子铁撑上的脚，以及让她们更显妩媚的鲜艳的夏季的帽子。

贡特朗和夏洛特在那些坐着的听众中间游荡，寻觅着能把他们逗乐的滑稽的面孔。

他不时地听见有人在他们身后说："瞧，好一个美人。"他自鸣得意，心想，不知道这些人以为她是他的妹妹，还是他的妻子，还是他的情妇。

克里斯蒂亚娜坐在父亲和保尔之间,看到他们来回走过好几次,觉得他们有点孩子气,她喊他们,让他们安稳下来。但是他们根本不听她的,继续在人群中漫游,开心极了。

她声音低低地对保尔·布雷蒂尼说:

"他这样做下去,会让她学坏的。今天晚上回去的时候,我们一定要跟他谈一谈。"

保尔回答:

"我已经想到这一点了。您说的完全正确。"

他们去克莱尔蒙-费朗的一家饭馆吃晚饭,侯爵是个吃家,据他说,卢瓦亚的饭馆太差。他们天黑才往回走。

夏洛特已经变得严肃了,因为离开饭桌的时候,贡特朗借着把手套递给他,使劲捏了一下她的手。她那女孩子的心立刻不安了。这是一种宣示?一种表达方式?还是一个无礼举动?她该怎么做?对他说吗?不过对他说什么呢?生气会显得很可笑!在这种情况下,必须非常有分寸!但是,如果什么也不做,什么也不说,那就好像接受了他的攻势,成了他的同谋,对这捏手的动作说"好"了。

她估量着处境,责怪自己在卢瓦亚的时候表现得太高兴、太亲热,觉得姐姐说的有道理,她已经陷入危险的境地,她完了!马车在大路上疾驰,保尔和贡特朗默默地抽着烟,侯爵在打瞌睡,克里斯蒂亚娜看着星星,夏洛特竭力忍着泪水,因为她喝了三杯香槟酒。

回到昂瓦尔的时候,克里斯蒂亚娜对父亲说:

"已经天黑了,你送小姑娘回去吧。"

侯爵伸出胳膊让夏洛特挽着,很快就走远了。保尔抓着贡特

朗的肩膀,在他耳边小声说:

"来,跟你妹妹和我聊五分钟。"

他们走上楼,到了连接昂代尔马特和他妻子两个卧室的小客厅。

他们一坐下,克里斯蒂亚娜就说:

"你听着,保尔先生和我要教训教训你。"

"教训我!……怎么啦?我安分得就像个木头人,想不安分也没有机会呀。"

"别说笑话。你在做一件不谨慎和很危险的事,你可能还没有意识到。你正在带坏这个小姑娘。"

贡特朗好像很惊讶。

"你说谁?……夏洛特?"

"是的,夏洛特!"

"我带坏夏洛特?……我?……"

"是的,你正在带坏她。这里所有人都在谈这件事,刚才还这样,在卢瓦亚的公园里,你们太……太……轻佻了。是不是,布雷蒂尼?"

保尔回答:

"是的,夫人,我和您完全有同感。"

贡特朗把椅子掉转过来,就像骑马似的,拿出一支雪茄,点着,然后笑着说:

"哈哈,好吧,我就是在带坏夏洛特·奥利沃。"

他等了几秒钟,想看看他这回答会有什么效果,然后宣称:

"就算这样吧,谁跟你们说了我不想娶她?"

克里斯蒂亚娜惊讶得跳起来:

"娶她?你?……你疯了!……"

"为什么我疯了?"

"这个……这个……乡下女孩……"

"嘿!……这些偏见……你丈夫教给你的吧?……"

见她不回答这直截了当的推论,他自问自答地接着说:

"她是不是漂亮?——是!——她是不是有教养?——是!——而且比上流社会的女孩更天真、更可爱、更淳朴、更清新。她和别的女孩会的东西同样多,因为她会说英语和奥弗涅话,这就是两种外语。她和过去的圣日耳曼城厢①的那些女继承人同样有钱,现在那地方倒不如称呼它'圣穷汉城厢'。总之,如果说她是个农民的女儿,那只能说明她更健康,可以给我生几个漂亮的孩子……就是这样……"

见他总是面带笑容,像是在开玩笑的样子,克里斯蒂亚娜将信将疑地问:

"喂,你说这话是认真的吗?"

"啊,当然了!这个姑娘可爱极了。她心地善良,容貌美丽,性格欢快,脾气温顺,面颊鲜嫩,眼睛明亮,牙齿洁白,嘴唇红润,长长的头发光亮、浓厚而又柔软;而且,亲爱的妹妹,多亏你丈夫的帮助,她的种植葡萄的父亲将会像克罗埃苏斯②一般富有。你还要什么呢?农民的女儿!可是,一个农民的女儿,难道就比不上那些付重金嫁给来历不明的公侯的腐败金融家的女儿?难道就比不上

---

① 圣日耳曼城厢:十七世纪起在巴黎老城墙外、圣日耳曼·德·普雷修道院和荣军院之间扩建的市区,十八世纪达到鼎盛,曾有"高贵城厢"之称,但十九世纪也见证了贵族阶级的没落。

② 克罗埃苏斯(约公元前596—约公元前546):古希腊吕底亚王国的末代国王,约公元前561—公元前546年在位,后被波斯居鲁士大帝战败,居鲁士允其占有帕克托勒斯河旁的一个城市,传说他靠这河里流淌的金箔成为古代巨富之一。

那些帝国①留给我们的挂着爵衔的妓女的女儿？难道就比不上我们在社会里遇到的那些有两个父亲的女儿？这个姑娘，如果我娶了她，那会是我一生中第一个聪明和理智的行动！……"

克里斯蒂亚娜思索着，然后，她突然被说服了，征服了，她喜出望外，大声说：

"他所说的太对了！这完全真实，完全正确！……那么，你要娶她了，我的小贡特朗？……"

现在，是他让她平静些了。

"别忙……别忙……让我也考虑考虑。我只是肯定：如果我娶她，将会是我一生中第一件聪明和理智的事。这还不等于我一定娶她；但是我在思考，在研究，我且下点功夫追求她，以便看看她是否完全让我喜欢。总之我现在既不能跟你说'是'，也不能回答你'否'，不过，更接近'是'而不是'否'。"

克里斯蒂亚娜转向保尔：

"您怎么想，布雷蒂尼先生？"

她有时叫他"布雷蒂尼先生"，有时只简单地称他"布雷蒂尼"。

---

① 帝国：此处指拿破仑三世统治下的法兰西第二帝国（1852—1870）。

他呢,一切他认为从中看到了高尚的事物,一切在他看来慷慨低就的婚姻,一切隐藏着善心的豪壮情感,都能让他感兴趣,他回答:

"我嘛,我现在觉得他是对的。如果她让他喜欢,他就娶她,他不能找到再好的了……"

这时侯爵和昂代尔马特回来了,大家便谈起别的事情;后来,两个年轻人就去娱乐场,看赌场关门了没有。

从这一天起,克里斯蒂亚娜和保尔就好像都赞成贡特朗对夏洛特公开求爱了。

他们更频繁地邀请这个年轻姑娘,留她吃晚饭,到后来待她简直像家庭的一分子了。

她把这一切都看在眼里,知道是怎么回事,而且为此欣喜若狂!她的小脑袋已经有些恍惚不定了,在建造着一座座神奇的空中楼阁。然而贡特朗什么也没有对她说;但是他的态度,他的每一句话,他对她说话的语调,他开玩笑时更认真的样子,他的温情的目光,似乎每天都在重复着这句话:"我已经选定你,你将是我的妻子。"

而她现在和他在一起时,那温柔友好、谨慎陶醉、圣洁矜持的语调,似乎总在回答:"我知道,只要你向我求婚,我一定会说'愿意'。"

在女孩子的家里,人们也在窃窃议论。路易丝已经不大理睬她,只偶尔酸溜溜、咬牙切齿地说几句话,为的是刺激她伤心的幻想。老奥利沃和雅克倒好像很高兴。

然而,她无疑就要成为他的妻子了,她却还根本没有问过自己,是不是爱这个漂亮的准备求婚的人。他让她喜欢,她不停地想他,觉得他健美、风趣、潇洒;她尤其想着,他娶了她以后她能做些

213

什么。

在昂瓦尔,人们已经忘记了医生们和温泉老板们之间恶意满满的对立,德·拉马斯公爵夫人对她的医生的感情的种种揣测,以及像温泉站泉水一样源源不断流淌的各种闲话,转而专注于这件不同寻常的事:贡特朗·德·拉夫奈尔伯爵就要娶奥利沃的小女儿了。

贡特朗认为时机已到,一天早上,他拉着昂代尔马特的胳膊,离开饭桌,对他说:

"亲爱的,铁已经烧热了,快打吧!现在形势正好。那小姑娘在等着我求婚,我还没有贸然提出要求,不过她一定不会拒绝的,您放心吧。现在重要的是探明她父亲的态度,能不能让您的生意和我的生意一举两得。"

昂代尔马特回答:

"您放心吧。这件事我包在我身上。我今天就去试探他。我不会牵扯您,不会把您推出来:等形势明朗了,我再说。"

"好极了。"

沉默了一会儿以后,贡特朗又说:

"喂,这也许是我单身汉的最后一天了。我现在就去卢瓦亚,那一天我在那儿看到几个熟人。我晚上回来就去敲您的门,听您去探访的结果。"

他叫人备好马,就骑马沿山路而去,一路呼吸着清新的微风,时而加速小跑,领略一下空气迅速拂过面颊鲜嫩的皮肤、轻挠他的髭须的快感。

在卢瓦亚度过的晚上很快乐。贡特朗会见了一些朋友,每个人都有美女相伴。他们夜宵吃了很久;他很晚才回来。他敲响昂代尔马特的房门时,奥利沃山旅馆里所有的人都已经休息了。

起初没有人回答他；后来，他把门敲得很响，才有一个嘶哑的声音，睡意仍浓的人的声音，从里面低声抱怨道：

"谁呀？"

"是我，贡特朗。"

"等一下，我这就开门。"

昂代尔马特穿着睡衣出现了。他面孔浮肿，下颌的须毛翘起来，头上包着一个围巾。然后，他又回到被毯里，坐着，两只手伸在被毯上，说：

"喂，亲爱的，事情不妙。情况是这样的：我探测了奥利沃这个老狐狸，没有提到您的名字，只说是我的一个朋友，我也许让他误以为是保尔·布雷蒂尼了。我说这个朋友可能适合他的两个女儿中的一个，问他会给她什么陪嫁。他没有回答，反而问我这个年轻人有多少钱。我说三十万法郎，还有更多的希望。"

"可是，我一点钱也没有。"贡特朗嘀咕道。

"我借给您，亲爱的。如果我们一起做这笔大生意，您把那些地给我，就足够还我钱了。"

贡特朗冷笑了一下：

"太好了。我得老婆，您得钱。"

昂代尔马特火冒三丈：

"我为您办事，可不是为了让您侮辱我。算了，到此为止吧……"

贡特朗连忙道歉：

"别生气,亲爱的,请原谅我。我知道,您是个很正直的人,在生意上光明正大,这一点是无可挑剔的。如果我是您的马车夫,我不会跟您要小费；而且,如果我是百万富翁,我会把我的钱财都委托给您……"

威廉的气消了一点,又说：

"我们待会儿再说这个。现在,先说完我们的大问题。那老家伙没有落入我们的圈套,他回答我：'那要看是哪一个女儿。如果是路易丝,老大,她的嫁妆就是这些。'他向我列举了浴所周围的所有土地,以及浴所到旅馆、旅馆到娱乐场之间的土地,总之,所有对我们来说必不可少的土地,在我看来有不可估量的价值的土地。相反,他给小女儿的是山的另一面,那以后无疑也会很值钱,但目前对我来说毫无价值。我千方百计试图让他变更这个分配方案,把陪嫁颠倒过来。我算遇到了一头犟驴。他不会改,说这已经定了。您考虑吧,您想怎么办？"

贡特朗心乱如麻,不知所措,回答：

"您呢,您自己想怎么办？您认为他做出这个分配计划的时候,想到的是我吗？"

"我不怀疑是这样。这乡下人一定对自己说：'既然小女儿让他喜欢,就让我们看紧钱袋吧。'他更希望把女儿给您,而留住他的地……另外,也许他本来就希望厚待老大……他偏爱她……谁知道呢……她更像他……她更有心计……更机灵……更实际……那个丫头,我看她的确也更厉害……我呢,处在您的地位……我会把扁担换个肩膀……"

这让贡特朗震惊不已,嘟哝着：

"见鬼……见鬼……见鬼！……那么夏洛特的那些地呢……

您,您不想要了?……"

昂代尔马特大声说:

"我……不要……一千个不要!……我要的是能把我的浴所、我的旅馆和我的娱乐场连在一起的土地。这很简单。别的地,我一个法郎都不会付,那些地只能等以后,分成一小块一小块,卖给个人……"

贡特朗一个劲地重复:

"见鬼……见鬼……这真是一件令人为难的生意……那么,您给我出个主意?"

"我不能给您出任何主意。我想您最好考虑考虑,然后在两个女儿中间做个决断。"

"对……对……有道理……我是要考虑考虑……那么,我先去睡觉了……静夜出主意嘛……"

他正要站起来,昂代尔马特拦住了他:

"对不起,亲爱的,还有一件事,我要说几句。您总说些含沙射影的话讽刺我,我装作不明白,其实我很清楚,我不愿意这种事再继续下去了。

"您责怪我是犹太人,也就是说我赚钱,我吝啬,我是个尔虞我诈不择手段的投机家。然而,我这一辈子都在借钱给您,或者说送钱给您,这些钱,我可不是不费力气得来的。这些咱们暂且不说!不过有一点我不能接受!不,我绝不是吝啬鬼!证据嘛,就是我给你妹妹两万法郎的礼物;给你父亲他渴望已久的一幅价值一万法郎的泰奥多尔·卢梭①的画;来这里的时候,我送给您一匹

---

① 泰奥多尔·卢梭(1812—1867):法国画家,擅长风景画,其绘画技法与印象派相近,和米叶、迪亚兹、杜普雷等组成著名的巴比松画派。

马,您刚才去卢瓦亚骑的就是那匹马。

"我哪儿吝啬了?我不让别人盗窃我,难道就是吝啬?我的种族素来都是这样做的,而我们这样做是有道理的,先生。我要再跟您说一遍,免得以后重复。人们把我们当作吝啬鬼,其实是因为我们知道事物的准确价值。在你们看来,一架钢琴就是一架钢琴,一把椅子就是一把椅子,一条裤子就是一条裤子。对我们来说也一样,不过这同时又代表着一种价值,一个有经验的人一眼就能准确判断出的商业价值,而所以要做出这种判断,不是为了节省,而是为了不纵容欺诈。

"如果烟草店的女零售商,一张邮票或者一盒蜡绳跟您要四个苏,您会怎么说?您也许会去找一个治安警察,先生,为了一个苏,是的,为了一个苏!您火冒三丈!而所以如此,因为碰巧您了解这两件东西的价值。而我呢,我了解所有可以买卖的东西的价值;人家一张邮票要您四个苏时,您的那种愤怒,如果只值十五法郎的一把雨伞,有人跟我要二十法郎,我当然也同样会感受到!您明白了吗?我反对商人、仆人、车夫们确已证实的可恶的不断盗窃。我反对你们整个种族在商业上的不诚信,尽管你们瞧不起我们。我给人小费是依据他们为我的服务所应该付的,而不像你们,乱扔小费,不知道为什么,凭一时的心情,可以从五个苏到一百苏。您明白了吗?"

贡特朗站了起来,嘴唇上露出特别适合他的细腻嘲讽的微笑。

"是的,亲爱的,我明白了,您说的完全正确,特别是和我的祖父德·拉夫奈尔老侯爵比较,他几乎没给我可怜的父亲留下分文,因为他有个坏毛病,无论买什么东西,他从来不捡起商人找给他的零钱,他觉得这有失绅士的尊严;他总是给人整数和整块的钱。"

说罢,贡特朗带着得意的神情扬长而去。

第 三 章

第二天,人们正要去昂代尔马特和德·拉夫奈尔两家专用的餐厅吃晚饭,贡特朗推开门,报告:"两位奥利沃小姐到。"

她们俩走进来,神情尴尬,贡特朗一边推着她们,一边笑嘻嘻地解释道:

"瞧呀,我是在大街上把她们劫来的。这还引起了一场轰动。我把她们硬拉到你们这儿来,因为我有一件事要跟路易丝小姐解释一下,而我又不便在闹市里这样做。"

他接过她们刚才戴着的帽子、拿着的阳伞,因为她们是散步回来;他让她们坐下,亲吻了克里斯蒂亚娜,跟父亲、妹夫和保尔握了手,然后,向路易丝·奥利沃走过来,说:

"现在好了,小姐,您可以告诉我了,为什么这段时间您对我们很不友好?"

她就像一只落到网子里,被猎手抓住的鸟儿一样惊慌。

"没有呀,先生,绝对没有!是什么让您这么认为?"

"一切,小姐,一切的一切!您不再到我们这儿来,您不再来乘'挪亚方舟'①(他这么称呼那辆六座大篷车)。每次我遇见您,

---

① 挪亚方舟:《圣经·创世记》中挪亚及其家人和世界上各种陆上生物借其躲过上帝酿成的一场大洪水。

跟您说话的时候,您总显出一副生气的样子。"

"才不是呢,先生,我向您保证。"

"就是,小姐,我可以肯定。总之,我不愿意这种情况继续下去,我要跟您签一个和平协议,就在今天。噢!您知道,我嘛,我是很执拗的。您再对我冷淡下去也没有用,我一定会战胜您的这种态度,迫使您对我们变得和您的妹妹一样,她真是一个可爱的天使。"

有人报告晚饭已经准备好了,大家就过去入席。贡特朗挽着路易丝的胳膊。

他对她和她的妹妹都十分殷勤,用令人赞叹的分寸感分配着他的恭维话。他对妹妹说:

"您嘛,您是我们的伙伴,我将要慢待您几天。您是知道的,对朋友可以比对其他人少花点精神。"

他转过来对姐姐说:

"而您呢,我要引诱您,小姐,我要像光明正大的敌人一样通知您。我甚至要追求您。啊!您脸红了,这是个好兆头。您会看到我很可爱,当我认真这么做的时候。是不是,夏洛特小姐?"

确实,她们两个人都脸红了;路易丝像往常一样神情严肃,嘟哝道:

"噢!先生,您简直是发疯了!"

他回答:

"哼!好听的话,您以后一定能听到的,在交际场上,等您结婚了,用不了多久了。恭维的话,到那时人们会对您说的!"

克里斯蒂亚娜和保尔·布雷蒂尼对他把路易丝·奥利沃带来的举动很表赞赏;侯爵听了他这番孩子气的调情,开心地微笑着;昂代尔马特在想:"这捣蛋鬼,不笨。"而贡特朗呢,感情把他带向

221

夏洛特,利益却把他推向路易丝,不得不扮演这样的角色,这让他十分恼火,他对路易丝面带微笑,心里却咬牙切齿地嘀咕着:"啊!你的恶棍父亲自以为在耍弄我,但是我现在就要大张旗鼓地向您进攻,小丫头;您看吧,看我干得高明不高明。"

他轮番地看着这姐妹俩,对她们做着比较。毫无疑问,年轻一点的这个更让他喜欢;她更风趣,更活泼,鼻子微翘,两眼炯炯有神,额头稍窄,稍稍有点阔的嘴里露出略略有点大的漂亮的牙齿。

不过,另一个也很漂亮,虽然多一点冷淡,少一点欢快。她永远也不会有风趣,在私生活中也不会有魅力,但是,如果和出身高贵的人来往惯了,在进入一个舞会,当人们宣布"德·拉夫奈尔伯爵夫人到"的时候,她很适合冠有这个姓氏,也许比妹妹更合适。不过,不管怎么说,他还是火气难消;他怨恨这两个女孩,对她们的父亲和哥哥也一样;他暗下决心,以后,等他成了主人,他一定要让他们为他的不幸遭遇付出代价。

大家又回到客厅,贡特朗让路易丝用纸牌替他算命,她预测人的未来很有一套。侯爵、昂代尔马特和夏洛特聚精会神地听着,他们都情不自禁地被未知世界的神秘、令人难以置信的可能、对奇迹无法克制的轻信吸引了;这种轻信困扰着人类,经常把最强大的头脑也搞乱,让它们相信江湖骗子最拙劣的发明。

保尔和克里斯蒂亚娜则倚在一个开着的窗口前谈话。

一段时间以来,她感到他不再像以前那样爱自己了,变得郁郁寡欢;由于彼此的过错,他们在爱情上的隔阂日益加剧。公司举行庆典的那一天,把保尔叫到大路上的那个晚上,她第一次怀疑起这不幸。不过,她虽然看清他的目光里不再有以前那样的温情,他的声音里不再有以前那样的抚慰,不再有以前那样的热情关切,但她并没有猜到这变化的原因。

其实,这变化存在已久。那一天,她在跟他日常的幽会时幸福地大声说:"你知道,我想我真的怀孕了。"他当时就感到皮肤上起了一阵不愉快的鸡皮疙瘩。从那一天起,这变化就开始了。

后来,他们每一次见面,她都跟他说起这让她快乐得心跳的孕事;但她对怀孕的津津乐道,反而伤害了他对自己崇拜的偶像的虔诚狂热,因为他认为这是一件可气、丑恶、不洁的事。

再后来,他看到她身体变形了,人消瘦了,脸蛋下陷了,脸色变黄了,他想:她本应该消失几个月,免得他看到这场面,然后,再出现的时候,比以前更鲜艳、更美丽,让人忘记了这怀孕的意外事故,也许还在她情妇的娇媚之外更添一种魅力,懂事而又谨慎的年轻母亲的魅力,只让人远远看见她的婴儿,而婴儿又是裹在玫瑰红①的襁褓里。

再说,她曾经有过一个难得的机会,表现他希望她具有的这种机智:在她来奥利沃山度夏,把他留在巴黎的时候,让他看不到憔悴而且变形的她。他多么希望她能理解他!

但是,刚到奥弗涅,她就不断地写一些绝望的信,叫他过来,她写了那么多信,每封信都是那么迫不及待,他由于心软和怜

---

① 玫瑰红:法文为 rose,又含有美好、贞洁的意味。

恼，就来了。而现在，她又用失宠的哭诉和哀鸣弄得他无法忍受；他最大的愿望就是离开她，再也不想见到她，再也不想听到她唱那令人恼火的不合时宜的恋歌。他真想把自己心上所有的厌恶对她一吐为快，告诉她，她是多么笨拙和愚蠢；但是他无法这么做，他不敢离开她，而又忍不住用尖酸伤人的言语向她表明自己的厌烦。

而她呢，本来就有病，加上孕妇经受的各种磨难，病情日渐加重，正是比任何时候都更需要慰藉、需要呵护、需要倍加眷爱的时候，因而她尤其感到痛苦。她以自己的灵与肉和全部存在完全忘我地爱他，有时甚至把爱情变成毫无保留的无限牺牲。她不再认为自己是他的情妇，而是他的妻子，他的伴侣，他的信徒，他的忠仆，他的五体投地的奴隶，他的属物。在她看来，他们之间已经用不着什么殷勤献媚，撒娇调情，渴望永远取悦，继续费力讨好；既然她已经完全属于他，既然他们已经被这如此温柔美好、如此强大的纽带连接在一起——那就是很快就要降生的孩子。他们刚单独一起来到窗边，她就又开始温柔的怨诉：

"保尔，亲爱的保尔，告诉我，你是不是还像从前一样爱我？"

"当然了！行啦，你每天都跟我重复这一套，已经变得单调乏味了。"

"请原谅我！这是因为我不能再相信这一点，我需要你让我放心，我需要你不停地对我说这句甜美的话；由于你不再说，而你以前是那么经常说，所以我不得不向你请求，向你恳求，向你乞求。"

"那么好吧，我爱你！不过我们还是谈点别的事吧，我求你啦。"

"啊！你多么无情！"

"才不呢，我并不是无情。只不过……只不过，你不懂……你不懂……"

"啊！我懂！我很懂，你不再爱我了。你不知道我多么痛苦！"

"行啦，克里斯蒂亚娜，我求你啦，你别让我心烦了。你不知道，你现在做的事情有多么愚蠢。"

"啊！如果你还爱我，你就不会这么说了。"

"见鬼，如果我不再爱你，我就不会来了。"

"你听着。你是属于我的，现在，你是我的，我是你的。我们之间有这个即将出生的生命的纽带，什么也割不断；不过，你要答应我，如果以后有一天你不再爱我，你一定要告诉我，好吗？"

"好，我答应你。"

"你能对我发誓吗？"

"我对你发誓。"

"不过，尽管这样，我们仍然做朋友，是不是？"

"当然了，我们仍然做朋友。"

"如果有一天你不能再真情爱我，你一定要来找我，对我说：'我的小克里斯蒂亚娜，我很爱你，但是现在情况已经不一样了。让我们做朋友吧，只是做朋友。'"

"就这么说，我答应你。"

"你对我发誓？"

"我对你发誓。"

"即使如此，我还是会非常伤心！你去年是多么崇拜我！"

一个声音在他们背后大声通报：

"德·拉马斯-阿尔达维拉公爵夫人到！"

她是以邻居的身份被邀请来的,因为克里斯蒂亚娜就像王公们在自己的王国里招待贵宾一样,每天晚上都要招待主要的浴客。

马塞利医生满面堆笑,态度恭顺,跟在西班牙美人身后。两个女人握了手,坐下就交谈起来。

昂代尔马特招呼保尔:

"亲爱的朋友,快来看呀,奥利沃小姐用纸牌算命真是灵极了,她对我做了些令人吃惊的预言。"

他拉着保尔的胳膊,又说:

"您呀,您这个人真奇怪!在巴黎,我们从来见不到您,一个月见不到一次,尽管我妻子一再恳求您。到这里呢,也必须写十五封信才能让您来。而且自从您来了以后,就好像您每天输了一百万似的,总是那么垂头丧气。您说,您是不是隐瞒着一件让您不开心的事?也许我们可以帮助您呢?一定要告诉我们啊。"

"一点也没有,亲爱的朋友。如果说在巴黎我不经常来看你们……因为那是在巴黎,您明白吗?……"

"我明白……完全明白。可是,到了这儿,总应该做点事吧。我为您准备了两三个晚会,我想一定会很成功。"

有人报告:"巴尔夫人和克洛什教授先生到。"教授和他的女儿走进来。女儿是个年轻寡妇,棕红的头发,大胆泼辣。接着,同一个仆人几乎立刻又叫喊:"马斯-鲁塞尔教授先生到。"

教授的妻子陪伴着他。他的妻子脸色苍白,已经不大年轻,头发平平地贴在两鬓。

雷米索教授是前一天走的,据说在走以前,他以特别优惠的条件买下了他住的那座木屋。

另外两位医生都很想知道这些条件,但是昂代尔马特只是回答:"噢,我们为大家都做了些小小的优惠安排。如果您愿意效仿他,我们可以商量着看,可以商量着看……等您决定了,您就通知我,那时,我们再细谈。"

拉托纳医生也来了,然后是奥诺拉医生,不过他没有带妻子来,他从来不带他妻子出席这种场合。

此刻,一片人声,一片谈话的喧哗声,充满了客厅。贡特朗再也不离开路易丝·奥利沃,靠近她的肩膀跟她说个没完,时不时微笑着对经过身边的随便什么人都说一句:

"这是我正在征服的一个对手。"

马塞利医生坐在克洛什教授女儿身边;几天以来,他一直跟随着她;她也挑衅性地大胆接受他的殷勤表示。

公爵夫人的眼睛一刻也不离开他,她好像被激怒了似的,微微地颤抖着。她突然站起来,穿过客厅,打断她的医生和漂亮的棕红发女郎的密谈:

"喂,马塞利,我们这就回去吧;我感到有一点不舒服。"

他们刚走出去,克里斯蒂亚娜就走到保尔身边,说:

"可怜的女人!她一定非常痛苦!"

他漫不经心地问:

"谁痛苦?"

"公爵夫人呗!您没看见她多么嫉妒。"

他粗暴地回答:

"如果您借什么茬都悲悲切切,今后,您还会有流不完的眼泪呢。"

她转过脸去,真的要哭出来了,她觉得他是那么狠心。她在夏洛特·奥利沃身边坐下。夏洛特一直独自坐在那儿,心神不定,她再也不明白贡特朗在做什么。克里斯蒂亚娜也不顾小女

227

孩是不是懂得她的意思，就对她说：

"有些日子，人真想死。"

昂代尔马特正在几位医生中间，叙述着克洛维斯老爹的不同寻常的情况：他的两条腿又开始活了。他是那么充满信心，任何人也不会怀疑他的诚实。

他早已看透了两个农民和那个瘫痪者的狡黠，明白了前一年，由于自己一心相信矿泉水的功效，上了他们的当，被他们欺骗和忽悠了；特别是后来，又经历了不花钱就平息不了老爹的可怕的抱怨，他现在反而把它变成了一个广告，而且已经玩得得心应手。

马塞利把他的女主顾送到住处，刚回来；他自由了。

贡特朗拉着他的胳膊，说：

"漂亮医生，请您给我一个建议，两个奥利沃小姐里面，您更喜欢谁？"

漂亮医生在他耳边轻轻地说：

"要是睡觉，小的；要是结婚，大的。"

贡特朗笑着说：

"嘿！我们的看法正好一样。我非常高兴！"

说罢，他走到一直在跟夏洛特谈话的妹妹身边，说：

"你不知道吧?我刚才决定,星期四去尼瑞尔山①,那是整个山脉最美的火山口。大家都同意。就这么定了。"

克里斯蒂亚娜无所谓地小声说:

"你们想做什么,我都同意。"

这时,克洛什教授,接着是他的女儿,前来告辞,马塞利自告奋勇送他们回去,便跟在年轻寡妇后面走了。

几分钟的工夫,所有的人都走了,因为克里斯蒂亚娜十一点钟要睡觉。

侯爵、保尔和贡特朗送两个奥利沃小姐回家。贡特朗和路易丝走在前面,布雷蒂尼隔着几步走在他们后面,他感到挽着自己的夏洛特的胳膊在发抖。

他们分手时大声说:"星期四,十一点钟,来旅馆吃午饭。"

回来的路上,在花园的一个角落,他们遇见被马斯-鲁塞尔教授留住的昂代尔马特。教授先生正在跟他说:

"那么,如果不打扰您的话,我明天上午来跟您谈关于木屋的小买卖。"

威廉赶上两个年轻人,一起回旅馆;他踮起脚,凑在内兄的耳边说:

"恭喜恭喜,亲爱的朋友,您今天做得太棒了。"

两年以来,贡特朗就被令他的生活败兴的金钱需要所苦。在他还能坐吃母亲留下的财产的时候,他就抱着从父亲那儿继承的懒散和得过且过的态度,在那帮有钱、麻木和腐化的年轻人中间厮混。每天早上报纸都登载着这些纨绔子弟的丑闻,他们属于上流

---

① 尼瑞尔山:法国中央高原皮依山脉中的著名火山之一,位于克莱尔蒙-费朗市西北二十公里,沃尔维克市境内。

229

社会,但是很少到上流社会中去,而是结交一些举止和心态都近乎妓女的轻浮女人。

他们这一伙大约有十二个人,每天晚上,从十二点直到三点,都在林荫大道上的同一家咖啡馆里聚会。他们外表很潇洒,穿着黑色礼服和白色坎肩,衬衫镶着在顶级珠宝店购买,而且每个月都要更新的二十路易①的纽扣;他们在生活里唯一操心的就是玩乐,追女人,让别人议论他们,千方百计地找钱。

除了知道前夜的丑行、床笫和赛马的琐闻、决斗和赌博的逸事,他们别的一无所知,他们思想的境界就局限在墙壁之间。

他们占有风流场上各种明码标价的女人,然后互相介绍,互相转让,互相出借。他们之间谈起各自的情场业绩,就像谈论赛马的品质。他们也和那帮世人经常议论的有爵衔、爱哗众取宠的人交往,这些人的妻子几乎都有尽人皆知的外遇,而她们的丈夫,或者满不在乎,或者故意回避,或者视若无睹,或者不大明察。他们像评判其他女人一样评判她们,在评价中把她们混为一谈,仅仅视她们的出身和社会地位而略有不同。

由于经常使用计谋寻找他们生活必要的钱,经常糊弄高利贷者,经常向各方面借贷,经常轰走供货商,经常对每半年就带着涨了三千法郎的账单上门的裁缝嗤之以鼻,经常听妓女们讲述她们女性的贪婪骗局,经常目睹圈内的种种舞弊,经常看到自己、感到自己被仆人、商人、大饭店老板和其他所有人欺骗,经常为捞取几个路易而了解和插手交易所和非法交易的投机勾当,久而久之,他们的道德感已经迟钝,已经耗散,他们剩下的唯一荣誉观念就是:

---

① 路易:法国钱币,一为一六四〇年轧制的有法国国王即路易十三世头像的金币,一为一八〇三年起至第一次世界大战时期使用的金币,每枚二十法郎。此处应指后者。

一旦有人怀疑他们干了任何或虚或实的坏事,便与人决斗。

过了几年这种浪荡生活以后,他们所有的人,或者说几乎所有的人,最后的结局,不是结一门富有的亲事,就是闹出一个丑闻,或者自杀,或者像死了一般神秘地彻底消失。

但是,他们还是都指望结一门富有的亲事。一些人希望家里给他们找,另一些人暗地里自己寻觅,他们握有一些女继承人的名单,就像有些人握有待售房屋的名单一样。他们尤其觊觎异国女性,如北美的和南美的;他们的风头,他们享乐的名声,他们的情场战绩,和他们的倜傥,很容易让她们眼花缭乱。

他们的供货商,也指望着他们能攀上富有的婚姻。

但是,这场对陪嫁丰厚的女孩的逐猎,时间可能很漫长。通常情况下,需要不断追寻,下功夫吸引,不知疲倦地频频交往,这一切都需要花费精力;而贡特朗偏偏天性漫不经心,做不到。

由于越来越感到缺钱的痛苦,很久以来他常对自己说:"不过我必须上点心了。"可是他并没有上心,所以他什么也找不到。

他不得不用山穷水尽的人所用的各种不正当手段,时不时弄一点小数目的钱;最后无计可施,只能常年赖在家里。就在这时,昂代尔马特突然提出他和奥利沃姐妹中的一个结婚的主意。

出于谨慎,他起初并没有说什么,虽然乍一看,小姑娘的出身和他相比太过低下,他很难同意这种门户不当的婚姻。但是,几分钟的思考很快就改变了他的看法,他立刻决定在嬉笑之间向她求爱,一场温泉城的求爱,这既不会伤害他的名誉,也容许他后退。

他非常了解自己的妹夫,知道这个建议一定是经过长时间思考,反复权衡,专为他准备的;从他嘴里说出来,它本身就值一笔别处难找的大价钱。

另外,他不费吹灰之力,弯下腰就能捡起一个漂亮姑娘,因为两姐妹中的妹妹很让他喜欢,他常对自己说,以后和她约会,她可能会非常可爱。

于是,他选了夏洛特·奥利沃,在很短时间里,他就把她带到按常理必须求婚的地步。

可是,老奥利沃却把昂代尔马特垂涎的那份陪嫁给了另一个女儿,贡特朗不得不放弃这桩婚姻,或者转而追求姐姐。

起初短暂的片刻,他是那么恼火,真想叫他的妹夫见鬼去,自己宁愿依然做光棍,等待新的机会。

可是,他此刻正一文不名,囊中羞涩,连去娱乐场赌一次都得向保尔借二十五路易,而在这以前,他已经向他借了很多,从来没有还过。再说,想要的女人,还必须去寻找,必须找到,必须吸引,也许还得和一个怀有敌意的家庭斗争;而不需要转换阵地,只须几天的用心和殷勤,他也许就能像征服妹妹一样把姐姐征服。这样做,他可以万无一失,因为他可以在妹夫身上找到一个始终为之担责的银行家,可以永远责怪他,而且其钱柜总是对他敞开的。

他将来娶了路易丝为妻子,会把她带到巴黎,向人介绍说是昂代尔马特合伙人的女儿。再说,她有一个作为温泉城名称的姓氏,而根据河水从来不会流回源头这个原则,他永远也不会把她带回家乡!永远不会!永远不会!她的容貌和气质都好,相当优雅,而且完全可以变得十分高雅;她相当聪明,而且聪明到足以参透上流社会,在那里站稳,在那里露脸,甚至可以为他增光。人们会说:"这个浪荡子,居然娶了一个漂亮姑娘,他好像还不大当回事呢。"的确,他是不大当回事,因为他还打算用装满口袋的钱,在她身边重拾他单身汉的生活。

于是,他转而向路易丝·奥利沃发起攻势,不知不觉地利用年轻姑娘多疑的心里觉醒的妒意,激发她身上依然沉睡的娇媚的本能,以及把这个号称"伯爵先生"的美貌情人从妹妹那里夺过来的模糊意愿。

这种事,路易丝以前从未想过,既没有考虑过,更没有谋划过,所以在街上和他相遇,被他强拉过来的时候,她十分惊讶。但是,见他殷勤而又多情,从他的举止、眼神、整个态度,她感到他根本不爱夏洛特;她并没有前思后虑,睡觉的时候,她已经感到幸福和愉快,几乎是得意扬扬了。

下一个星期四到了,去尼瑞尔山以前,他们迟疑了很久。天色晦暗,空气凝重,他们害怕会下雨。但是贡特朗极力坚持,带动了犹豫不决的人。

吃午饭的气氛有些死气沉沉。前一天晚上,克里斯蒂亚娜和保尔不知道为什么争吵起来。昂代尔马特在担心贡特朗的婚事不成,因为当天早上老奥利沃话里有话地议论过他。贡特朗听说了,十分愤怒,反而决心要把这桩婚事搞成。夏洛特已经预感到姐姐会胜利,她完全不能理解事情怎么会发生这样的转变,因此坚持要留在村里。人们费了不少口舌,才终于让她决定来了。

"挪亚方舟"满载着常客,向俯瞰沃尔维克①的高原进发。

路易丝·奥利沃突然变得爱说话了,一路上都在尽地主之谊。她解释说,沃尔维克的石头不是别的,都是附近火山的熔岩;她告诉大家是如何用这些石头来建筑当地所有的教堂和房屋的,所以现在奥弗涅地区的城市外表都是那么灰暗,近乎煤炭的颜色。她指给大家看那些切割石头的工地,指出那些像石矿一样开发的熔岩流,人们就是从那里采掘赭色的熔岩;她让他们欣赏屹立在一座

---

① 沃尔维克:法国市镇,位于今奥弗涅-罗讷-阿尔卑斯大区多姆山省,是克莱尔蒙-费朗市都市区的一部分

山头、鸟瞰沃尔维克、护佑这座城池的宏伟的黑色圣母雕像。

接着,他们往更高的高原行驶。一座座火山把这高原弄得凸凹不平,几匹马在漫长艰难的大路上缓步徐行,大路两边是一片片郁郁葱葱的树林。没有人再说话。

克里斯蒂亚娜却在想着塔兹纳湖。那是同一辆马车,也是同一些人,不过不再是同样的心!一切似乎都一样!……只不过!……只不过!……发生了什么事呢?几乎什么也没有发生!只是她更多了一点爱!……他更少了一点爱!……几乎什么也没有发生!……只是还在生长的意愿和已经死去的意愿之间的差别……几乎什么也没有发生!……只是厌倦让感情产生了看不见的裂痕!……啊!几乎什么也没有发生,几乎什么也没有发生!……只是眼神变了,因为同一双眼睛不再怀着同样的温情看同一张脸!……什么是一个眼神呢!……几乎什么也不是!

马车夫停下车,说:"就是这儿,从右边这条小路往树林里走,顺着小路一直走,就到了。"

大家都下了车,只有侯爵除外,他觉得天气太热。路易丝和贡特朗走在前面,夏洛特跟保尔和克里斯蒂亚娜落在后面,克里斯蒂亚娜只能勉强走着,这条穿过树林的路在他们看来十分漫长。后来,他们到了一个长满深草的山脊,顺着这山脊往上走,直到一个古火山口的边缘。

路易丝和贡特朗在山顶停下,两个人都是又高又瘦,仿佛站在云雾中。

当其他人也走到他们这里的时候,生性狂热的保尔·布雷蒂尼忽来一股抒情式的冲动。

在他们周围,在他们身后,左左右右,尽是古怪的无头锥体,一些挺拔,另一些破裂,但是所有的锥体都保留着它们奇形怪状的死火山的面貌。这些平顶山峰的沉重残体从南面延伸到西面,耸立在惨遭蹂躏的无垠高原上。这高原比利马涅平原高出千米,从高原上瞭望,由东到北一望无际,蒙在雾霭中,呈淡蓝的颜色,直到永远看不尽的天边。

多姆山在右边,超过它所有的小兄弟;它的小兄弟有七十到八十个之多,都是还在沉睡的火山。再远些,是格拉芙努阿尔山、克鲁埃尔山、拉佩日山、索尔山、诺尚山、拉瓦什山。近一些,是帕里奥山、克姆山、于姆山、特莱苏山、卢沙狄埃尔山。真是一座巨大的火山墓园。

几个年轻人看着这场景,惊讶不已。他们脚下就是尼瑞尔山的第一个火山口,像一个绿草覆盖的深深的大盆,底部还可以看到这魔鬼最后一次吐气时掀起,然后又跌落在临死的嘴里的三堆巨大的赭色熔岩,多少世纪又多少世纪以来,它们就这样永远停留在那里。

贡特朗大喊:

"我呢,我要到底下去,我要去看看这些畜生们是怎么死的。走呀,小姐们,顺着斜坡往下跑呀,没有多远。"说着,他抓住路易丝的胳膊,拉着她就往下走。夏洛特也跟在他们后面跑起来;不过,随后她突然停住了,因为她看到他们挽着手,一蹦一跳地跑远了。她猛地转回身,朝着坐在斜坡顶上草地上的克里斯蒂亚娜和保尔爬过去。爬到他们身边时,她跪倒在地上,把脸藏在少妇的连衣裙里,啜泣起来。

克里斯蒂亚娜明白了。一段时间以来,别人的忧伤全都像对她的伤害一样刺痛着她。她用一只胳膊搂住夏洛特的脖子。她被这女孩的泪水感动了,小声说:"可怜的小东西,可怜的小东西!"女孩一直在哭,跪着,埋着头,用垂在地上的两手无意识地拔着野草。

为了装作没看见这情形,布雷蒂尼已经站起来。但是,这女孩子的不幸,这个无辜少女的悲痛,突然让他对贡特朗生出满腔愤怒。克里斯蒂亚娜深深的悲伤让他生气,他却被这小女孩的第一次幻灭深深地触动。

他走回来,也跪下,对她说:

"好啦,别难过,我求您啦。他们马上就上来了,别难过。别让他们看见您哭。"

想到姐姐会看到她哭得眼泪汪汪,她害怕了,便站起来。她忍住喉咙里满含的呜咽,把它咽了下去,咽到她的心里;这让她更加难过。她结结巴巴地说:

"是的……是的……结束了……没什么了……结束了……您瞧……看不出来了……是不是?……看不出来了。"

克里斯蒂亚娜用自己的手绢替她擦着面颊,然后也在自己的面颊上擦了擦。她对保尔说:

"您去看看他们在干什么?现在已经看不见他们了。他们消失在那些熔岩堆下面了。我呢,我陪着小姑娘,安慰她。"

布雷蒂尼站起来,声音颤抖地说:

"我这就去……我把他们找回来;不过,您的哥哥,我会找他算账的……就在今天……既然他那天跟我们那样说,他应该就自己的可耻行为给我一个解释。"

他顺着斜坡向火山口中心跑下去。

贡特朗拉着路易丝，使尽全力在陡峭的斜坡上把她向大洞推搡；然后，又拽住她，揪住她，让她喘不过气来，让她头昏眼花，让她害怕。她呢，被他推搡着，试图阻止他，断断续续地说：

"噢！别这么快……我要摔倒了……您疯了……我要摔倒了！……"

他们俩冲下来，到了那些熔岩堆旁；两个人都气喘吁吁的，在那里站了好一会儿。然后，他们围着熔岩堆转了一圈，看着宽阔的裂隙在下面形成的有两个出口的洞穴。

当火山生命熄灭，喷出这最后的泡沫时，不能再像从前那样把它向空中高高抛起，就把它吐出来，越积越厚，冷却一半时，就在垂死者的嘴唇上凝结。

贡特朗说：

"我们下到洞里去。"

他推着年轻姑娘在他前面走。进到洞里以后，他说：

"好啦，小姐，现在是向您宣布一件事的时候了。"

她目瞪口呆：

"宣布一件事……向我！"

237

"是呀,简单一句话:我觉得您可爱。"

"这句话您应该对我妹妹说。"

"噢!您很清楚,我是不会对您的妹妹说的。"

"算了吧!"

"嗨,如果您连这一点也不懂,那您就不是个女人!我以前对她献殷勤,是为了看您怎么想!……您对我会是什么脸色!结果您对我满脸愤怒!啊!我多么高兴!于是我就怀着最大的敬意,竭力向您表明了我对您的想法!……"

从来没有人跟她这样讲过话。她又害羞又高兴,心里充满了喜悦和骄傲。

贡特朗接着说:

"我知道,我对您妹妹做的很不光彩。也罢!她呢,也并没有信以为真,那就好。您看见了,她留在山坡上了,她不愿意跟我们一起下来……哈!这说明她已经明白了,她已经明白了!……"

他握住路易丝·奥利沃一只手,轻轻地、多情地吻着她的手指头,低声说:

"您真可爱!您真可爱!"

她背靠着熔岩壁,听着自己的心在剧烈地跳动,一句话也不说。思想,唯一在她紊乱的头脑里浮动的思想,是胜利:她战胜了她的妹妹。

但是,洞的入口出现了一个人影。保尔·布雷蒂尼在看他们。贡特朗十分泰然地把捧在嘴唇边的她的小手放下来,说:

"噢!你来了……只有你一个人吗?"

"是呀。看到你们在下面不见了,大家都很奇怪。"

"好吧!我们回去吧,亲爱的。我们正在看这个洞。是不是很有趣?"

路易丝脸红到耳根,第一个走出洞,开始往坡上爬;两个年轻男人跟在后面,低声说着话。

克里斯蒂亚娜和夏洛特手拉着手,看着他们走过来,等着他们。

他们回到马车那里。侯爵仍然待在那儿。"挪亚方舟"又启动,返回昂瓦尔。

突然,马车在一个小松树林中间停下来,马车夫破口骂起来;原来是一条死了的老驴挡住去路。

大家都想看看这条死驴,便下了车。它横躺在浅黑色的尘土里,而它本身是深暗色的;它是那么瘦,被突起的骨头磨损的皮似乎就要被戳破,如果这畜生还没有断最后一口气。整个肋部的骨架都在虫蛀的毛皮下面勾画出来,脑袋显得非常大,可怜的脑袋闭着眼睛,搁在碎石头铺成的床上,显得那么安宁,那么镇静,似乎能获得这新的休息,它既感到幸福,又感到意外。它的变软了的大耳朵,像破布片似的耷拉着。膝盖上的两个带血的伤口说明它经常摔倒,甚至就在这一天,在最后一次跌倒以前,还摔过;腹部的另一个伤口表明,那是主人年复一年,为了加快它沉重的脚步,用固定在棍子顶端的铁头刺它的地方。

"挪亚方舟"的车夫抓住死驴的两条后腿,把它拖到沟边;它的脖子被拉得老长,仿佛还要嘶鸣,发出它最后的哀嚎。车夫把它拖到了草地上以后,还气愤地嘀咕道:"真可恶,把它丢在马路中间。"

其他人都没有说话;大家又登上马车。

目睹这动物的可怜生命就这样在路边结束,克里斯蒂亚娜非常伤心,震惊不已:它原是一头欢快的小驴,大脑袋上两只眼睛闪亮、滑稽而又温顺,毛皮厚厚的,耳朵高高的,在母亲的腿中间自由地蹦蹦跳跳;随后,是第一次拉车,第一次爬坡,第一次挨打!接着,接着是在没有尽头的大路上不停地艰难奔走!挨打!挨打!拉着不堪的重负,顶着炙热的太阳,吃的却是一点麦秸、一点牧草、一点树枝,沿途的绿色牧场只是苦难历程中可望而不可即的诱惑。

再后来,上年纪了,安了铁头的木棍代替了软鞭,疲惫、气喘、累得半死的悲惨的受难者仍然拉着过重的负载,它四肢疼痛难忍,像乞丐的破衣一样磨损的衰老的身体疼痛难挨。最后,就是死亡,在离沟边草地三步远的地方解脱般的死亡;一个过路人为了清除路上的障碍,咒骂着,把它拖到沟边。

克里斯蒂亚娜第一次了解到奴隶们的苦难;死亡,也向她显示出有时可能是一件很好的事。

他们突然超过一辆板车,一个几乎赤背的男人、一个破衣烂衫的女人,带着一只精瘦的狗,筋疲力尽地拉着这辆车。

只见这两个人汗淋淋的,气喘吁吁;那条狗伸着舌头,皮包骨头,浑身疥疮,拴在车轮之间;板车上装着从各处捡来的,也许是偷来的木头、树根、树墩,以及折断的枝柴,下面似乎还掩藏着别的东西;此外,在这些枝柴上放着一些破衣裳,破衣上有个孩子,只有一个小脑袋从灰突突的破布堆里伸出来,像一个有鼻子有眼睛有嘴的圆球!

尽管这样,这也是一个家庭,一个人类的家庭!驴已经累死了;男人不但不同情那个死去的苦力,甚至没有把它推到车辙外面,而是把它撂在路中间,任后来的车碾压。然后,他和他的女人在空辕里驾起车,两个人拉起来,就像刚才那头驴拉车一样。他们走呀走!去哪儿?去做什么?他们有钱吗,哪怕是几个苏?这辆板车……难道他们就永远自己拉,不能再买一头牲口?他们将来靠什么生活呢?他们拉到哪里为止?他们也许会像他们的驴一样死掉。

这两个穷苦人,他们是夫妻吗?或者仅仅是同居?他们的孩子,那个藏在肮脏的破衣裳里的还未定形的小东西,将来会像他们一样当牛做马吗?

克里斯蒂亚娜思索着这一切,一些新的东西霍地出现在她惊恐的心灵深处,她终于看见了穷人们的苦难。

贡特朗突然说:

"不知道为什么,但是我觉得,如果今晚我们一起去英国人咖啡馆①吃晚饭,一定会很有味道。我一看到林荫大道就高兴。"

侯爵小声说:

---

① 英国人咖啡馆:巴黎的一家著名餐馆,位于意大利人林荫大道和马利沃街的转角,开业于一八〇二年,结业于一九一三年,巴尔扎克、斯丹达尔、大仲马均曾光顾,巴尔扎克在《高老头》、福楼拜在《情感教育》、普鲁斯特在《追忆逝水年华》、莫泊桑在其小说中均有涉及。

"算了吧！我们在这里就很好。新旅馆比老的强多了。"

说话间，他们路过图尔诺维尔。克里斯蒂亚娜认出了那棵栗树，那桩往事的回忆让她的心怦怦直跳。她看了保尔一眼；保尔已经闭上了眼睛，根本看不见她这谦卑的呼唤。

不久，他们远远看见马车前面有两个男人，两个劳动回来的种植葡萄的人，肩上扛着锄子，迈着工人疲乏的大步。

两个奥利沃小姐脸红到耳根。那正是她们的父亲和哥哥，像往常一样从葡萄园干活回来。他们整天在让他们致富的土地上流汗，弯着腰，屁股迎着太阳，从早到晚翻着土地。与此同时，他们漂亮的礼服叠得整整齐齐放在五斗橱里，大礼帽搁在衣橱里。

两个农民露出友好的微笑，向他们打招呼。马车里的人都一边挥手，一边祝他们晚安。

回到旅馆，贡特朗下了"挪亚方舟"，就要上山去娱乐场。布雷蒂尼陪他一起去；走了几步，他就让贡特朗停下，说：

"听着，亲爱的，你做的可不好，我答应你妹妹要跟你谈一谈。"

"跟我谈什么？"

"谈你几天以来的做法。"

贡特朗已经摆出一副蛮不讲理的样子。

"做法？对谁？"

"对那个你卑劣地抛弃的小姑娘。"

"你觉得？"

"是的，我觉得……而且我这么觉得是有理的。"

"嘿！现在，你在抛弃的问题上变得很慎重啊。"

"喂，这里关系的不是一个下贱的女人，而是一个年轻姑娘。"

"我很清楚，所以我并没有跟她睡觉。这是很不一样的。"

他们又肩并肩走起来。贡特朗的态度很让保尔恼火,他又说:
"如果我不是你的朋友,我会对你说得很不客气。"
"而我呢,若不是朋友,我根本不会允许你说这些话。"
"喂,你听着,亲爱的,这个小女孩让我可怜。她哭得那么伤心。"
"噢!她哭了吗?哈,我为此而骄傲!"
"算了吧,别开玩笑了。你到底打算怎么做?"
"我?什么也不打算做。"
"那可不行,你追求过她,而且几乎带坏了她。那一天你对我们,对你妹妹和我说,你要娶她……"

贡特朗站住了,用带着威胁的嘲讽语调说:
"我妹妹和你最好不要操心别人的风流事。我的确跟你们说过这个姑娘挺让我喜欢,如果我娶了她,我就是做了一件聪明理智的事。如此而已。可是今天,那个姐姐更让我喜欢!我改主意了。谁都会遇到这样的事。"

说罢,他正面瞪着保尔:
"你是怎么做的,当一个女人不再让你喜欢?你会怜惜她吗?"

保尔·布雷蒂尼被问了个措手不及,在竭力揣测他这番话的深层含意,弄清他这些话里掩藏着什么意思。他也有点火了,激动地说:

"我再说一遍,这关系到的不是一个轻佻的女孩,也不是一个已婚的女人,而是一个你欺骗了的小姑娘,即便不是通过许诺,至少也是通过你的举止。你听见了吗?你这样做,既不是一个多情的男人,也不是一个正派的男人!……"

贡特朗脸色煞白,语气强硬地打断他的话:

243

"住口吧!……你说得太多了……我也听得太多了……现在轮到我说了,如果我不是你的朋友,我……我会让你看到我的好脾气也是有限度的。我再说一句,我们之间算完了,永远完了。"

然后,他一边慢慢地字斟句酌,一边冲着保尔的脸慷慨激昂地说:

"我没有什么要向你解释的……倒是我可以要求你解释……那跟多情的人无关,也跟正直的人无关,那是一种道德不高尚……它可以有很多形式……友谊也许应该保护一些人……而爱情不会原谅……"

他突然改变了语调,几乎是开玩笑地说:

"至于那个小夏洛特,如果她让你心软,如果她让你喜欢,你就收了她,娶了她吧。身处困境的情况下,结婚往往倒是一个解决的方法。这既是一个解决方法,又是一座要塞,可以在里面构筑街垒,抵御顽强的绝望……小夏洛特又漂亮又富有!……你最好还是以这桩意外事件收场!……如果我们同一天在这里结婚,那才有趣呢!……因为我一定会娶那个大的。我这是私下里跟你说,你暂且不要外传……不过你绝不要忘记,你,你比任何人都无权谈论什么爱情的诚实和感情的认真。现在,回去管你自己的事吧。我去办我的事了。晚安!"

他突然转到另一条路上,向村庄的方向走下去。保尔·布雷蒂尼的心在犹疑,头脑混乱,迈着缓慢的脚步走回奥利沃山旅馆。

他在竭力回忆和理解贡特朗说的每一句话,确定它们的含意;他感到惊讶,某些人的灵魂里竟会掩藏着如此不可告人和可耻的隐秘反转。

克里斯蒂亚娜问他:

"贡特朗怎么回答您?"

他结结巴巴地说：

"见鬼，现在……他……他更喜欢那个大的。我甚至相信他会娶她……面对我有点严厉的责怪，他竟然用一些……针对我们俩的……令人不安的暗示来封我的嘴。"

克里斯蒂亚娜瘫倒在椅子上，一面喃喃地说：

"啊！我的天！……我的天！……"

这时贡特朗正好走进来，因为吃晚饭的钟声刚刚响过；他愉快地吻过她的额头，问：

"喂，小妹妹，你好吗？你不是太累了吧？"

接着，他跟保尔握手，转过身问跟在他后面的昂代尔马特：

"请告诉我，像珍珠一样可贵的妹夫、丈夫和朋友，你能准确地告诉我，死在路上的那头老驴值多少钱吗？"

第 四 章

昂代尔马特和拉托纳医生在娱乐场前面装饰着仿大理石花盆的露台上散步。

谈到同行波纳菲尔医生,拉托纳医生说:"他现在甚至连招呼也不跟我打了。他就待在那里,在他的窝里,像一只野猪一样。我相信,倘若他有机会,他甚至可能在我们的泉眼里下毒。"

昂代尔马特两只手背在身后,把礼帽,一个灰毡圆顶小礼帽,推到后脑勺上,似乎故意让人知道他秃顶,在深深地思考。他终于说话了:

"再撑不过三个月,那个公司就要举手投降。我们大约用一万法郎就能把它拿下来。现在就是这个倒霉的波纳菲尔在挑唆他们抵制我,叫他们相信我一定会让步。可是他错了。"

新督察又说:

"您知道吧,他们昨天已经把他们那个娱乐场关了。他们已经一个顾客也没有了。"

"是的,我知道,可是我们这里的顾客也还不够多。顾客待在旅馆里的时间太长;而老待在旅馆里会感到厌倦,亲爱的朋友。必须让浴客开心,给他们解闷,让他们感到来一个季度还太短。我们奥利沃山旅馆的客人每天晚上都去娱乐场,因为他们离得很近,但是其他地方的客人就会犹豫，就会留在住处。没有别的，归根到底是个道路的问题。成功与否，往往就取决于一些难以觉察的原因，应该善于发现这些原因。通往一个娱乐场所的道路，本身就应该是一种乐趣，是马上就要享受到的乐趣的开始。

"然而，到这儿来的路都很糟糕，全是石头，非常坚硬，走起来很累人。如果通往人们隐约有意去的某个地方的路又柔软又宽阔，白天有树木遮阴，晚上走起来很平缓，也不费力，人们肯定会选择走这条路，而不是别的路。您一定要知道，有许许多多的事情，头脑没有劳神记下来，身体却记得清清楚楚！我想动物的记忆就是这样完成的！您以前去某个地方的时候晒得太热，走在凸凹不平的石块上脚磨得生疼，觉得一条上坡路很陡，即使您当时在想别的事情，您的身体却会对再去这个地方产生一种无法克制的反感。您走路的时候在和一个朋友聊天，根本没有发现有点轻微的厌倦，您什么也没看见，什么也没记下；但是您的两条腿，您的肌肉，您的肺，您的整个身体，它们没有忘记，它们对头脑说：'不，我不去，我受够了。'头脑听从载负着它的伙伴们的无声语言，没有争辩就服从了这抗议。

"所以，我们必须要修一些漂亮的道路，话又说回来，我必须得到那个像犟驴一样的老奥利沃的地。只好耐心等等了……噢！对了，马斯-鲁塞尔也买下了他那座木屋，价钱跟雷米索一样。这

247

固然是个小牺牲,但是我们会得到他更多的补偿。您尽量了解一下克洛什有没有意思买。"

"他一定会像那两位一样做的,"拉托纳医生说,"不过还有一件事,我已经想了好几天,是我们完全忽略了的;那就是气象报告。"

"什么气象报告?"

"巴黎几大报纸里的气象报告!这个东西,是必不可少的!一个温泉站的气候,必须比周围的竞争对手好,变化不大,始终比较稳定。您要在各家主要报刊都订一份气象报告通报,而我呢,我每天晚上都用电报给它们发一份我们这里的气候状况报告。我要通过所发的报告表明,我们这里经过确认的年平均温度高于周围最好的平均温度。现在,打开各大报纸,进入我们眼帘的第一件事,夏天,是维希、卢瓦亚、道尔山、沙泰尔-吉雍等处的气候,而冬季,是戛纳①、芒通②、尼斯③、圣拉法埃尔④的气候。这些地方,我的董事长,必须总是又温暖又晴朗,才能让巴黎人在心里对自己说:'见鬼!去那儿的人,他们真有运气!'"

昂代尔马特惊呼:

"太好了!您说的有道理。我怎么就没有想到这一点呢?我今天就办这件事。至于其他要办的事,您给德·拉尔纳尔和帕斯

---

① 戛纳:法国市镇,濒临地中海,位于今普罗旺斯-阿尔卑斯-蓝色海岸大区滨海阿尔卑斯省。
② 芒通:法国市镇,离法国和意大利边境不远,濒临地中海,位于今普罗旺斯-阿尔卑斯-蓝色海岸大区滨海阿尔卑斯省。
③ 尼斯:法国市镇,濒临地中海,今普罗旺斯-阿尔卑斯-蓝色海岸大区滨海阿尔卑斯省省会。
④ 圣拉法埃尔:法国市镇,濒临地中海,位于今普罗旺斯-阿尔卑斯-蓝色海岸大区瓦尔省。

卡利斯两位教授写信了吗？我希望能把这两个人也拉到这儿来。"

"亲爱的董事长,这两个人简直没法接近……除非……除非经过很多实验,他们能亲自证明我们的泉水品质优秀……跟他们打交道,您想提前……先斩后奏,用言语说服他们,那是绝对办不到的。"

他们从保尔和贡特朗面前走过,他们都是吃过午饭来喝咖啡的。其他的浴客正在陆续到来,尤其是一些男客,因为妇女离开饭桌以后,总会上楼去她们的房间里休息一两个小时。佩特吕斯·马尔泰尔在监督他那帮侍应生,同时用洪亮而深沉的声音叫喊："一杯莳萝利口酒,一杯优质白兰地,一杯茴香酒。"一小时以后,他将要用同样的声音指挥排练,给女主角定音。

昂代尔马特停下,跟两个年轻人谈了一会儿,然后又继续和督察并肩散步。

贡特朗叉着两条腿,叉着两只胳膊,仰坐在椅子上,后脑勺靠着椅背,眼睛望着天空,嘴里叼着雪茄吸着,沉醉在美满的幸福里。

他突然问保尔：

"待会儿,你可愿意去无忧谷①兜一圈？两个女孩子也去。"

保尔犹豫了一下,考虑了一会儿,说：

"好呀,我很愿意。"

然后,他接着问：

"你的事情进行得还好吗？"

"这还用说！哈哈！我已经抓住了她,现在,她想跑也跑

---

① 无忧谷：法国自然景区和旅游胜地,位于奥弗涅地区多姆山省沙泰尔-吉雍境内,利奥姆西北方。

不了。"

贡特朗如今已经把他的朋友当作知心人,每天都向他讲述自己的进展和成绩。他甚至邀请他作为同谋者,从旁参与他的约会,因为他已经非常巧妙地让路易丝·奥利沃答应跟他约会了几次。

原来,自从去尼瑞尔山游玩以后,克里斯蒂亚娜就不再出去游玩了,也不怎么出门,这一来,他们见面不像以前那么容易了。

他起初被妹妹的这种态度弄得很头痛,便想方设法摆脱这个尴尬的局面。

他是熟悉巴黎风尚的,在那里,女人都被本阶级的男人视为逐猎的野味,要有所斩获,绝非易事。以前,他用过很多心计去接近自己垂涎的女人,比任何人都更善于利用居间人,更善于发现乐于相助的好心人,而且能一眼就判断出那些有助于他实现目的的男人和女人。

自从突然失去克里斯蒂亚娜无意中的援助,贡特朗就在周围物色必要的联络人,用他的话说就是"软心肠",来取代他的妹妹。他的选择很快就落在奥诺拉医生的妻子身上。他选中她,有多方面的理由。首先,她的丈夫跟奥利沃一家联系很密切,二十年来一直是这家人的家庭医生。他看着这家的孩子们出生;他每个星期天都在他们家吃晚饭,每星期二都在自己家招待他们吃饭。他的又胖又老的妻子,称得上半个贵妇人,自命不凡,很容易被虚荣心征服,德·拉夫奈尔伯爵要她做什么,她必然效劳,何况伯爵的妹夫是奥利沃山浴所的大老板。

另外,贡特朗很了解拉皮条的人的特征,只看奥诺拉夫人在大街上走过,他就断定这个女人颇具天赋。她有干这一行的外形,而他想,如果一个人有干某一行的外形,就一定有干这一行的心灵。

于是,有一天,他送她的丈夫直到家门口,就顺便走进她的家。

他坐下,拉起家常,对夫人说了不少恭维话;吃晚饭的时间到了,他一边站起来,一边说:

"府上的味道很香啊,您的厨艺比旅馆里还好!"

奥诺拉夫人骄傲得简直膨胀了,结结巴巴地说:

"我的天呀!……伯爵先生……不知道我可以不可以……"

"您想说可以什么,亲爱的夫人?"

"请您分尝我们简单的便饭。"

"说实话……说实话……我会说遵命。"

医生很不安,小声说:

"可是我们什么也没准备,什么也没准备:蔬菜牛肉浓汤,牛排,仔鸡,就这些。"

贡特朗笑着说:

"对我来说,这就足够丰盛。我遵命了。"

他就在奥诺拉家吃晚饭了。胖女人站起来,从女仆手里夺过端来的菜,生怕她把汤汁洒在桌布上,尽管她丈夫很不安,这顿饭全由她亲自伺候。

伯爵称赞过她的厨艺、她的房子、她的好客,然后就告辞了,留下热情满腔、兴奋不已的女主人。

后来,他为了对这次招待表示感谢,又去拜访,又再次受到邀请。现在,他已经是奥诺拉夫人家的常客了。作为邻居和朋友,很多年以来,奥利沃家的两个女儿就随时可以到他们家来玩。

就这样,他经常一连几个小时和三个女人在一起度过,他对两个姑娘都很友好,不过随着时间的推移,他对路易丝的偏爱越来越显而易见。

自从他对夏洛特表现得殷勤,两姐妹间就产生的妒忌,现在已经变成姐姐方面的仇恨敌对和妹妹方面的鄙视之间的战争。路易丝虽然表面克制,其实在对贡特朗的保留和不满里添加了卖弄风情和迎合讨好,比对手以前所做的有过之而无不及,因为夏洛特以前所做的完全是出于自由欢快的天性。夏洛特的心受到了伤害,但是她把痛苦深埋在自尊心里,好像什么也没看见,什么也不明白,继续参加奥诺拉夫人家的聚会,表现出毫不在意的洒脱的态度。她不愿躲在家里不出来,怕别人以为她伤心了,流泪了,把位子拱手让给姐姐了。

贡特朗呢,他对自己的恶作剧十分自豪,没法藏在心里,忍不住要说给保尔听。保尔觉得很有趣,便开心一笑。自从这个伙伴说了那些含沙射影的话,他已经决心不干预他的事,而且经常在心里自问:"他是不是知道克里斯蒂亚娜和我的什么事?"

他太了解贡特朗了,不相信他会对自己妹妹的私情视而不见。既然如此,贡特朗为什么没有早一些向他表明他猜到或者知道了这件事呢?事实是有一种人,认为世上所有的女人都理当有一个甚至几个情夫,家庭只是一个互助团体,道德只是为掩饰自然赋予我们的多种情趣而必不可少的一种态度,上流社会的高洁只是为掩盖风流秽行而应有的门面,贡特朗就属于这种人。再说,他当初推动妹妹嫁给昂代尔马特,不也是怀着一种想法,即使不是很明确,至少是隐约的想法,认为这个犹太人将来可以承受全家人各种形式的盘剥吗?如果他不在妹夫的钱袋里捞钱,他甚至会瞧不起自己;同样,如果克里斯蒂亚娜始终忠于这个因门当户对、有利可图才嫁的丈夫,他也许会瞧不起她呢。

保尔想着这一切;这一切搅动着他这个随时准备临危退让的现代堂吉诃德的心灵。他此时对这个谜一般的朋友已经变得十分谨慎了。

所以，当贡特朗告诉他如何利用奥诺拉夫人的时候，布雷蒂尼笑了起来；过了不久，他甚至让他把自己也引介到这个女人家里，兴致勃勃地跟夏洛特聊起天来。

医生的妻子对旁人要她扮演的角色可谓尽心尽意，乐此不疲。就像巴黎的贵妇人们那样，五点钟刚到，她就献上茶，外加她亲手做的小点心。

保尔第一次走进这个家时，她就像接待老朋友一样款待他，请他坐下，不由分说，接过他脱下的礼帽，拿去放在壁炉台上的座钟旁。然后，她殷勤备至，张罗个不停，庞大身躯挺着肚子，从一个人面前走到另一个人面前，问：

"您可以吃个便饭吗？"

贡特朗不时地说句俏皮话，逗个乐，开怀大笑。有时，他在夏洛特紧张不安的目光下，把路易丝领到一个窗户旁边待一会儿。

奥诺拉夫人在和保尔聊天，用慈母般的口吻对他说：

"这些可爱的孩子，他们来这儿聊几分钟，这完全是纯洁无邪的事，是不是，布雷蒂尼先生？"

"嗯！很纯洁，夫人。"

他第二次再来的时候，她就亲热地叫他"保尔先生"，待他有点像好伙伴了。

后来，有一天，贡特朗带着嘲弄的意味，对他讲起奥诺拉夫人

如何对人百依百顺,说他前一天问她:

"您为什么从来不和两位小姐去无忧谷的那条路上散步?"

"我们要去的,伯爵先生,我们要去的。"

"明天,三点钟,比方说。"

"行,明天,三点钟,伯爵先生。"

"您太可爱了,奥诺拉夫人。"

"您尽管吩咐,伯爵先生。"

贡特朗向保尔解释道:

"你明白,在她家客厅里,当着妹妹的面,我不能对姐姐说一点要紧的话。但是在树林里,我和路易丝可以走在前面,或者落在后面,随便怎么都行!你愿意去吗?"

"好呀!我很愿意。"

"那我们就一块儿去。"

他们站起来,顺着大路慢慢走;然后,过了罗什普拉蒂埃尔,他们向左拐,穿过杂乱的灌木丛,下到绿荫浓密的山谷,越过一条小河,就坐在小路边等候。

三位女士很快就鱼贯走来,路易丝走在前面,奥诺拉夫人在最后。在这儿相遇,双方都好像很意外似的。

贡特朗大喊:

"嘿!到这里来,您的主意真好!"

医生的妻子回答:

"就是嘛,是我出的这个主意!"

他们便继续散步。

路易丝和贡特朗逐渐加快了脚步,走在前面,越来越远,小路一转弯,已经看不到他们了。

胖夫人喘着粗气,向他们远远投去宽容的目光,小声说:

"没什么!他们就是年轻,腿脚利索。我呢,我可跟不上他们。"

夏洛特大声说:

"等一等,我去叫住他们。"

她说着就往前冲去。医生的妻子拦住她:

"别妨碍他们,我的孩子,也许他们想谈谈心。打扰他们不好,他们自己会回来的。"

她在一棵松树荫下的草地上坐下,用手绢给自己扇着风。夏洛特向保尔伤感地望了一眼,仿佛在恳求和悲叹。

他明白了,说:

"好吧,小姐,让夫人在这儿休息,我们呢,我们去找您的姐姐。"

她激动地回答:

"啊,好呀,先生。"

奥诺拉夫人也没有任何异议:

"去吧,孩子们,去吧。我在这儿等你们。可别去的时间太长。"

他们俩便走了。他们起初走得很快,因为看不见那两个人,希望能赶上他们;后来,过了几分钟以后,他们想,路易丝和贡特朗想必穿过树林,不是向右就是向左拐了,夏洛特便用颤抖而又压抑的声音呼喊。没有人回答她。她嘀咕着:"噢!我的天,他们去哪

255

儿了?"

保尔感到那深深的怜悯之心,那在尼瑞尔火山口边感动过他的痛苦的恻隐之情,重又占据了他的身心。

他不知道对这个悲伤的女孩说什么才好。他有一股激情,一股强烈的慈父般的激情,要搂住她,把她抱在怀里,给她一点温暖和慰藉的东西。什么东西呢?她转身向四面探望,眼睛疯狂地在树枝中搜寻,倾听着一丝丝声响,一边结结巴巴地说:

"我想他们在这边……不,在那边……您什么也没听见吗?……"

"没有,小姐,我什么也没听见。最好还是在这里等他们……"

"啊!我的天呀……不行,一定要找到他们……"

他犹豫了片刻,然后对她低低地说:

"这很让您痛苦吗?"

她抬起头,用伤感的目光看了他一眼,开始聚集的泪水,被褐色长睫毛镶边的眼皮衔住,给眼珠蒙上了一层透明的水的薄云。她很想说话,但是她不能说,也不敢说;而她的难过、压抑、充满悲伤的心又那么需要倾吐。

他接着说:

"这么说,您真的很爱他……但是他不值得您爱,看开一些吧。"

她再也忍不住了,一边用两只手捂着眼睛,隐藏她的泪水,一边说:

"不……不……我不爱他……他……这么做实在太卑鄙……!他戏弄了我……这太卑鄙……这太可耻……不过,这毕竟还是让我痛苦……很痛苦……因为这很残酷……非常残酷……

唉！是啊……但是，最让我痛苦的是我的姐姐……我的姐姐……她也不爱我了……而且她……比他更可恶……我感觉得到，她不爱我了，一点也不爱我了……她现在恨我……以前我还有她……现在我谁也没有了……而我，我什么也没有做！……"

他只能看见她的耳朵和脖子，她的细嫩的脖子伸进连衣裙的领子里，在轻盈的绸子下伸向丰满的肌体。他被恻隐之心和怜爱之情深深感动了；每当一个异性触动了他的心灵，他总是被一种仗义尽忠的强烈愿望所激励，涌起这种温柔的感情。目睹这无辜、动人、天真、可爱得令人心痛的姑娘的苦难，他那像热情火箭一样易受触动的心灵，顿时变得激奋昂扬。

他不假思索地伸出手，就像爱抚、安慰孩子一样，靠近她的肩膀，从背后抚着她的腰。他立刻感到她的心在急促跳动，就像感到一只被捉住的鸟的小小的心脏在悸动。

这持续而急促的跳动，顺着他的胳膊上升，升向他的心房，他的心跳也加快了。他感到那迅速的咚咚声，通过肉体、肌肉和神经，从她传向他，两颗合成了一颗痛苦的心，经受着同样的痛苦、被同样的心悸拨动、分担着同样命运的心，就像用一根线远远地连着的时钟,一秒一秒地同步走着。

但是,她露出自己一直发红的脸,连忙擦了擦,说:

"我们走吧,我本不该跟您谈……我疯了。我们赶快回到奥诺拉夫人那儿去。请您忘记今天的事……您能答应我吗?"

"我答应您。"

她向他伸出手:

"我信任您。我相信您是很正直的,您!"

他们走回来。他托起她,迈过小河,就像去年他托起克里斯蒂亚娜那样。克里斯蒂亚娜!在热恋她的那些日子里,有多少次他和她一起从这条路经过。这变化让他吃惊,他想:"那段爱情多么短暂!"

夏洛特用一个手指点着他的胳膊,小声说:

"奥诺拉夫人睡着了,我们坐下,别弄出声音。"

奥诺拉夫人靠着松树干,手绢蒙着脸,两只手交叉在肚子上,果然在睡觉。他们在离她几步远的地方坐下,一声不吭,免得吵醒她。

树林里的寂静是那么深沉,在他们的心灵里变成难以承受的痛苦。除了在稍远的低处,水在石头间流淌的声音,什么也听不见;此外,就是那跑过的小动物发出的轻得听不见的战栗,那飞舞的苍蝇或者拨弄着枯叶的黑色大昆虫发出的难以捉摸的喧声。

路易丝和贡特朗去哪儿了呢?他们在做什么?突然,听到了他们在远处说话的声音;他们正在往回走。奥诺拉夫人醒了,诧异地说:

"嘿!你们已经回来了!我没有感觉到你们走近!……他们呢,你们找到他们了吗?"

保尔回答:

258

"他们在那边,就要到了。"

他们听出了贡特朗的笑声。这笑声让夏洛特心上不堪忍受的重压放了下来。她也说不清为什么。

很快,看得见他们了。贡特朗几乎在奔跑,拉着脸色通红的年轻姑娘的胳膊。他是那么急于讲述他的故事,还没有来到跟前,就说:

"你们知道我们遇到了谁?……我让你们猜一千次也猜不到……漂亮的马塞利医生和大名鼎鼎的克洛什教授的女儿,就像威勒说的,红发的漂亮寡妇……哈哈!不过他们在那儿……被我们看见了……你们明白吗?……被我们看见了……这个恶棍,他在拥吻她……哈哈!真是!……哈哈!真是!……"

面对这过分的高兴,奥诺拉夫人做了一个严肃的表情,说:

"噢!伯爵先生……您还是想想这两位小姐吧。"

贡特朗深深一鞠躬。

"亲爱的夫人,您提醒我庄重些,这太对了。您所有的灵感都好极了。"

接着,为了不一块儿回去,两个年轻人就向女士们告别,穿过树林走回来。

"怎么样?"保尔问。

"怎么样?我向她宣布我爱她,并且非常高兴能够娶她。"

"她说什么?"

她说得既可爱又谨慎:

"'这要由我父亲决定。我听他的。'"

"这么说,你要进行下去了?"

"我要立刻委托我的大使昂代尔马特向她正式求婚。如果老农民有点装腔作势,我就通过一个爆炸性的举动损坏这个女孩的名誉。"

昂代尔马特这时还在娱乐场的露台上和拉托纳医生谈话,贡特朗把他们分开,很快就原原本本把情况向妹夫做了介绍。

保尔向通往利奥姆的大路走去。他需要独自一人冷静一下;因为当我们遇到一个女人,就要爱上她时的那种整个思想和身体的躁动不宁,正弄得他心烦意乱。

一段时间以来,他就在不知不觉中感受到这个被抛弃的小姑娘的深入人心的清新魅力。他看得出她是那么可爱、那么善良、那么朴实、那么正直、那么天真。起初,他仅仅是被恻隐之心感动;女人的悲伤总能在我们心里引起这种温柔的恻隐之心。继而,随着常和她见面,他让这颗种子,这颗女性在我们身上迅速播下的小小的温情的种子,长大了,在他的心田里萌芽。现在,尤其是一个小时以来,他开始感到自己已经着迷了,这个女孩虽然不在身边,他却感到她须臾不离地存在。这感觉,就是爱情的最早征兆。

他在大路上走着,脑海里萦绕着对她的眼波的记忆,还有她说话的声音,她微笑时的酒窝和悲泣时泪水的遗痕,她举手投足的姿态,直至她的连衣裙的色彩和颤动。

他在心里对自己说:"我想,我是爱上她了。我还是有自知之明的。这,这很让人烦恼。也许我最好回巴黎。见鬼,她还是个小女孩啊。我总不能让她这样的小姑娘做我的情妇。"

然后,他就想象起她来,就像一年前他想象克里斯蒂亚娜一样。这个女孩,她和他认识的所有生长在城市里的女人大不相同,她甚至和从小受母辈的风雅娇媚或街市的妖冶风骚熏陶的姑娘们也不可同日而语。她丝毫没有为诱惑男人而养成的女人的矫揉造作,她的言语里没有丝毫的油滑,她的姿态里没有丝毫的俗套,她的目光里没有丝毫的虚假。

她不仅是一个崭新的纯洁的人，而且出自一个淳朴的家族，直到今天，在即将成为一个城市女人的时候，她仍然是个真正的土地的女儿。

　　在为她辩护的同时，他也逐渐振奋起来，反对在自己心里感到的模糊的抵抗。一些诗意小说中的人物形象，瓦尔特·司各特①、狄更斯②、乔治·桑③笔下的人物形象，在他的眼前闪过，更加刺激了他总是被女性鞭策的想象。

　　正像贡特朗所说的："保尔嘛！他是一匹背上驮着一个爱神的脱缰的马，当他把一个抛在地上的时候，另一个又跳到他身上。"

　　但是，布雷蒂尼发现夜晚来临。他已经走了很久。他便往回走。

　　经过新浴所前面的时候，他看见昂代尔马特和奥利沃父子在大步走来走去，测量葡萄园；从他们的手势，他猜想他们在激烈地讨论。

　　一个小时以后，威勒一面走进全家人都在的客厅，一面对侯爵说：

　　"亲爱的岳父，我向您宣布，贡特朗就要结婚了，再过六个星期，也许两个月，您的儿子贡特朗就要娶路易丝·奥利沃小姐了。"

---

① 瓦尔特·司各特(1771—1832)：英国小说家、诗人，主要作品有长诗《湖上夫人》，小说《威弗利》《艾凡赫》等。
② 查理·狄更斯(1812—1870)：英国作家，主要作品有《匹克威克外传》《大卫·科波菲尔》《双城记》等。
③ 乔治·桑(1804—1876)：法国女作家，主要作品有《木工小史》《小法岱特》《魔沼》等。

德·拉夫奈尔侯爵大吃一惊：

"贡特朗？您说什么？"

"我说，再过六个星期，也许两个月，只要您同意，他就要娶路易丝·奥利沃小姐了。她很快就会很富有的。"

侯爵听了，只简单地说：

"老天，只要他喜欢，我呢，我很愿意。"

于是，银行家便回叙了他和老农民交涉的过程。

原来，贡特朗告诉他路易丝一定会同意，他就当机立断，要立刻得到葡萄园主的赞同，而不给他留下筹划阴谋诡计的时间。

他当即跑到奥利沃家，发现老汉正在一张油渍麻花的纸片上，在掰着手指头做加减法的"大块头"的帮助下，费尽九牛二虎之力算他的账。

一坐下，他就说：

"我很乐于喝一杯您的好葡萄酒。"

等大个子雅克拿着几个酒杯和一满罐葡萄酒回来，他又问，路易丝小姐回来了没有；然后，他就请他们把她叫来。路易丝来到他面前，他站起来，一边对她深深鞠躬，一边说：

"小姐，此时此刻，您可以把我当成一个可以无话不谈的朋友吗？是的，对不对？好吧，我是受人之托来执行一项很微妙的使命。我的内兄，拉乌尔-奥里维埃-贡特朗·德·拉夫奈尔爱上了您，我很赞赏他的眼光，他委托我当着您家人的面问您，您是不是愿意做他的妻子。"

这突如其来的场面让她感到意外，她把惶惑的眼睛转向父亲。老奥利沃也大吃一惊，看了看儿子，他的日常顾问；"大块头"看了看昂代尔马特，后者相当傲慢地接着说：

"小姐，您要明白，我接受这项使命的时候，答应过我的内兄一定要立刻得到一个答复。他深知,他可能并不使您中意,在这种情况下,他明天就离开这个地方,永远不再回来。另外,我还知道,您对他有足够的了解,可以对我,一个纯粹的中间人,说:'我愿意。'或者说:'我不愿意。'"

她低下头,脸羞得通红,但是语气坚决,慢吞吞地说:

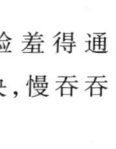

"我很愿意,先生。"

说罢,她就快步逃走,以至于在经过门口时碰到了门。

昂代尔马特于是又坐下,照乡下人的样子给自己斟了一杯葡萄酒,说:

"现在,我们就来详细谈谈事情吧。"

他甚至不容许有犹豫的可能,便直奔陪嫁问题,咬定了葡萄园主三个星期以前对他做过的声明。他估计,贡特朗的财富达三十万法郎,还有希望更多些;他暗示,如果像德·拉夫奈尔伯爵这样一个男人同意向奥利沃家的小姑娘求婚,虽然她也是个可爱的人,但是为了感激这份荣誉,家里毫无疑问也会做出一份金钱的牺牲。

农民有些猝不及防,更有些受宠若惊,几乎已经被解除了武装,但仍试图护住他的财产。争执了很长时间。不过昂代尔马特的一项声明,从一开始就注定了这场讨论会容易得多。

"我们不要求现金,也不要求有价证券,只要求一些土地。您已经向我指定过作为路易丝小姐陪嫁的那些地，还有其他几块地，我这就告诉您。"

不需要掏出现金！这些慢慢积攒起来，一个法郎一个法郎、一个苏一个苏地进了家的钱币；这些被手、钱袋、衣袋、咖啡馆的桌子、旧衣柜的深深的抽屉磨损了的白花花黄澄澄的可爱钱币；这些如同铿锵作响的故事一样，意味着那么多辛苦、忧虑、疲乏和劳作的钱币；这些和农民的心、眼和手指那么亲密，比母牛、葡萄园、田地和房屋还要可贵的钱币；这些有时比生命还难以牺牲的钱币，不会随着出嫁的女孩一起离去，这前景立刻给奥利沃父子的心带来莫大的平静和妥协的愿望，甚至让他们暗自欣喜。

然而，他们还是为多保留几块地争执了一番。昂代尔马特把奥利沃山的详细图纸摊在桌子上，把给路易丝的那一部分土地一块块打上叉号。为争取最后两方土地，他费了一个钟头的口舌。为了防止一方或另一方有任何变故，他们带着图纸前往现场，精细地认出打了叉号的每一块土地，又在图纸上重新做了记号。

但是，昂代尔马特还不放心，他怀疑下次会面时两个奥利沃会否认一部分同意割舍的土地，想要回几个葡萄园、几个对他的计划有用的角落；他在寻找一个实用而又可靠的方法，把他们的协议一劳永逸地固定下来。

他突然来了一个主意；他先是微微一笑，后来觉得这主意简直好极了，虽然有些荒唐。

"如果你们愿意，"他说，"我们去把这一切写下来，免得以后忘记，好吗？"

在他们回村庄的路上，昂代尔马特在一家烟草零售商前面停下来，买了两张印花契约纸。他知道，土地名单列在这些法定纸张上，在农民的眼里就代表了法律，永远看不见然而始终有威胁力的法律,由警察、罚款和监狱捍卫着的法律。

就这样,他在一张契约纸上写下,并且在另一张上面抄下如下字据:"根据贡特朗·德·拉夫奈尔伯爵和路易丝·奥利沃小姐互换之婚约,身为父亲的奥利沃先生自愿割舍以下列明之财产,作为给他女儿的陪嫁……"然后,使用市政当局地籍册上的编号,详详细细列出老奥利沃割舍的所有地块。

接着,他首先写下日期、签了名,又让老奥利沃签了名;根据老奥利沃的要求,他又写明了未婚夫的财产。诸事完毕,昂代尔马特的衣袋里装着契约,就离开老汉家,返回旅馆。

听了他的故事,大家都笑了,贡特朗笑得比其他人都响亮。

这时,侯爵非常庄重地对儿子说:

"我们两个人今晚一起去访问这一家人;我要亲自再次表达先由我的女婿表达的求婚的愿望,把这件事办得更正式些。"

第 五 章

贡特朗成了一个完美无缺的未婚夫,既可爱又勤力。他用昂代尔马特借给他的钱给所有人送礼;他经常去看路易丝,或者去她家,或者在奥诺拉夫人家。保尔现在几乎总陪着他,为的是能够见到夏洛特;可是每次访问以后,他又都决定再也不见她。

夏洛特已经勇敢地忍受了姐姐的婚姻,谈起这件事来甚至神情自若,尽量不显出心灵上还留下丝毫的痛苦。只不过她的性格似乎有点改变,变得更稳重,不再那么开朗了。贡特朗在一个角落里,用半高不低的声音跟路易丝说情话的时候,布雷蒂尼就在一旁郑重地和她交谈,任自己慢慢地被征服,任自己的心被这新的爱情像上涨的潮水一样淹没。他知道,但是任其自然,心想:"不要紧!到时候,我一逃了之,没什么。"离开夏洛特,他就去克里斯蒂亚娜那儿,她现在从早到晚躺在长沙发上。一进门,他就感到紧张,警觉起来,为应对由厌腻产生的小小争吵做好准备。她所说的一切,她所想的一切,事先已经注定会让他恼火;她的痛苦的表情、委屈的态度、责怪和乞求的目光,都让他愤怒的言语涌到嘴边,只不过起码的人情世故让他又咽了回去;尽管人在她身边,他心里保留的还是对那个刚刚分手的年轻姑娘的恒久记忆和固定形象。

因为现在很少看到他,克里斯蒂亚娜恓恓惶惶,总问他这些天

都在做什么,问东问西,弄得他不胜其烦。为了应付她,他编造出种种故事,而她便细心地听着,一边试图出其不意地考察他是不是想着某个别的女人。她深知无法挽留住这个男人,无法把折磨自己的爱情倾泻一点给他;她深知自己既不能再用肉体取悦于他、委身于他,也不能再通过抚爱征服他,既然她不能用缠绵的温情让他回心转意。这让她畏惧一切,而又不知道该把自己的恐惧固定在哪里。

她模糊地感到一种危险,一种说不清的大危险在自己头上盘旋。她凭空嫉妒,嫉妒一切,包括从她窗前经过而她认为可爱的女人,甚至不知道布雷蒂尼是否跟她们说过话。

她会问他:

"您是不是注意到一个很漂亮的女人,一个褐发女人,个子挺高,我不久前见到过的,大概是最近几天才到的?"

当他回答:"没有。我不认识。"她立刻怀疑他在撒谎,脸色变得煞白,接着说:

"您不可能没见过她,在我看来她漂亮极了。"

克里斯蒂亚娜执拗地这么说,让他很惊讶。

"我向您保证,我没见过她。我倒想要见一见了。"

她想:"肯定就是这个女人。"有些日子,她也深信他隐瞒和当地一个女人有私情,或者怀疑他从巴黎叫来一个情妇,也许就是他那个女演员。她向所有人,向他的父亲、哥哥和丈夫,打听他们在昂瓦尔认识的所有令人羡慕的年轻女人。

如果她走得动,能亲自寻找,能跟踪他,她还能稍稍放心一点;而现在,她必须保持几乎绝对的静止,这让她就像殉难者一样无法忍受。她和保尔说话的时候,连她声调里透露出的痛苦,都更加激起他心中对这已经结束的爱情的神经质厌烦。

除了谈贡特朗即将到来的婚礼,他再也不能和她心平气和地说话。谈这件事,他就有机会说出夏洛特的名字,并且深情地想念这个年轻的姑娘。听克里斯蒂亚娜一个音一个音地说这个名字,称赞这个小女孩的美貌和种种优点,为她抱怨,因为哥哥牺牲了她而感到遗憾,希望有一个好心的男人能够理解她、爱她、娶她,他甚至感到一种神秘、隐约、不可解释的愉悦。

他说:

"唉!真的,贡特朗做了一件蠢事。这个女孩非常可爱。"

克里斯蒂亚娜没有起疑心,重复道:

"非常可爱。简直是一颗珍珠!一个完美无缺的女孩!"

她从来也没有想过,像保尔这样一个男人会爱上一个小女孩,会有一天和她结婚。她只害怕他的那些情妇。

由于一种荒诞的心理现象,对夏洛特的赞扬,从克里斯蒂亚娜的嘴里说出来,在保尔看来就具有极高的价值,会刺激他的爱,鞭策他的欲望,赋予这年轻姑娘不可抗拒的魅力。

不过有一天,他和贡特朗走进奥诺拉夫人家和奥利沃姐妹见面的时候,发现马塞利医生泰然地坐在那里,就像在自己家里一样。

漂亮医生向两个年轻人伸出双手,带着意大利式的微笑,似乎要把整个心都随着每一句话每一个动作献给你。

贡特朗和他虽然熟识,但也只是肤浅之交,友情里更多的是潜在的一致、隐藏的类似和本能的默契,而非真正的好感和信任。

伯爵问:

"您在无忧谷树林里的那个金发美人好吗?"

意大利人微微一笑:

"不谈她了!我们现在的关系已经很冷淡。有些女人,一切都可以拿出来,但是什么也不给,她就是这样的人。"

他们便聊起来。漂亮医生对两位年轻姑娘,特别是对夏洛特,大献殷勤。在和女人谈话的时候,他的声音、姿势和目光里流露出一种永恒的崇拜,他的整个人从头到脚似乎都在对她们说:"我爱您!"态度是那么令人信服,足以万无一失地赢得她们的芳心。

他有着女演员的娴雅气质,女舞者的轻盈姿态,魔术师的柔软动作,总之,自然的或故作的诱惑技能,他都能持续不断地运用。

在和贡特朗回旅馆的路上,保尔满腹牢骚地大声说:

"这个江湖医生到这家来干什么?"

伯爵从容不迫地说:

"谁知道呢?这些冒险家的事,你永远没法搞清楚!这些家伙到处乱窜,这个家伙也许厌倦了他的漂泊生涯,便跑去听那个西班牙女主人的差使,与其说是她的医生,不如说是她的奴仆,也许还不止于此。可是他一直在寻找。克洛什教授的女儿是个很好的猎物,不过据他说,他失败了。在他看来,奥利沃家的小女儿的价值也不差。他正在尝试,在试探,在观察,在摸底。如果成功,他就会变成温泉的共同所有人,可以设法扳倒这个愚蠢的拉托纳,至少,每年夏天在这里可以为自己招徕一批高贵的冬季顾客……肯定!这就是他的计划,哼!……毫无疑问。"

一股深沉的怒气、嫉妒的敌意,在保尔心里醒来。

一个人在叫喊:"喂!喂!"是马塞利赶上了他们。

布雷蒂尼带着挑战的讽刺口吻问他:

"医生,您跑这么快是去哪儿?您好像是在追逐财富?"

意大利人微微一笑,没有停下来,而是往后轻轻跳了一步,用一个小丑似的麻利动作,把两只手插进两个口袋,然后立即把它们翻出来,用两个手指捏着缝合的底边,让人看两个口袋都是空的,接着说:"可惜,我还没有把它抓到。"

说罢,他用鞋尖做了一个潇洒的原地旋转,像有急事要办似的,一溜烟地走了。

接下来的几天,他们又在奥诺拉医生家里见到他好几次。他在那里通过无数细小可爱的服务,运用他无疑在公爵夫人那儿用过的同样的灵巧,为三个女人效劳。从说恭维话到发表冗长的演说,他都能做得尽善尽美。此外,他还是个出色的厨师,为了避免油污,系着一条女仆的蓝色围裙,戴着一顶大厨的纸帽,用意大利语唱着那不勒斯民歌,风趣地做着厨房的杂活,一点儿也不显得荒唐。他把所有人都逗乐了、吸引了,直到愚笨的女仆,只听她惊叹:"天哪!老天爷!"

他的图谋很快就昭然若揭,保尔再也不怀疑,他在设法让夏洛特爱他。

他似乎很成功。为了讨她喜欢,他那么会奉承,那么殷勤,那么八面玲珑,以致年轻姑娘远远看见他,脸上就露出打心眼里高兴的神情。

保尔呢,甚至还没有弄清楚要怎么办,就采取了一个情敌的态度,摆出了一副竞争者的架势。一看到医生和夏洛特在一起,他就走过来,而且以他一贯的更直接的方式,极力争取年轻姑娘的好感。他表现得突如其来地温柔,又友爱,又忠诚;他用直率得随便、让人觉察不出是爱情表示的语调,反复对她说:"我很爱您,放心吧!"

马塞利被这意想不到的敌对弄得十分惊讶,便施展出自己的一切手段。嫉妒心是天生的,男人在所有女人身边,即使还没有爱上她,只是对她有好感,也会被这种嫉妒心缠住。当布雷蒂尼备受嫉妒心折磨的时候,当性情暴躁的他变得盛气凌人、傲慢无礼的时候,意大利医生总是更加柔软,能控制住自己的情绪,用细腻、尖刻、巧妙和嘲讽的恭维话回敬他。

这成了一场每日都在进行的战斗,也许没有任何一方有事先制订好的计划,但双方都十分顽强,双方都绝不退让,就像两只咬住同一只猎物的狗。

夏洛特又恢复了她的好心情,但是怀着更尖锐的狡黠,带着一种不可言说的东西,微笑和目光里少了一些诚挚。似乎贡特朗的脱逃教训了她,让她学会了应对可能的失望,她变得机灵了,她把自己武装起来了。她以灵活机智的方式在这两个钟情人之间周旋,对每个人都说应该说的话,绝不让他们彼此冲突;绝不让一个人猜想,她爱这个胜于爱那个;她在这个人面前讥讽几句那个人,在那个人面前讥讽几句这个人,让他们进行平等的较量,甚至不显出在认真对待他们中的任何人。不过她这一切都做得很简单,像

个寄宿生,而不像卖弄风情的女人;带着小姑娘幼稚的神情,有时让他们更难以抵抗。

但是,马塞利好像突然占了上风。他好像变得和她更为知心,仿佛他们之间订立了一个秘密协定。跟她说话的时候,他轻轻地玩弄她的小阳伞,摸弄她的连衣裙的缎带,在保尔看来这就如同一个精神占有的行动,气得他真想扇意大利人一个嘴巴。

不过,有一天,在老奥利沃家,布雷蒂尼一边在跟路易丝和贡特朗聊天,一边用目光监视着跟夏洛特低声说话的马塞利;马塞利说了些引她发笑的事,她突然脸红了,表情是那么慌乱,毫无疑问,这个家伙在说情话;她低下头,不再微笑,但是始终在听。保尔感到自己马上就要发作了,对贡特朗说:

"我求你,跟我出去五分钟。"

伯爵对未婚妻说声对不起,就随他的朋友走出去。

他们一走到大街上,保尔就嚷道:

"我的朋友,一定要不惜一切代价,阻止这个可恶的意大利人引诱那个对他毫无防备的孩子。"

"你要我怎么办?"

"你要告诉她,他是个冒险家。"

"喂,朋友,这些事和我无关。"

"无论怎么说,她即将是你的小姨子。"

"不错。可是根本没有任何东西能向我证明马塞利对她有不轨的意图。他跟所有的女人都是这么多情,他从来没有做过任何不当的事,说过任何不当的话。"

"好吧,既然你不愿意承担这件事,那么我就来执行吧,虽然这和我的关系肯定没有和你的关系大。"

"这么说,你爱上夏洛特了?"

"我?……不……但是这个恶棍玩的把戏,我看得很清楚。"

"朋友,这样,你就介入一些微妙的事情里了……除非你爱夏洛特……"

"不,我不爱她……但是我要赶走这个来路不明的外国流氓,就是这么回事。"

"我可以问你,你打算怎么做吗?"

"扇这个恶棍耳光。"

"干得好,要让她爱他,这是最好的方法了。你们去打架吧,不是他把你打伤,就是你把他打伤,在她的心目中,他都会成为一个英雄。"

"那你说怎么办?"

"处在你的地位?"

"处在我的地位。"

"我会像朋友一样跟小姑娘说话。她对你是很信任的。既然如此,我就三言两语简单地告诉她,社会上那些招摇撞骗的家伙是什么样子。这些事你是很会说的,你有热情。我会让她明白:第一,他为什么攀附那个西班牙女人;第二,为什么他曾经试图追求克洛什教授的女儿;第三,为什么这次冒险没有成功,作为最后一招,他就竭力征服夏洛特·奥利沃小姐。"

"为什么你不这么做呢,你,就要成为她的姐夫了?"

"因为……因为……由于我和她之间曾经发生的事……不多说了……总之我不能。"

"有道理。那么,我去对她说。"

"我立刻去为你安排一个密谈的机会,好吗?"

"当然啰,还用说?"

"好吧,你去溜达十分钟,我去把路易丝和马塞利诓出来,你回来就可以单独和她谈了。"

保尔·布雷蒂尼一边向昂瓦尔谷口那边走,一边寻思着如何开始这场艰难的谈话。

回来时,他果然看到夏洛特一个人,在父亲那间用石灰粉刷的冷清的客厅里;他便在她旁边坐下,对她说:

"小姐,是我请求贡特朗为我提供这个跟您单独谈话的机会的。"

她用明亮的目光看了他一眼:

"哦,为什么?"

"啊!不是为了对您说那些意大利式的庸俗无聊的恭维话,而是为了像朋友一样,像必须给您一个忠告的忠诚的朋友一样,和您谈谈。"

"那就请说吧。"

他由远及近,从自己有经验和她缺乏经验开始,慢慢地谈到那些冒险家,话说得谨慎,但是明确。他告诉她,这些人到处寻找财富,以专业的巧妙手法诈骗所有天真善良的人,不管是男人还是女人,诈骗他们的金钱和感情。

她的脸色变得有点苍白,全神贯注地认真听着他的话。

她问:

"您说的话我似懂非懂。您在说某个人,可是,在说谁呢?"

"我在说马塞利医生。"

她听了,低下头,好一会儿没有回答,然后,才迟迟疑疑地说:

"您这么坦率,我也会像您一样做。自从……自从……自从我姐姐订婚以后,我已经变得不那么……不那么傻了!实际上,您跟我说的情况,我已经猜到一些……我看到他来,只是暗自觉得好笑。"

她已经抬起脸。在她的微笑里,在她精明的目光里,在她翘起的小鼻子里,在她唇间微露的牙齿的湿润而闪亮的光彩里,透出那么多诚挚的美、愉快的狡黠和可爱的顽皮。布雷蒂尼突然来了一股猛烈的冲动,狂热的激情把他抛在这最后的爱人脚下。他的心欣喜若狂,因为她并不偏爱马塞利。这么说,他,他胜利了!

他问:

"那么,您并不爱他?"

"谁?马塞利?"

"是呀。"

她看了他一眼,目光是那么悲伤,让他一阵心慌。他用恳求的声音说:

"难道……您……谁也不爱?"

她垂下眼睛,回答:

"我也不知道……我爱真心爱我的人。"

他猛地抓住年轻姑娘的两只手,疯狂地吻着;在这情不自禁的瞬间,他的头脑已经疯狂,唇间说出的话更多的是来自激动的肉体,而不是发自已经迷乱的精神了。他结结巴巴地说:

"我!我爱您,我的小夏洛特,我,我爱您!"

她很快抽出一只手,放在他的嘴上,小声说:

"别说了……我求您了,别说了!……倘若这又是一个谎言,对我造成的伤害就太大了。"

她挺直身子;他站起来,把她搂在怀里,忘乎所以地吻着她。

突然,一个声音让他们分开;老奥利沃走进来,愤怒地看着他们,接着,大声嚷道:

"啊,畜生!啊,畜生!……啊,畜生!……浑蛋的……!"

夏洛特已经逃走;两个男人面对面。

难堪了几秒钟以后,保尔试图解释:

"天呀……先生……我的行为……真的……就像个……"

但是,老汉并不听他说话,愤怒,疯狂的愤怒,已经控制了他,他向布雷蒂尼逼进一步,攥着拳头,重复着:

"啊!浑蛋的畜生……"

两人近得鼻子对着鼻子,老汉用两只农民的关节粗大的手抓住保尔的衣领。但是,保尔也很高大,而且因为经常做体育运动更有力量,一把推开奥弗涅人的束缚,并把他抵在墙边:

"您听着,奥利沃大叔,我们没必要打架,应该互相理解。我吻了您的女儿,这是真的……我向您发誓,这是第一次……我也向您发誓,我要娶她。"

老人身体里的火气在对手的反击下已经降了下来,但他的怒气一点也没有平息,他仍然嘟嘟哝哝地说:

"啊!就是么!你来偷我的闺女,想要她的钱。骗人的畜生……"

他心里的一切怨气化成了许多伤心的话,一股脑儿倾吐出来;答应给大女儿的陪嫁,落到巴黎人手里的葡萄园,让他至今耿耿于怀。他现在怀疑贡特朗贫穷,昂代尔马特奸诈,却忘掉这位银行家给他带来的意想不到的财富。他把对这些让他再也不能睡安稳觉的坏蛋的恼怒和怨恨,尽情发泄出来。

就好像昂代尔马特,他的家庭和他的朋友们,每天夜里都来他家翻箱倒柜,偷他的东西,偷他的土地,偷他的矿泉和他的女儿。

他把怨气全都喷在保尔的脸上,指控他也想骗他的财产,是个骗子,为了得到他的田地而来引诱夏洛特。

保尔呢,很快就失去耐心了,冲着他的鼻子大喊:

"可是我比您有钱,见鬼,老毛驴。不就是钱的事吗,我将来会给您的……"

老人住口了,虽然还将信将疑,但是注意起来了。过了一会儿,他用缓和下来的声音,又开始指责。

现在,保尔在回答,在解释;他感到被这意外的事件捆住了,而自己责无旁贷,于是提议娶夏洛特,并且不要任何陪嫁。

老奥利沃摇着脑袋和耳朵,让他再说一遍。他不明白。在他看来,保尔又是一个一文不名的家伙,一个隐形的穷光蛋。

布雷蒂尼气急败坏,冲着他的鼻子吼叫:

"我一年有不止十二万法郎的利息,老傻瓜。您听见了没有?……就是有三百万法郎的资产!"

对方大声问:

"您能写在纸上吗?"

"当然可以,我能写在纸上。"

"您能签字吗?"

"我当然能签字。"

"在公证用的纸上?"

"当然可以,在公证用的纸上!"

于是,老人站起来,从大衣柜里取出两张带国家印记的空白纸,一边回想着几天前昂代尔马特强迫他做出的保证,起草了一份荒唐的结婚承诺书,说明未婚夫确实有三百万法郎资产,然后布雷蒂尼不得不在下面签了字。

保尔又走到外面的时候,觉得地球好像不再向同一个方向旋转。这么说,在他不情愿、她也不情愿的情况下,由于一个偶发事件,由于这事件鬼使神差地堵塞了所有的出路,他成了未婚夫。他嘀咕着:"多么疯狂的事!"继而,他又想:"也罢!或许天底下我都找不到更好的姑娘了。"落进这命运的陷阱,他打心底里感到快乐。

第 六 章

第二天白天对昂代尔马特来说开始得很糟糕。走到浴所的时候,他得知奥波利-帕斯德先生夜里在大光明旅馆因脑出血去世。这位工程师有丰富的知识、无私的热情,热爱奥利沃山温泉站犹如自己的女儿,是个对他很有用处的人;此外,令人十分遗憾的是,一个为了预防脑出血而来的病人,竟然在大力治疗期间,在最佳的季节,在新生的温泉城初获成功之际,偏偏因为这个病而死亡。

督察不在,银行家在他的诊室里心烦意乱地来回走着,寻思着怎样把这件不幸的事归咎于其他的原因,构想着一次意外事故,一次失足跌跤,一个不慎动作,或者一个动脉瘤破裂。他焦急地等候拉托纳医生到来,以便对死亡情况做一个巧妙的认定,免得人们对这桩意外事件的起因产生任何怀疑。

医务督察急匆匆地走进来,脸色苍白,神情紧张,一进门就问:

"您知道那个不幸的消息了吧?"

"知道了,奥波利-帕斯德先生死了。"

"不,不,马塞利医生带着克洛什教授的女儿逃跑了。"

昂代尔马特浑身打了个寒战。

"怎么?……您说……"

"噢！亲爱的董事长,这真是一件可怕的灾难,一件天塌地陷的大事……"

他坐下,擦了擦脑门,然后就讲起他从佩特吕斯·马尔泰尔那里听到的情况来,而佩特吕斯又是刚刚直接从教授先生的贴身仆人那里得知的。

马塞利这家伙风风火火地追求过那个漂亮的红发寡妇,一个不知餍足的风流女人,一个放荡不羁的女人,她的丈夫就是因为他们结合得过于甜蜜,得了肺痨病死的,有人这么说。不过,克洛什先生看破了意大利医生的企图,绝不愿这个冒险家做他的二婚女婿,就在这意大利人跪在女儿膝边的时候抓住了他,毅然决然地把他赶了出去。

可是,马塞利从大门出去,很快就顺着情人们的软梯子从窗口爬了回来。外面流传着两种说法。根据第一种说法,他让教授的女儿迷恋和嫉妒到了发狂的程度;第二种说法是,他继续秘密地来看她,但是表面上却钟情于另一个女人,最后从情妇那里知道教授始终不肯让步,他当夜就把她拐走,想通过制造丑闻,让这桩婚事不成也得成。

拉托纳医生又站起来,背靠着壁炉;而震惊不已的昂代尔马特继续踱来踱去,一边慷慨陈词:

"一个医生,先生,一个医生竟然做出一件这样的事！……一个医学博士！……多么丧失人格！……"

痛心疾首的昂代尔马特,已经在估量这件事可能带来的种种后果,将这些后果分门别类,像算账似的估摸着它们的分量。这些后果是:

第一,不愉快的消息会传遍附近的一些温泉城,甚至一直传到巴黎。不过,搞得好的话,也许可以把这起拐带事件变成一个广告来利用。在发行量大的报纸上发表十几篇妙笔生花的报道，反而会引起人们对奥利沃山的强烈关注。

第二，克洛什教授一定会离开，这是不可弥补的损失。

第三，德·拉马斯-阿尔达维拉公爵和公爵夫人一定会离开，这是第二个不可避免和无法挽回的损失。

总之，拉托纳医生说的有道理，这是一个可怕的灾难。

于是，银行家转过脸对医生说：

"您得马上去大光明旅馆编写一份奥波利-帕斯德的死亡证明，免得人们怀疑是脑出血。"

拉托纳医生拿起礼帽就要走，临出门，又说：

"噢！还有一个正在流传的消息。您的朋友保尔·布雷蒂尼要娶夏洛特·奥利沃，是真的吗？"

昂代尔马特惊讶得打了个哆嗦：

"布雷蒂尼？算了吧！……谁跟您瞎说的？……"

"这个嘛，还是佩特吕斯·马尔泰尔，他可是听老奥利沃亲口说的。"

"听老奥利沃说的？"

"是呀，听老奥利沃说的，老奥利沃还说他未来的女婿有三百万法郎资产呢。"

威廉简直不知道怎么想了，嗫嚅道：

"的确，有这个可能，他一段时间以来就闹得挺欢！不过这样一来……整个小山就都属于我们了……整个小山！……噢！我得立刻去探明这件事。"

他跟在医生后面走出去，为了赶在吃午饭以前和保尔谈谈这件事。

他一走进旅馆就有人告诉他，他的妻子已经问了他好几次。

他到了房间,发现她还躺在床上,在和她的父亲和哥哥谈话;后者正在漫不经心、一目十行地翻阅着报纸。

她觉得不舒服,很不舒服,焦躁不安。她很害怕,但又不知道怕什么。另外,几天以来,她的孕妇的脑子里就有一个不断增长的念头,想请布拉克医生给她看一看。她听周围不少人说拉托纳医生的笑话,已经完全失去了对他的信任,很想听听另一种见解,布拉克医生的见解,这位医生的口碑正日盛一日。恐惧,困扰着妊娠末期的女人的种种恐惧、种种顽念,现在从早到晚折磨着她。自从昨天夜里做了一个梦,她总以为孩子转得不好,在目前的胎位无法正常分娩,必须剖腹产才行。而且,她仿佛在脑子里亲眼看着在她身上正在做这个手术。她看到自己仰面躺在那里,肚子被剖开,满床都是血,有人手里拿着一个红的东西,那东西不动也不叫,是死的。而且,每隔十分钟,她就闭上眼睛,为了再次看到这个场面,再次观看她那惨烈痛苦的酷刑。这时她便想象,布拉克医生,只有布拉克医生,能告诉她真相。于是,她立刻就叫人去请他,要他马上替她做检查,马上,马上!

昂代尔马特六神无主,不知道该怎么回答她,只能说:

"可是,我亲爱的孩子,这很难办,由于我们和拉托纳医生的关系……这……这甚至不可能。你听着,我有一个主意,我去找马斯-鲁塞尔教授,他比布拉克高明一百倍。他一定不会拒绝我。"

但是她十分执拗。她要见布拉克医生,非他不可!她需要见他,需要看到他的塌鼻宽嘴守门犬似的大脑袋在她身边。这是一种愿望,一种疯狂痴迷的愿望;她就是要见他。

威廉于是试图改变她的思路:

"你不知道吗,昨天夜里,那个阴谋家马塞利把克洛什教授的女儿拐走了?他们走了,不知道逃到哪儿去了。这真是一件奇事儿!"

她从枕头上抬起身子,伤感的眼睛睁得大大的,结结巴巴地说:

"噢!可怜的公爵夫人……可怜的女人,我真同情她。"

很久以来,她的心就能理解这颗受到伤害的热情的心!因为她自己也经受着同样的痛苦,流着同样的泪水。

但是,她接着又说:

"听着,威勒,去给我找布拉克医生。我觉得,如果他不来,我就要死了。"

昂代尔马特握住她的手,温柔地吻着:

"别这样,我的小克里斯蒂亚娜,请你放理智些……你要明白……"

他看到她眼里就要涌出泪水了,便急忙转过脸对侯爵说:

"最好还是您去请,亲爱的岳父。我呢,我实在不方便。布拉克先生每天一点钟的光景到旅馆来看望马尔德堡亲王夫人。等他路过的时候您拦住他,请他到令爱的房间来一下。克里斯蒂亚娜,您还可以再等一个小时,是不是?"

她同意等一个小时,但是拒绝起来吃午饭,让男人们自己去餐厅。

保尔已经在餐厅。昂代尔马特远远看见他,就大声说:

"哈哈！您知道人们刚才跟我说什么来着？说您要娶夏洛特·奥利沃小姐。不会是真的吧，是不是？"

保尔目光慌乱地向那扇关着的门望了一眼，用半低不高的声音说：

"见鬼，是真的。"

直到现在，他还没有和任何人谈过这件事；三个男人和他面面相觑，全都目瞪口呆。

威廉问：

"您着了什么魔？您那么富有，还结婚？您拥有所有的女人，却要找一个女人绊住您？再说，那个家庭的格调也不够高雅。这对贡特朗倒是件好事，他分文没有！"

布雷蒂尼笑了起来：

"我父亲是靠面粉发财的，他是磨坊主……虽然是做大宗生意的磨坊主。如果您认识他，您也会说他格调不高雅。说到那个年轻姑娘……"

昂代尔马特打断了他的话：

"啊！那姑娘真是完美无缺……清纯动人……完美无缺……而且……您知道得很清楚……她将来一定和您一样有钱……即使不是更有钱……我可以向您保证，我可以保证！……"

贡特朗低声说：

"是呀，结婚，不但没有丝毫坏处，而且还可以掩护他从情场撤退。只不过，他不该没有通知我们。这件事是怎么神不知鬼不觉搞成功的，我的朋友？"

于是，保尔就把事情略加变化地叙说了一遍。他添枝加叶地描述自己如何一再犹豫；不过，年轻姑娘的一句话让他相信她的确爱他。他讲到老奥利沃如何出其不意地闯进来，他们如何争吵，并且在这一点上又夸张了一番。最后,他说到那农民怀疑他的富有,从大衣柜里取出带印花税票的纸,让他立此存照。

昂代尔马特笑出了眼泪,用拳头敲着桌子,说:

"哈哈!他照搬了印花税纸的招数!这个招数,是我发明的呢!"

不过,保尔有点脸红了,慢腾腾地说:

"我求您啦,先别把这个消息告诉尊夫人。看在我和她现在的交情,最好还是由我亲自告诉她……"

贡特朗带着诡谲而又高兴的微笑看着他的朋友,似乎在说:"这很好,所有这些,很好!事情就应该这样结束,既避免了闲话,也避免了是非,避免了悲剧的场面。"

他建议:

"如果你愿意,我的老朋友保尔,吃完午饭,我陪你一起去,那时她也起床了,你就把你的决定告诉她。"

他们互相凝视着,眼神里满含着从未有过的意味,过了一会儿才移开。

保尔满不在乎地回答:

"行,我很乐意;这一切,我们待会儿再谈。"

一个旅馆的侍者走进来,报告布拉克医生正要到亲王夫人的住处;侯爵立刻走出去拦他。

他向医生说明了情况:他女婿处境为难,而她女儿坚持要见他。他没有费力就把医生带了来。

这个大脑袋的小个子医生一走进克里斯蒂亚娜的房间,她就说:

"爸爸,你让我们单独谈吧。"

侯爵退了出去,她便用微弱而和缓的声音,像忏悔一样,一一陈述她的不安、她的恐惧、她的噩梦。医生也像教士一样倾听着，时而用大大的圆眼睛扫视她一下，微微点一下头，证明他在注意；低声说一句："是的"，仿佛在说："我对您的情况了如指掌，只要我愿意，我随时都能把您治好。"

等她说完，他又细致入微地询问了她的生活细节、起居习惯、饮食规律，以及接受治疗的情况。他有时微微颔首表示赞许，有时说一声充满保留的"噢！"表示责怪。听她说非常害怕胎儿位置不正，他立刻站起身，带着神职人员纯洁无邪的表情，用手在被毯上轻轻摸了摸，然后宣布："不，位置很好。"

她真想拥抱他。这位医生真是个正人君子！

他从桌子上拿起一张纸，开了处方。处方写得很长很长。然后，他又来到床边，跟她聊起来，不过，语气已经判若两人，表明他已经完成自己的职业和神圣的任务。

他的声音深沉而又浑浊，那么有力的声音是矮胖的侏儒特有的；平淡的话语里往往隐藏着一些微妙的问题。他无所不谈。贡特朗的婚事似乎让他颇感兴趣。接着，他又带着丑八怪的狡黠微笑，说：

"我还没有跟您说到布雷蒂尼先生的婚事呢，虽然这已经不是一个秘密，因为老奥利沃在向所有人说这件事。"

她顿时浑身虚弱,从手指尖直到全身:胳膊、胸脯、肚子、腿。她现在根本弄不清发生了什么事;不过她非常害怕错过真相,便突然变得注意起来,吞吞吐吐地说:

"哦!老奥利沃在向所有人说?"

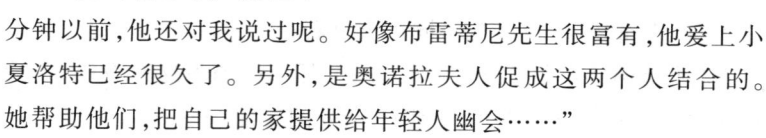

"是呀,是呀。就在十分钟以前,他还对我说过呢。好像布雷蒂尼先生很富有,他爱上小夏洛特已经很久了。另外,是奥诺拉夫人促成这两个人结合的。她帮助他们,把自己的家提供给年轻人幽会……"

克里斯蒂亚娜已经闭上眼睛。她已经失去知觉了。

听到医生的召唤,一个贴身女仆连忙跑来;接着,侯爵、昂代尔马特和贡特朗也出现了,他们去找来醋、醚、冰块,还有其他二十种五花八门没用的东西。

少妇突然动了一下,睁开眼睛,举起胳膊,在床上扭动着身子,同时发出一声让人心碎的叫喊。她结结巴巴地试图说话:"啊!我太痛苦了……天呀……我太痛苦了……我的腰……有人在撕裂我的身体……啊!天呀……"她又开始叫喊。

人们很快就看出是分娩的征兆。

昂代尔马特便冲出去找拉托纳医生。找到他时,他正好吃完午饭:

"请您快来……我妻子有紧急的情况……快来……"

接着,他耍了个小聪明,对他说,妻子第一次阵痛的时候,布拉克医生刚好在旅馆。

布拉克医生也向他的同行证实了这个谎言：

"我正要进亲王夫人的房间，人们通知我昂代尔马特夫人情况不好，我就连忙跑来。正是时候！"

不过，威廉很着急，心跳得厉害，不知所措，竟然怀疑起这两个人的医术来，连帽子也没戴，又跑出去找马斯-鲁塞尔教授，求他快来。教授立刻同意，就像所有出诊医生那样，用机械的手势扣好礼服，迈着紧急的大步——仿佛出马便可救人一命的卓越人物的严肃大步，出发了。

他一进门，另外两个医生就对他表现得毕恭毕敬，谦逊地向他求教，同声重复着，或者几乎同声重复着：

"事情的经过是这样的，亲爱的大师……您不这么看吗，亲爱的大师？……会不会是时间到了，亲爱的大师？……"

妻子的呻吟让昂代尔马特焦急万分，他也不时插话请教马斯-鲁塞尔教授，并且满口称他"亲爱的大师"。

克里斯蒂亚娜几乎赤裸裸地躺在这些男人面前，她什么也看不见，什么也不知道，什么也不明白；她痛苦万分，一切思想都从她的头脑里逃逸了。她感觉就像有人在她的腹部和腰部，在髋的高度，用一个钝齿的长锯，慢慢地割裂着她的骨头和肌肉，没有规律，时而震动，时而停止，时而又开始，越来越可怕。

每当这酷刑减弱的时候，每当身体撕裂让她恢复了理智的时候，一个比肉体痛苦更残酷、更尖锐、更可怕的思想便占据她的心灵：他爱另一个女人了，并且就要娶她。

为了让这折磨她头脑的念头平息下来，她竭力唤醒她肉体所受的酷刑；她晃动侧腹，转动腰；剧痛重又开始，这样，她至少可以不再想那件事。

在十五个小时的时间里,她就这样受着磨难,受着痛苦和绝望的煎熬,真想一死了之,恨不得在令她抽搐的痉挛中一命呜呼。但是,在一次更长更剧烈的挣扎以后,她身体里面的东西好像突然全部逃逸!终于结束了;她的痛苦就像退去的潮水一般平息了;她感到那么轻松,居然连她的悲伤也麻木了好一会儿。有人跟她说话,她用疲惫、微弱的声音回答。

突然,昂代尔马特的脸凑近她的脸,对她说:

"她会长大的……她几乎是足月……是个女孩。"

克里斯蒂亚娜却只是喃喃地说:

"啊!天呀!……"

这么说,她有一个孩子了,一个活着的孩子了,而且她将会长大……一个保尔的孩子!这个新的不幸让她那么痛苦,她真想再放声呐喊。她有一个女儿了!但她并不想有!她绝不会看她!……她永远不会碰她!

有人帮助她重新睡下,照料她,吻她!谁?她的父亲和她的丈夫,想必是吧?她不知道。但是他呢,他在哪儿?他在做什么?如果他爱她,此时此刻她会感到多么幸福啊!

时间在流逝,一个小时又一个小时,她甚至分辨不出白天还是黑夜,因为现在,她只感觉到这个想法在灼烧:他爱另一个女人了。

她突然心想:"如果这不是真的呢?……为什么我没有更早得知他要结婚,这个医生倒先知道了呢?"

然后她又想,一定是人们向她隐瞒了。保尔早就留了心眼,不让她知道。

她看了看房间,想看看谁在那儿。一个陌生女人,一个平民女人,在那儿守着她。她不敢向她打听。这种事她能问谁呢?

门突然被推开。丈夫踮着脚走进来。见她睁着眼睛,他走到

289

她旁边。

"你好些吗?"

"好些了,谢谢。"

"从昨天起,你让我们好害怕。不过现在,危险过去了!对了,有一件事真让我为难。我给我们的朋友伊卡尔东夫人发了一封电报,她是应该在你分娩的日子来陪伴你的,所以我告诉她你临产了,请求她快点来。谁知道她在患了猩红热的侄子那儿……可是你身边又总不能没有一个……一个……像样一点的女人……碰巧一个本地的夫人自愿陪伴你,每天都来陪伴你。于是,当然啰,我就接受了。那就是奥诺拉夫人。"

克里斯蒂亚娜突然想起布拉克医生的话!她吓了一大跳,哀求道:

"噢!……别……别……别让她来……千万别让她来!……"

威廉不明白是怎么回事,又说:

"你听着,我知道她是个很平庸的人。但是你哥哥很欣赏她;她帮过他很多忙;另外,据说她从前是个助产士,奥诺拉医生就是在一个女病人家里认识她的。如果你认为她很不合你的意,我第二天就辞退她。总可以试试看吧。让她先来一两次。"

她不说话了,她在思索。她要了解真相,了解全部真相。这个需要进入她的脑海,这个需要是那么强烈,她要让这个女人亲口说出来,从她嘴里套出那一句句令她心碎的话。这个需要让她改变

了主意,她现在很想回答他:

"去……马上去找她……马上……快去!……"

除了这了解真相的不可抗拒的欲望,她还有一种奇怪的自找苦吃的需要,像在荆棘上打滚一样在自己的不幸上打滚的需要,像受难者一样呼唤痛苦的神秘、病态、狂热的需要。

于是她慢吞吞地说:

"好吧,我愿意,去把奥诺拉夫人带到我这儿来。"

不过,她突然感到不能再等了,否则她就没法知道、没法确定无疑地知道这桩负心事的真相;她用微弱得像哈气一样的声音问威廉:

"布雷蒂尼要结婚了,这是真的吗?"

他平心静气地回答:

"是的,是真的。如果能和你说话,我早就告诉你了。"

她又说:

"和夏洛特?"

"和夏洛特。"

不过,威廉也有一个已经让他丢不下的想法:他的女儿,生命还脆弱的女儿,他不时地走过去看看她。他很生气,克里斯蒂亚娜的第一句话居然不是要看孩子。他用温和的语气责怪道:

"喂,看呀,你还没有问小宝贝的情况呢,是不是?你知道吗?她很健康。"

就好像他碰到了她的新伤口似的,她打了个寒战;不过,这受难历程的每一站,她总得都走一遭的。她说:

"你把她抱来吧。"

他走到床脚的帷幔后面,然后走回来,脸上焕发着自豪和幸福的光彩,两只手笨拙地捧着一个白布的包裹。

他把这包裹放在绣花枕头上,挨着紧张得喘不过气的克里斯蒂亚娜的头,说:

"喏,瞧她多漂亮!"

她看着那个包裹。

他用两个手指撩起轻盈的镂花纱,下面露出一个红红的小脸儿,那么小,那么红,闭着眼睛,小嘴在嚅动着。

她俯下身去看这个初生儿,心里想着:"这是我的女儿……保尔的女儿……就是她,让我受了那么多的痛苦……这……这……这……这是我的女儿!……"

这孩子的降生曾经那么残酷地撕裂她女性的可怜的心和滋润柔软的身体,不过,此时此刻,她对这孩子的反感顿时消失了;现在,她怀着热烈而又痛苦的好奇心,带着深深的惊讶,带着看到头胎儿从自己体内出来的动物的惊讶,打量着这个孩子。

昂代尔马特本期待她会热情洋溢地抚爱她。他再一次感到诧异和不快,问:

"你不亲亲她?"

她慢慢地把身子俯向绯红的小脑门儿;她的嘴唇越挨越近,她也越来越感到被它吸引和召唤。当她把嘴唇贴在上面,当她碰到那个小脑门儿,她感到它微湿而又温暖;这温暖就来自她的生命,她仿佛再也不能把嘴唇从这孩子的肉体上撤回,她会永远把嘴唇留在上面。

有什么东西蹭到她的面颊；是她丈夫的胡子，他俯着身子，在吻她。他先怀着感激之情久久地搂着她，接着又亲他的女儿，用伸出的嘴轻轻地频频亲吻她的鼻子。

克里斯蒂亚娜的心被他这番抚爱的动作弄得烦乱；她看着身边的这两个人，她的女儿和他……和他！

他很快就说，得把孩子送回摇篮了。

"别，"她说，"再让她待几分钟，让我感觉一下她就在我的脑袋旁边。别说话，别动，让我们安静些，你等等。"

她用一只胳膊搂着裹在襁褓里的婴儿，把自己的额头紧挨着女儿皱巴巴的小脸，闭上眼睛，一动不动，什么也不想。

但是，过了几分钟，威廉轻轻碰了碰她的肩膀，说：

"好啦，亲爱的，理智一点！别太激动，你明白，别太激动！"

说完，他就把他们的女儿抱走了；母亲目送着，直到她消失在床帷后面。

然后，他又走回来：

"就这么说定了，我明天早上就让奥诺拉夫人来陪你。"

她用坚定的语调回答：

"好，我的朋友，你可以把她给我叫来……明天早上就来。"

她在床上躺好；她累了，精疲力竭了，或许也不那么悲伤了？

晚上，父亲和贡特朗来看她，跟她说了些本地的新闻：克洛什教授匆匆离开，去找他的女儿了；还有关于德·拉马斯公爵夫人的种种猜测，见不到她了，大概也走了，去找马塞利了。这些冒险故事让贡特朗觉得好笑，他从这些事件中汲取出一个滑稽的教训：

"这些温泉城，真是让人难以相信。这是地球上仅存的神话国度了！在两个月的时间里，这里发生的奇事比世界其他地方十个月里发生的还多。就好像泉水不是矿物化,而是魔术化了。而且到处都一样,埃克斯①、卢瓦亚、维希、吕松②;海滨浴场也一样,蒂埃普③、埃特尔塔④、特鲁维尔⑤、比阿利兹⑥、戛纳、尼斯。在这些地方,可以遇到各个民族、各个社会的标本,令人艳羡的来路不明的外国阔佬,别处难找的人种的混杂,以及种种神奇的冒险。女人们在这里轻而易举、驾轻就熟地表演着一出出闹剧。在巴黎,人们还可以抵制;但是在温泉城,人们就容易堕落,扑通!男人们在这里大发其财,如昂代尔马特;而另一些人在这里送命,就像奥波利-帕斯德;还有一些人的下场更惨……在这里结婚……就像我……和保尔。这种事,愚蠢可笑吗?你已经知道保尔要结婚了,是不是?"

她小声说:

"是呀,威廉刚才告诉我了。"

贡特朗接着说:

"他做得对,很正确。夏洛特是农民的女儿……那有什么不好?她比一个肆无忌惮的女人或者一个直言不讳的妓女好多了。我了解保尔。他甚至会娶一个女叫花子,只要她能抗拒他六个星期。在他看来,能够抗拒的女人,不是一个恶婆,就是一个纯洁的女孩。他碰上了一个纯洁的姑娘。该他走运。"

克里斯蒂亚娜听着,每句进入她耳朵里的话都直捅她的心窝,

---

① 埃克斯:全名埃克斯-昂-普罗旺斯,法国市镇,位于今普罗旺斯-阿尔卑斯-蓝色海岸大区罗讷河口省。
② 吕松:法国市镇,温泉和滑雪胜地,位于今奥克西塔尼大区上加隆河省。
③ 蒂埃普:法国市镇,旅游胜地,位于今诺曼底大区滨海塞纳省。
④ 埃特尔塔:法国市镇,旅游胜地,位于今诺曼底大区滨海塞纳省。
⑤ 特鲁维尔:法国市镇,旅游胜地,位于今诺曼底大区卡尔瓦多斯省。
⑥ 比阿利兹:法国市镇,旅游胜地,位于今新阿基坦大区大西洋比利牛斯省。

让她疼痛,撕心裂肺地疼痛。

她闭上眼睛,说:

"我累了。我想休息一会儿。"

他们拥吻过她,就走了。

但是,她无法入睡,她的思想是那么活跃清醒,让她心如刀绞。保尔不爱她了,一点也不爱她了,这思想对她来说是那么不可忍受,若不是看见那个女人,那个在扶手椅里打盹的女看护在那儿,她已经从床上爬起来,打开窗户,坠落在楼下大门前的石阶上了。一缕纤细的月光从窗帘缝里射进来,在地板上投下一个圆圆的小亮斑。她看到这个光斑,往事的记忆也随之涌入她的脑海:小湖,树林,轻得几乎听不见却撩乱人心的第一声"我爱您";图尔诺埃尔,夜晚,他们在晦暗途中的所有温存;还有那通往罗什普拉蒂埃尔的大路。她蓦地又看到那条灰白的大路,在满天星斗的夜间,他,保尔,搂着一个女人的腰,走一步就吻一下她的嘴。她认出那个女人了。那是夏洛特!他紧紧搂住她,像他擅长地那样微笑着,在她耳边低声说着他擅长的甜蜜话语;接着,他跪下来,亲吻她面前的土地,就像他以前亲吻她克里斯蒂亚娜面前的土地那样!这是多么残酷啊,对她来说是多么残酷啊!她翻过身,把脸埋在枕头里,痛哭起来。绝望那么沉重地锤击着她的心,她几乎喊出声来。

她的每一次心跳都震动着她的喉咙,都在她的两鬓嘶鸣,都像在抛出这个词:保尔——保尔——保尔——就这样无休无止地重复着。她用手捂住耳朵,把头缩进被毯里,不想再听到个这名字;但是这名字伴随着每一次无法平息的心跳,又在她的心房深处回响。

女看护醒了,问她:

"您不舒服吗,夫人?"

克里斯蒂亚娜转过身来,脸上沾满泪水,小声说:

"不是,我睡着了,做梦了……梦里很害怕。"

然后,为了不再看到月光,她叫女看护点亮了两支蜡烛。

不过,将近早晨的时候,她终于昏昏入睡了。

她昏睡了几个小时。昂代尔马特进来了,带着奥诺拉夫人。这个胖女人马上就跟人熟络起来,在床边坐下,拿起产妇的手,像医生一样询问起她来。她对克里斯蒂亚娜的回答很满意,说:"放心吧,放心吧,会好的。"说完,她脱掉帽子、手套、披肩,转过脸对女看护说:

"您可以走了,我的姑娘。听到铃声您再来。"

克里斯蒂亚娜已经有点厌烦了,对丈夫说:

"把女儿抱给我看看。"

威廉像前一天一样,一边深情地吻着,一边把孩子抱来,放在枕头上。克里斯蒂亚娜也像前一天一样,隔着布闻着她的面颊,感受着这包在襁褓里的无名小身体的温暖,一种慈爱的恬静之感顿时沁透她的身心。

小东西突然哭叫起来;她用尖细刺耳的声音哭喊着。昂代尔马特说:"她想吃奶。"他按响了铃,奶妈进来了,这是一个身体硕大的红发女人,嘴大得像吃人妖魔,满口的大牙亮晶晶的,几乎把克里斯蒂亚娜吓了一跳。她从敞开的怀里拖出一个像母牛肚子下面垂着的乳房一样沉重、柔软、充满奶水的乳房,克里斯蒂亚娜看着女儿饮着这肉墩墩的葫芦,有点嫉妒又有点恶心,真想抓住她,把她抱回来。

喂完奶,奥诺拉夫人嘱咐了她几句,奶妈便抱着孩子走出去。

昂代尔马特也走出去。只有两个女人留在屋里。

克里斯蒂亚娜不知道怎么提那件让她伤心的事。她浑身发抖,因为生怕自己心情激动,失去理智,哭泣,暴露了自己的感情。但是,奥诺拉夫人什么也没问,径自絮叨起来。她先东拉西扯讲了些本地的琐闻逸事,然后谈到了奥利沃一家:

"这都是些好样的人,"她说,"真是些好样的人。倘若您认识这家的母亲就好了,多么正派的女人啊,非常能干! 她一个人有十个人的价值,夫人。另外,女儿们也都像她。"

接着,见她要转到另一个话题,克里斯蒂亚娜连忙问:

"两个女儿里,您更喜欢哪一个,路易丝还是夏洛特?"

"噢! 我嘛,夫人,我更喜欢路易丝,您哥哥的那一个。她更聪明,更规矩。她很本分! 不过,我丈夫更喜欢另一个。男人们,您知道,他们有他们的口味,跟我们不一样。"

她不说了。克里斯蒂亚娜的勇气也减弱了,怯生生地说:

"我的哥哥经常去您家和他的未婚妻会面吗?"

"噢! 对呀,夫人,我敢说,天天如此。一切都是在我家进行的,一切! 我呢,这些孩子,我由着他们敞开了谈,我明白这种事! 不过,最让我高兴的是,真的,是看见保尔先生爱上那个妹妹。"

听到这里,克里斯蒂亚娜用难以理解的语调问:

"他真的很爱她吗?……"

"啊! 夫人,他当然爱她! 最近,他甚至为她就像掉了魂一样。不过那个意大利人,就是拐走克洛什女儿的那个人,也围着夏

洛特转,其实只是瞧一瞧、试一试而已。我真担心他们会大打出手呢!……啊!您要是看见保尔先生那双眼睛才有趣呢!他看夏洛特,就像看贞洁圣母一样!……一个人能爱到这种程度,真让人高兴!"

克里斯蒂亚娜便问起在她面前发生的一切:他们说了什么话,做了什么事,特别是他们去无忧谷游玩的情况,保尔以前曾在那里多次表白对她的爱。她提了一些颇让胖女人吃惊的出乎意料的问题,说到一些任何人都想不到的事情,因为她一面听,一面不停地比较。她想起去年的千百个细节,保尔所有动人的情话、殷勤的献媚,他为让她喜欢而精心发明的小动作,他那些证明一个男人具有引诱的强烈欲望的种种可爱体贴和温情照顾。她想知道他是否也为另一个女人做了这一切,是否也以同样的热情、同样的冲动、同样不可抵挡的激情,再次向一颗心灵发起攻势。

每当她从奥诺拉夫人的话里认出一个小小的事实、小小的线索、有趣的细节、保尔爱她时经常做出的令人惊心动魄的出格举动,躺在床上的克里斯蒂亚娜就发出一声短暂而又痛苦的"啊"!

奥诺拉夫人对这奇怪的叫声感到惊讶,就更加肯定地说:

"的确是这样。就跟我对您说的,一切都跟我对您说的一样。我从来没见过一个像他这样痴情的男人。"

"他给她念过诗吗?"

"我相信他念过,夫人,而且是很美的诗句呢。"

她们两个人都沉默了,只听到奶妈在隔壁房间里哄孩子入睡的那一成不变的温柔歌声。

走廊里传来越来越近的脚步声,是马斯-鲁塞尔和拉托纳先生来探望他们的病人。他们发现她烦躁不安,情况还没有前一天好。

他们走了以后,昂代尔马特又推开门,但是没有进来,只听他说:

"布拉克医生要看看你,你愿意吗?"

她从床上抬起身子,大喊:

"不……不……我不愿意……不!……"

威廉惊愕地走向前:

"不过,你听着……必须……他有必要……你应该……"

她就像发疯了似的,眼睛睁得那么大,嘴唇在发抖。她用尖厉的声音重复着,那么响亮,想必能穿透所有的墙壁:

"不……不……永远也不要!……让他永远也别来……你听着……永远也别来!……"

接着,她已经不知道自己在说什么,伸出一只胳膊,指着站在房间中央的奥诺拉夫人:

"她也不要来……把她赶走……我再也不愿意看到她……把她赶走!……"

昂代尔马特冲向妻子,抱住她,吻着她的额头,说:

"我的小克里斯蒂亚娜,冷静些……你怎么啦?……快冷静些!"

她不知道说什么了,泪水夺眶而出:

"让他们全都走,"她说,"我只要你一个人留下来陪我。"

他毫无办法,连忙跑到医生夫人跟前,轻轻地把她推向门口:

"请让我们单独待一会儿,我请求您啦。她发烧了,害了产后热。我去让她安静下来。我待一会儿来找您。"

等他回到床边,克里斯蒂亚娜已经又躺下,一边不停地哭着,身体也不晃动了,筋疲力尽了。生平第一次,他也哭起来。

夜里,产后热果然发作了,紧接着是精神错乱。

神志迷乱了几个小时之后,产妇忽然说话了。

侯爵和昂代尔马特仍然留在她的房间里陪她,一边玩纸牌,一边低声算着点数。他们以为她在喊他们,急忙站起来,跑到床边。

可是她并没有看见他们,或许是没有认出他们。她的头搁在雪白的枕头上,脸色煞白,金黄色的头发散落在肩膀上,明亮的蓝眼睛仿佛在看着一个陌生、神秘而又奇异的狂人生活的世界。

她摊在被毯上的双手时而动弹一下,也许是一个不自觉的迅速动作,也许是战栗,也许是痉挛。

起初,她好像并不是在和某个人谈话,而只是自己在看,在说。她说的那些事既不连贯也不可理解。她遇到一块岩石,因为太高,她不敢往下跳,害怕扭伤。接着,一个男人伸出手帮助她,而她并不怎么认识这个人。后来,她又说起香水。她好像在回忆一些忘记的话:"还有什么比这更甜美?……它就像葡萄酒一样醉人……葡萄酒可以迷醉人的思想,而香水可以迷醉人的梦想……通过香水可以闻到香精,事物和世界的纯粹的精华……人喜爱品味鲜花……树木……田野的青草……人的辨别力甚至辨得出在古老家具、古老地毯和古老帷幔中沉睡的古老住房的灵魂……"

接着,她的脸变皱了,好像她经受过长时间的劳累。她在慢慢地吃力地攀登一个山坡,对某个人说着:"噢!再背我一下,我求你了,我快要死在这儿了!我实在走不动了。像你在峡谷顶上做过的那样背我一下好吗?你想一想!……你那时多么爱我!"

随后,她发出一声惊慌的叫声,一股恐惧在她眼里掠过。她看到前面有一头死了的牲口,哀求人们把它挪开,但是不要弄疼它。

侯爵声音低低地对女婿说:

"她在想我们从尼瑞尔回来的路上遇到的那头驴。"

现在,她和这头死驴说话,安慰它,对它说她也很不幸,她,而且不幸得多,因为她被人抛弃了。

然后,她突然拒绝有人强迫她做的一件什么事,高喊着:"噢!不,别这样!噢!原来是你……你……想叫我拉这辆车!……"

现在,她在喘气,就像确实在拉一辆车似的。她哭泣、呻吟、叫喊,在半个多小时的时间里,她一直在爬这面坡,使出可怕的力气,身后拉着车,想必就是那辆驴车。

现在有人在恶狠狠地鞭打她,因为她在说:"噢!你打得我好

痛！求你别再打我，我会走的……别再打我了，我求你了……你要我做什么我就做什么，别再打我了！……"

最后，她的悲伤渐渐平息下来；直到天亮，她都只是在轻声地说胡话。她就这样，迷迷糊糊，终于睡着了。下午两点钟光景，她醒来的时候，她还在发烧，但是理智恢复了。

不过，直到第二天，她始终头脑麻木，恍恍惚惚，神魂不定。她不能立刻找到想说的词句，找得十分辛苦。

但是，在休息了一夜以后，她的神志完全清醒了。

不过，她感觉到自己变了，仿佛这次危机改变了她的心灵。她不那么痛苦了，而是更多地思索。那些很近的可怕事件，在她的心里已经退往遥远的过去，她现在可以用从未有过的清醒的头脑清晰地审视它们了。这突然进入她心灵的光明，这在某些痛苦时刻照亮某些生灵的光明，让她豁然看清了生活，看清了人、事、整个地球，以及地球上的一切，就好像从未见到过它们似的。

从塔兹纳湖回来的那个夜晚，她在房间里曾感到自己在世界上是那么孤独；现在，她更加清醒地认识到自己在生活中完全被抛弃了。她明白了，所有的人，即便并肩穿越过种种事变，也从没有任何东西把他们真正相连。通过她曾倾心信赖的那个男人的背叛，她感到别人，所有别的人，永远都不过是人生旅途中无关紧要的他人,不管这人生是短暂还是漫长,是悲惨还是欢乐,因为永远无法猜测明天会怎样。她明白了,即使在那个男人的怀抱里,当她自认为和他融为一体、进入他的身心的时候,当她认为两个人的肉体和灵魂已经只是一个肉体和一个灵魂的时候,实际上,它们只是比较接近了一点,神秘的自然把人孤立和封闭起来,只让你能触及那个不可穿透的包装。她看清了,不论过去和将来,人类在生活里就像天上的星星一样彼此相距遥远,什么也不能冲破这让人看不见的障碍。

她猜到了,自开天辟地以来,人类所做的不断的努力,为撕破永远禁锢和孤立人们灵魂的套子所做的不知疲倦的努力,胳膊、嘴唇、眼睛、口、颤抖和赤裸的肉体的努力,仅仅为了把生命赋予某个被抛弃的他人而精疲力竭地亲吻的爱情所做的努力,都是无济于事的!

于是,她生出一个不可抗拒的愿望:再看看她的女儿。她叫人把孩子抱来,抱来以后,她又请人脱掉婴儿的衣裳,因为她还只认识她的面孔。

奶妈便把襁褓解开,露出新生儿的可怜的小身体,那小身体做着生命赋予造物雏形的模糊的运动。克里斯蒂亚娜用一只怯生生、颤巍巍的手抚摸她,接着又吻她的肚子、腰、腿、脚,然后就凝视着她,满脑子转动着稀奇古怪的想法。

两个生物相见,相爱,如胶似漆;在他们的缠绵中,这小东西诞生了!这东西,是他和她的交融,直到这小孩子死亡;这是他和她融为一体的重生,含有些许的他和些许的她,再加上让它区别于他们的某种不可知的东西。在身体形式的它和心灵形式的它里,在它的线条、它的举止、它的眼睛、它的运动、它的趣味、它的激情,直到它的声音和它的姿态里,它再造出他们彼此,然而它又是一个新的存在!

他们现在分开了,他们,永远分开了!他们的目光再也不会在让人类不可摧毁的兴奋的柔情中交汇。

她把孩子紧靠在自己的胸口,小声说:"永别了——永别了!"她是在女儿的耳朵里对他说"永别",道出一颗骄傲心灵的勇敢悲壮的永别,一个还会长久痛苦,也许永远痛苦,但至少知道隐藏她所有泪水的女人的永别。

"哈哈!"威廉从半开的门外嚷着,"我终于抓住你了!你把我的女儿还给我好吗?"

他跑到床边,用他已经熟练的手抱起小宝贝,把她高高举到自己头上,一迭连声地呼喊:

"你好,昂代尔马特小姐……你好,昂代尔马特小姐……"

克里斯蒂亚娜在想:"这就是我的丈夫。"她用惊奇的目光打量着他,就像第一次看到他似的。这就是他,法律把她嫁给和献给的男人!根据人类的、宗教的、社会的观念,应该是她的一半的男人!不仅如此,他还是她的主人,日日夜夜的主人,她的心灵和身体的主人!她几乎要笑出声来,此时此刻,在她看来这是那么荒诞,因为在她和他之间永远也不会有任何联系,不会有那种这么快就破裂,唉!但又像是永恒和无法表达的甜蜜,几乎是神圣的联系。

她甚至毫不后悔曾经

欺骗他、背叛他！她很惊讶怎么会这样,寻思着为什么。为什么?……想必他们太不相同,彼此相差太远,属于太不一样的种族。他根本不了解她,她也根本不了解他。尽管如此,他是善良的、忠诚的、顺从的。

也许只有那些身材相同、性情相同、精神本质相同的人,才可以互相感知,通过心甘情愿的义务的神圣锁链,彼此联系在一起。

人们又把孩子包裹起来。威廉已经坐下。

"你听着,亲爱的,"他说,"自从你给我面子,接待了布拉克医生,我再也不敢向你宣布有人来访了。不过还有一个人,你如果愿意见他,我将非常高兴,那就是:波纳菲尔医生!"

她一听,笑了,这还是第一次,她露出淡淡的笑容,虽然笑容仅仅留在嘴唇,并没有深入内心。她问:

"波纳菲尔医生?真是个奇迹!你们难道和好了?"

"是呀。你听着:我私下里还要向你宣布一个重大消息:我刚刚买下了老浴所。现在,这个地方整个都是我的了。啊!多么伟大的胜利,是不是?当然啰,这可怜的波纳菲尔医生比所有人都更早得知这件事。他很圆滑;他每天都来探问你的消息,留下他的名片,上面还总写着一句殷勤话。我呢,为了回答他的好意,我答应他来拜访你一次;现在我们的关系好极了。"

"那就让他来吧,"克里斯蒂亚娜说,"他愿意什么时候来都行。我会很高兴接待他。"

"好,谢谢你。我明天早上就带他来看你。我不说你也知道,保尔千叮咛万嘱咐,托我转达对你的亲切问候,向我打听我们小宝贝的情况。他非常想看她。"

尽管她已经下定了决心,她还是紧张得透不过气来。不过,她仍然能够说:

"你替我谢谢他。"

昂代尔马特接着说:

"他很不安,想知道我们是否把他的婚事告诉了你。我回答他已经告诉你了;他就几次三番逼问,你有什么看法。"

她强忍着自己的激动,小声说:

"你对他说,我完全赞成他的决定。"

威廉十分执着,近乎残酷地接着说:

"他也非常想知道,你会给女儿起什么名字。我对他说,我们在玛格丽特和热纳维耶芙之间犹豫不定。"

"我改主意了,"她说,"我想叫她阿尔莱特。"

以前,她刚怀孕的时候,曾经跟保尔讨论过,如果是儿子叫什么,如果是女儿叫什么;女儿叫热纳维耶芙还是叫玛格丽特,曾经让他们犹豫不决。现在,这两个名字她都不想要了。

威廉重复着:

"阿尔莱特……阿尔莱特……这名字很可爱……你有道理。我呢,我本来想叫她克里斯蒂亚娜,像你一样。我非常喜欢这个名字……克里斯蒂亚娜!"

她深深叹了一口气。

"唉!叫受难者基督的名字,这预示着会有太多的痛苦了①。"

他脸红了,因为他没有想到会产生这样的联想。他站起来,说:

"再说,阿尔莱特这个名字很可爱。待会儿见,亲爱的。"

他一走,克里斯蒂亚娜就把奶妈叫来,吩咐她以后就把摇篮放在她的床边。

---

① 法文"克里斯蒂亚娜"(Christiane)的词源即"基督"(Christ)。

一直在摇晃着的吊篮式的轻便小床,连同它的白色帷帐,像帆船一样推到大床旁边时。克里斯蒂亚娜伸出一只手抚摸着熟睡的孩子,声音低低地说:"睡吧,我的小宝贝。你再也找不到像我这样爱你的人了。"

随后的一些日子,她都是在忧伤然而平静中度过的。她思索得很多,坚定着她抵抗逆境的意志,让她的心变得刚毅些,希望过几个星期就能恢复原来的生活。她现在主要做的事就是目不转睛地观察她女儿的眼睛,试图捕捉到她的第一道目光;但是,除了两个始终转向明亮的大窗户的淡蓝色的小洞,她什么也看不见。

她感到深深的悲伤,因为她想到,这双还在沉睡的眼睛,将来会像她本人看世界一样,通过让少妇们的心灵变得幸福、自信和快乐的如梦般的幻觉看世界。它们会爱上所有她爱过的东西:天朗气清的日子、鲜花、树林,唉,也会爱上人!它们无疑会爱上一个男人!爱上一个男人!它们会亲自承载下他的熟悉、亲爱的身影,当他远去的时候,它们会重新看到他;远远看到他的时候,它们会闪亮……后来……后来……它们会学会哭泣!泪水,可怕的泪水,会在这些小脸蛋上流!这双即将变成蓝色的可怜的模糊的眼睛,背叛的爱情的可怕痛苦,将会让它们变得无法辨认,悲伤绝望得惊慌失色。

她疯狂地拥吻着孩子,一边对她说:"只许你爱我,我的女儿。"

马斯-鲁塞尔教授每天上午都会来看她,终于有一天,他向她宣布:

"您以后可以时不时地起来一会儿了,夫人。"

医生走了以后,昂代尔马特对妻子说:

"真可惜,你还没有完全恢复健康。今天我们要在浴所进行一场有趣的实验。拉托纳医生让克洛维斯老爹接受他的机械体操训练,创造了一个真正的奇迹。你想呀,这个老流浪汉现在几乎能像所有人一样走路了。而且痊愈的进展在每次训练以后都显而易见。"

为了让他高兴,她问:

"你要做一次公开演示吗?"

"也是,也不是,我们只是约了医生们和几个朋友来观看一场实验。"

"几点钟?"

"三点钟。"

"布雷蒂尼先生参加吗?"

"是的,参加。他答应过我来。整个董事会都将出席。从医学观点看,这是很有趣的。"

"那么,"她说,"那时候我也正好起来了,你请布雷蒂尼先生来看我。你们观看实验的时候,让他陪我。"

"好,亲爱的。"

"你别忘了。"

"不会,不会,你放心吧。"

说完,他就去找观众了。

在瘫痪老汉最初的治疗上,昂代尔马特被奥利沃父子欺骗了,但是他也欺骗了轻信的病人们;在治疗问题上,这些人是很容易被征服的。现在,他又要自欺欺人地亲自表演这出治愈的喜剧。他经常是那么热情、那么自信地谈论这治疗的神效,已经很难分辨自己是相信还是不相信了。

将近三点钟的时候,他邀请的所有人都聚集在浴所门前,等候克洛维斯老爹到来。他到了,拄着两根拐,仍然拖着两条腿,一边礼貌地跟每个路过的人打招呼。

奥利沃父子和两个姑娘跟在他身后。保尔和贡特朗陪伴着各自的未婚妻。

在安置着各种活动器具的大厅里,拉托纳医生正在等候,一边跟昂代尔马特和奥诺拉医生谈着话。

他远远看到克洛维斯老爹,刮光的嘴唇上掠过一个愉快的笑容,问他:

"喂!今天怎么样?"

"噢!还行,还行!"

佩特吕斯·马尔泰尔和圣朗德利也来了。他们想看个究竟。前者相信,后者怀疑。在他们后面,人们惊讶地看见波纳菲尔医生进来,他走过来向他的对手致意,跟昂代尔马特握手。布拉克医生最后到。

"好吧!先生们,小姐们,"拉托纳医生一边向路易丝和夏洛特·奥利沃躬身致礼,一边说,"各位将要看到一件非常有趣的事。开场以前,先请各位看这个了不起的人物走几步,只是很少几步。您能不拄拐走走吗,克洛维斯老爹?"

"噢,不能!先生。"

"好吧,我们就开始

实验。"

有人把老人抬到扶手椅上,把他的两条腿用系带绑在座位的活动腿上。接着,督察先生就发令:"慢走!"光着胳膊的侍应生就转动摇柄。

于是,人们就看到流浪汉的右膝盖抬起、伸直、弯曲、又伸直,然后左膝盖做同样的动作;而克洛维斯老爹突然快活起来,笑起来,一边用他的脑袋和长长的白胡子,重复着每一次腿被带动做出的运动。

四个医生和昂代尔马特向他俯下身子,带着古罗马占卜官似的庄重神情,审视着他;而与此同时,"大块头"和瘫痪老人交换着狡黠的眼色。

因为门都是故意开着的,其他人,都是些浴客,也不断走进来,你拥我挤地围观。他们深信不疑,但又不免担心。拉托纳医生命令:"加快!"苦力就摇得更起劲。老汉的两条腿跑动起来。他就像被人挠痒痒的孩子似的,快活得不得了,笑得前仰后合,疯狂地摇头晃脑,并且在一阵阵狂笑中间,重复着:"真好玩哟,真好玩哟!"毫无疑问,这是他从外来人嘴里学来的话。

"大块头"也一边用脚跺着地,用手拍着屁股,一边响亮地叫嚷:

"哈哈!克洛维斯这活宝……克洛维斯这活宝……"

"行了!"督察下令。

有人给流浪汉松了绑。医生们走到一边,去确认实验的结果。

这时,就看见克洛维斯老爹,不用搀扶,独自从扶手椅上下来了;他走起来了。不错,他只是小步走,腰弯得低低的,每使一次劲就累得做一个鬼脸。但他毕竟在走!

波纳菲尔医生第一个表示:

"这真是一个非常了不起的案例。"

布拉克医生立刻好上加好。只有奥诺拉医生一言不发。贡特朗在保尔耳边小声说:

"我真不明白。瞧他们的神情,他们是真的受骗,还是故意讨好?"

不过,昂代尔马特正在侃侃而谈。他详述着这次治疗的过程,从第一天说起,如何初见成效,如何病情复发,直至最终绝对痊愈。他欣喜地补充道:

"即使我们的病人的情况每个冬天略有反复,我们每个夏天也能再把他治好。"

接着,他就颂扬起奥利沃山的泉水来,称赞它的特性,它的各种特性:

"我本人,"他说,"我就在一个最亲爱的人身上试验过它的伟力,我的家庭后继有人,就是奥利沃山泉水的恩赐。"

不过,他突然想起一件事:他答应过妻子,要让保尔·布雷蒂尼去看她。他后悔不迭;因为他对她总是关心备至。于是他环顾四周,发现了保尔,便走到他身边,说:

"亲爱的朋友,我完全忘记对您说,克里斯蒂亚娜现在正等着您呢。"

布雷蒂尼结结巴巴地说:

"等我?……现在?……"

"是呀,她今天起床了;她首先就要见您。快去吧,请原谅我的大意。"

保尔向旅馆走去,紧张得心怦怦直跳。

他在路上遇见德·拉夫奈尔侯爵,侯爵对他说:

"我女儿已经起来了,她很奇怪还没有见到您。"

尽管如此,他还是刚迈上楼梯就停下来,思忖着该对她怎么说。她会怎样接待他?她是一个人在房间里吗?如果她问起他要结婚的事,他怎么回答?

自从知道她分娩,他一想到她就不安得发抖;产后第一次见面的想法一出现在他的脑海,他的脸色就会变得通红或者煞白;每想到那个还未见过面的孩子,而他正是她的生身之父,他的心就五味杂陈,既想见她,又怕看到她。他感到自己已经陷入那玷污一个人的良心、至死也洗不清的道德污秽中。但是他尤其害怕他那么强烈爱过、又那么快就背弃的那个女人的目光。

她会责骂他,会哭天抹泪,还是会对他嗤之以鼻呢?她要他来,难道只是为了撵他走?

他应该采取什么态度呢?谦卑、歉疚、乞求,还是冷漠?他应该解释,还是只听不答?他应该坐下,还是始终站着?

让他看孩子的时候,他该怎么做?他该说什么?他该表现出哪种激动的感情?

走到套房的门前,他又停下了。按铃的时候,他发现自己的手在发抖。

不过,他还是摁了一下象牙的小按钮,套房里的电铃叮叮地响了。

一个女仆走来开门,请他进去。一进客厅的门,他就远远看见第二个房间尽头的克里斯蒂亚娜,躺在长沙发上,看着他。

走过两个房间的这段路,在他看来就好像没有尽头似的。他感到自己跟跟跄跄,害怕碰到那些椅子;为了不低下头,他又不敢看自己的脚。而她始终没有任何表示,没有说一个字;她等着他走到她身边。她右手伸展在裙袍上,左手扶着被帐子包得严严实实的摇篮的边。

走到离她三四步远的时候,他停下来,不知道该怎么做。贴身女仆已经把门关上。

现在只剩下他们两个人。

这时,他真想跪下,求她饶恕。但是,她慢慢地抬起放在裙袍上的手,稍稍向他伸过来,语调郑重地说:"您好。"

他不敢碰她的手指,只弯下腰,用嘴唇轻轻吻了一下。她又说:

"请坐。"

他在她脚边的一把矮椅子上坐下。

他感到应该说点什么,但是他找不到一句话、一个想法,他甚至不再敢看她。不过,他终于还是慢吞吞地说:

"您的丈夫忘了告诉我您在等我,否则,我会来得早一些。"

她回答:

"噢!这不重要!既然我们总要见面……早就早一点……晚就晚一点!……"

见她不再说下去,他连忙问:

"但愿您身体很好,现在还好吧?"

"谢谢。经过这么大的震动,也不可能更好了。"

她脸色苍白,而且瘦了,但是比分娩以前好看多了。特别是她的眼神,有一种他从未见过的深度。它们好像变暗了些,蓝色不那么淡、不那么透明,而是更浓了。她的手那么白,就像死人的肢体。

她又说:

"这些时刻很难熬。但是,经受过这么多痛苦以后,感到自己坚强了,而且直到生命的末日都会坚强。"

他很受感动,小声说:

"是的,这确实是可怕的磨难。"

她像回声一样重复说:

"确实可怕。"

几秒钟以来,就听到摇篮里发出轻微的动作声,酣睡的孩子醒来时难以察觉的响声。布雷蒂尼目不转睛地看着那个摇篮,感到越来越强烈和痛苦的困窘。他多么想看看那里面的小生命。

他忽然发现,从上到下封住小床帐的那些金别针,正是克里斯蒂亚娜平常用来别短上衣的。以前他经常把这些镶着新月形头儿的精致的别针取下来,别到心爱的人的肩部耍着玩。他明白她的用意了;面对把他和这个孩子永远分开的金针制成的屏障,一股钻心的凄楚让他肌肉僵直。

一声轻轻的叫喊,一声微弱的哭泣,从这白色的牢笼里传出

来。克里斯蒂亚娜立刻晃动摇篮,一边用生硬的声音说:

"我请您原谅,只给您这么少的时间;现在,我得照料我的女儿了。"

他站起来,再次吻她伸给他的手。在他临出去的时候,她对他说:

"我祝您幸福。"

一八八六年于昂蒂布市米泰尔斯别墅①

---

① 昂蒂布,法国市镇,旅游胜地,位于地中海沿岸,普罗旺斯-阿尔卑斯-蓝色海岸大区。米泰尔斯别墅,位于昂蒂布市地中海岸的昂蒂布角,因其业主而得名。莫泊桑在一八八五年十一月底租下该别墅,圣诞节(一八八五年十二月二十五日)前夕入住。

译 后 记

我们通观莫泊桑的文学创作，不难看出他的大部分作品都与诺曼底和巴黎相连。地处法国西北部的诺曼底是他的故乡，在他描写诺曼底的小说里，在他笔下的小农场主、雇农、乞丐、恶作剧的年轻人中间，处处感到他这个没落贵族子弟与这些同乡形影不离的存在。他十九岁到巴黎，在政府部门做职员多年，他塑造的在牢房似的办公室里度日如年的小职员和困窘、悭吝而又爱虚荣的小市民的形象，都浸透着他的切身体验。

不过，读者稍加留意就会发现，在他的文学遗产里，在诺曼底和巴黎之外，一个叫奥弗涅的地区也占有不可忽视的一席，而这同样和他的生平经历密切相关。

十九世纪七十年代，先后在海军部和公共教育部做小职员的莫泊桑，每个周末都雷打不动地去巴黎西郊的塞纳河上划船，消除一周文案工作的疲惫。划船是一项阳光的运动；但是，正像他后来在短篇小说《会好的》中所回忆的，青年男女无所顾忌，有时也做出"荒唐"事。莫泊桑身体健壮，能驾舟沿塞纳河从巴黎到一百一十多公里外的鲁昂拜见福楼拜大师。可是，在这群伙伴中，却唯有他身体出了状况。这段时期他正在福楼拜谆谆指导下习作。福楼

317

拜为爱徒担心:"我怕他患了一种严重的心脏病。"①莫泊桑告诉恩师,医学院认为他"得了一种体质性风湿病,它首先攻击我的胃和心脏,最后是皮肤"②。

矿泉水和温泉浴从此伴随着他对疾病的不懈斗争。十九世纪七十年代他去过瑞士的洛埃什③温泉。后来,小说《奥利沃山》背景所在的法国奥弗涅地区成了他常去之地。

奥弗涅位于法国中央高原,那里分布着欧洲最古老的火山群,十九世纪如雨后春笋般涌现的温泉城,吸引着无数求医者。莫泊桑也曾连年到该地区著名的温泉城沙泰尔-吉雍疗养。不过这时他的中短篇小说家喻户晓,长篇小说《一生》《漂亮朋友》也享誉世界,他已经是一个成就卓著的文学名家。

就像他写不尽的诺曼底和巴黎一样,每次奥弗涅之旅,莫泊桑都有关于这片新天地的作品问世。一八八三年的专栏文章《在奥弗涅》④,叙述了他从克莱尔蒙-费朗到沙泰尔-吉雍一路的观感;一八八四年的故事性文章《病人和医生》⑤,聚焦于温泉医疗的内幕;一八八五年的短篇小说《我的二十五天》⑥,逐日记述了他在一个治疗周期内的活动。这几篇文字中的不少内容,在后来的长篇小说《奥利沃山》中都得到了采用和发挥。一八八五年底他动笔写作这部长篇,其间他又在一八八六年夏天第四次前往沙泰尔-吉雍,重游书中已写或将写的一处处胜景。《奥利沃山》在一八

---

① 福楼拜一八七六年二月八日给布莱纳夫人的信。
② 莫泊桑一八七八年八月二十一日给福楼拜的信。
③ 洛埃什:又称洛埃什温泉城,瑞士瓦莱州的一个市镇,以温泉著称。
④ 《在奥弗涅》:载于一八八三年七月十七日的《吉尔·布拉斯报》。
⑤ 《病人和医生》:载于一八八四年五月十一日的《高卢人报》。
⑥ 《我的二十五天》:载于一八八五年八月二十五日的《吉尔·布拉斯报》。

六年底写成,十二月二十三日开始连载于《吉尔·布拉斯报》。就酝酿和写作而言,从未有一部作品占去他这么多时间,凝聚他这么多精力。

《奥利沃山》一直连载到一八八七年二月六日,单行本紧接着在这一天由维克多·阿瓦尔出版社印行。几天后,一位友人披露了莫泊桑关于写作此书动机的一次谈话:

> 我希望这是一本充满柔情和甜美的书。我是在利马涅,一个包围、柔化、感动了我的国度,漫游了几乎一个月之后,几乎是情不自禁地书写它的。我喜爱上躺在树林里,在这飘香的土地上,在我脚下展开的利马涅的蓝色天际下,构思我的《奥利沃山》。我尽可能地把这深邃的天空和这土地的芳香放进我的书里。①

就像作曲家指定一部乐曲的基调一样,在奥弗涅美好河山的感召下,莫泊桑把讴歌奥弗涅的"温柔和甜美"作为《奥利沃山》的写作宗旨。

熟悉莫泊桑中短篇小说的读者们,在领略他说故事和参透人性的本领的同时,一定也被他高超的写景才能所吸引。《泰利埃公馆》中姑娘们乘着马车去参加初领圣体,穿过田野的情景描绘美轮美奂,堪称神来之笔;这样的好文不胜枚举。

在高昂的热情激使下,借长篇小说的广阔空间,莫泊桑要"尽可能地"把奥弗涅之美"放进我的书里",他的写景才能一发而不可遏止,生花妙笔令人目不暇接:核桃树和栗树环绕的昂瓦尔村如世外桃源,附近的山谷幽深奇峻;保尔和克里斯蒂亚娜登高望远,

---

① 见一八八七年二月十二日《时报》"巴黎生活"。

一边是散布着古老火山口的阿尔卑斯群山,一边是雾蒙蒙无垠的利马涅平原,它那么深邃,那么广阔,它不是一个见到的事物,更像一个梦想的事物;钻石般的塔兹纳湖,大自然的瑰宝,随太阳从白日到黄昏的运动,湖水从平镜到火盆、血盆进而到银盆的神奇变幻……

尤其值得称道的,是在绘形绘色的景物描写中经常弥漫着奥弗涅大地上的香味,不仅是葡萄园和碾碎风干的葡萄的香味,不仅是栗树的香味以及其他植物的香味,还有牛栏和大路上拉车的母牛的气味。和盛产骏马的诺曼底、盛产黑色公牛的卡玛格①不同,奥弗涅地区多的是黄色和黄白两色的母牛。母牛,以及它的产品奶酪,是奥弗涅人的骄傲。笔者曾游历奥弗涅,当地人对母牛的深情曾经强烈地感染我,伏案翻译这些逼真的描写,我仿佛又闻到牛车在大路上驶过,随风飘逸的奥弗涅母牛散发出的阵阵近似香子兰的香味。

或长或短的景物描写,像乐章、像乐段、像一闪而过的旋律,穿插在这部小说里,赋予它浓浓的音乐感和抒情意味,读来像悠扬的叙事诗,给人满满的美感,这是《奥利沃山》的一大思想和艺术特色。

不管这些景色是通过哪个人物的眼睛看见,不管这些香味是由谁闻到,通过《奥利沃山》,我们领略到了莫泊桑卓越的写景艺术,也充分体会到他热爱大自然、拥抱大自然、崇敬大自然的高尚情怀。

不过,《奥利沃山》远非一部单纯的田园交响曲;在奥弗涅美

---

① 卡玛格:法国的一个自然区域,在地中海岸边,跨罗讷河口省和戛尔省,以盛产黑牛著称。

好山河的自然背景里,人类社会也得到丰富的写照。奥弗涅原本是一个农牧业为主的地区,经济相对滞后,因地处火山带,温泉不断被发现,从十八世纪末叶开始,温泉疗养事业便因地制宜地兴起。哪里有温泉涌现,哪里就有以温泉城建设的资本投机和经济活动登场。莫泊桑正是由于治疗而因缘际会地接触了这一地区的这一现实,灵敏地抓住了这一具有奥弗涅特点的题材,继以诺曼底农村为背景的《一生》、以巴黎报界政圈为背景的《漂亮朋友》之后,创作了他的第三部社会内容迥异的长篇小说。

首先是丰富多彩的爱情故事。《奥利沃山》中的几个青年男女都无一例外地被卷入爱情的波澜,而他们的爱情观和恋爱经历又各不相同,爱情这个人类生活的重要主题得到了多样化的开发。

德·拉夫奈尔侯爵的女儿克里斯蒂亚娜从未梦想过爱情,读了几本爱情题材的书,她萌生了浪漫的情思;年轻富有的保尔是情场好手,一向玩世不恭,但他面对克里斯蒂亚娜的单纯,动了真情,激情澎湃时,甚至遍吻她投在地面的身影;昂代尔马特劝贡特朗追求奥利沃的女儿,以摆脱经济的困窘,贡特朗选择了小女儿夏洛特,因为她天真活泼,让他喜欢,二人出双入对,令人羡慕……

不过莫泊桑并不是要写一部罗曼史。《骗局》《一百万》《漂亮朋友》,在他的小说里,爱情从来都是金钱的奴隶和工具,伴随着恋爱纠葛的总是欺诈和罪恶。《奥利沃山》也不例外,这些纯真之爱的情节,只是作家因故事发展的需要而勉为其难的铺陈,并非发自他本人的真心实意,正像他在写作期间给一位知心女友的信中所说:

> 这里有什么好对您说的呢?我划船,特别是写作。我正在写一个很激情、很诗意的故事。这工作在改变我,又让我尴尬。描写爱情的篇章比其他任何部分涂改得都多。总算完成

了。只要有耐心,一切都可以勉强而为;我经常嘲笑自己苦心寻获的那些多情、很多情而又温柔的想法。我怕这会让我转向多情的风格,不仅在书里,而且在生活里。①

不过莫泊桑并没有改变,他对真爱一如既往地抱着怀疑和悲观的态度,所以在这部小说里,几个人物起初的"纯真"之爱都无一例外地夭折:保尔断然疏远了克里斯蒂亚娜,他不再愿和她见面,他对她怀念往事感到厌烦,甚至认为她要他再去吻她身影的地方是发疯;贡特朗很快就抛弃了夏洛特,转而向她的姐姐路易丝发起攻势,甚至把夏洛特的痛苦引为骄傲。

如果说保尔背离克里斯蒂亚娜是因为她怀了孕,身体变了形,而他是个"只愿意做情人而根本不愿意做父亲的男人",可以归因于他个人的人格弱点;莫泊桑在这部作品里更多揭示的,是金钱扭曲、践踏和摧毁爱情的力量,它是那么强大,那么普遍,任何纯真的爱情和婚姻在它面前都不堪一击:德·拉夫奈尔侯爵和他的儿子贡特朗起初都反感昂代尔马特,但是当他们意识到在这位犹太银行家身上有利可图,便欣然同意他和克里斯蒂亚娜的婚事;贡特朗式的纨绔子弟,游手好闲,纵情声色,最后走投无路,都以攀一门富亲为归宿;为了摆脱经济困境,贡特朗首先选择了他喜爱的奥利沃的小女儿,但是奥利沃表示要把土地给大女儿做嫁妆,他便毫不犹豫地转而向后者求婚;奥利沃撞见保尔向夏洛特示爱,怒不可遏,但是保尔宣布有巨额资产,而且不要嫁妆,这一句话像魔法一样立刻让他改变立场,甚至逼迫其当即签字订婚……

莫泊桑不但把金钱扭曲和扼杀爱情的丑相一幕幕呈现在我们眼前,而且通过克里斯蒂亚娜的思考,把爱情悲剧的不可避免提高

---

① 莫泊桑一八八六年三月二日给勒孔特·迪努伊夫人的信。

到哲理的层面,直言真爱之所以无法实现,归根结底是由于人与人之间天然的隔阂,而这天然的隔阂,无论人类如何冲击,即使用爱情的力量,都难以突破。因保尔的背叛陷于绝望的克里斯蒂亚娜得出结论:"所有的人,即便并肩穿越过种种事变,也从没有任何东西把他们真正相连。"不能不指出,这也是莫泊桑在表达本人的真情实感,是构成他对爱情乃至人生的悲观主义观念的重要因素,这悲观因素不仅普遍存在于他的作品里,而且注定了他令人遗憾的一生。巴黎蒙叟公园里的莫泊桑纪念雕像,一个身姿窈窕的女读者手捧莫泊桑的书,深情凝望这位伟大的作家,但广受爱戴的他却终身未婚。

在小说《奥利沃山》里,与"爱情"紧密交织的是"事业",它围绕犹太银行家开创温泉城的活动紧锣密鼓地展开。

地跨阿尔卑斯山一个峡谷出口和利马涅平原的昂瓦尔村原来就是一个温泉站,有一个温泉浴所,但是它随着泉水减少而日渐衰落。扭转颓势,创建新的温泉城,以振兴地方的活力,是社会进步的需要,有着不可否认的积极意义。

小说《奥利沃山》的又一个突出优点,就是成功地塑造了犹太银行家昂代尔马特这个人物形象,正是他对这一事业做出了决定性的贡献。

昂代尔马特这个人物给人印象深刻,不在于他那张红彤彤过于"健康"的脸,而在于作家对他作为成功实业家典型的真实丰满的性格刻画。

作家对他的针砭并不留情,他的缺点可谓多矣:他追求贵族女子克里斯蒂亚娜,仅仅是为了能在不属于他的领地里开展自己的金融活动;他的精神世界里只有金钱,他衡量一切事物都依据它们和化为金钱的价值的比例;葡萄园主奥利沃用泉水治瘫欺骗了他,他转而用同样的方法欺骗轻信的病人,在他看来这都是天经地义;矿业工程师奥波利-帕斯德为他寻找泉源立下大功,工程师病死后他关心的却是编造一则死讯,避免人们对矿泉水的疗效生疑;为取得奥利沃的土地,他唆使贡特朗先后追求他的两个女儿……

但作家对昂代尔马特的肯定也同样态度鲜明:他有冷静的头脑,做生意总能找到那唯一的万无一失的方法,绝不盲动;他反应灵敏,刚发现第一个泉源,他的新温泉城的大计和宏图已成竹在胸;他善用科学人才,保证了充足的泉水供应;他以让利的别墅招揽名医,引来众多客源;他妙用广告,改良道路,经营有方;他和土地主人奥利沃巧妙周旋,既合作又斗争;他无疑要谋利,但他一手把奥利沃山温泉城从图纸变成现实,为一方经济发展做了好事,受到公众拥戴。

欧洲文学创造的人物中不乏犹太商人和金融家,可是他们经常似乎命中注定地成为针砭挞伐的对象。我们在《奥利沃山》中看到的犹太银行家昂代尔马特,却是一个复杂多面、塑造得较为客观的形象。十九世纪八十年代的法国,反犹气氛渐浓,直至有一八九四年以德雷夫斯案件为爆发点的反犹高潮的发生。莫泊桑笔下的昂代尔马特,优也罢,劣也罢;褒也罢,贬也罢,都与他资本家的品质相联系,而和他的犹太血统无涉。莫泊桑写来自然坦荡,笔墨明暗有度,不无新意。

《瞎子》《乞丐》《流浪汉》《衣橱》……对被侮辱与被损害者的同情在莫泊桑的中短篇小说中一贯占有突出的地位,是他的人民性的一个闪光的标志。这一可贵的感情在长篇小说《奥利沃山》中也未缺席。主人公们从尼瑞尔山游玩归来,路遇像牛马般拉车的一家。作家不仅细致描写了他们的苦况,而且直面动情地诘问:"这两个穷苦人,他们是夫妻吗?或者仅仅是同居?他们的孩子,那个藏在肮脏的破衣裳里的还未定形的小东西,将来会像他们一样当牛做马吗?"克里斯蒂亚娜从中也"终于看见了穷人们的苦难"。这段故事的穿插看似有点突兀,可是作家显然认为必不可少。实际上,这正是这部满眼活跃着贵族富豪的作品里一个难能可贵的亮点——莫泊桑诚然对当时的社会倍感失望,但他同情苦难民众的良心始终不变!

小说《奥利沃山》,不但出色地完成了莫泊桑定下的歌颂奥弗涅美好山河的命题,给读者以美的享受,还通过栗树下温泉边一出出"爱情"和"事业"的活剧,让读者看到了那个时代法国一隅的社会真实,知其酸甜苦辣,感其世态炎凉,或许还能做一些深层的探究。

张英伦

二〇二一年十月二十四日